L'EAU QUI DORT

CALMANN LÉVY, ÉDITEUR

OUVRAGES

DE

AMÉDÉE ACHARD

Format grand in-18.

BELLE-ROSE. . . . . 1 vol.
BRUNES ET BLONDES. . . . . 1 —
LA CAPE ET L'ÉPÉE . . . . 1 —
LA CHASSE ROYALE . . . . 2 —
LES COUPS D'ÉPÉE DE M. DE LA GUERCHE. . . 1 —
LES DERNIÈRES MARQUISES. . . . . 1 —
DROIT AU BUT . . . . 1 —
LE DUC DE CARLEPONT . . . . 1 —
ENVERS ET CONTRE TOUS. . . . . 1 —
L'EAU QUI DORT. . . . . 1 —
LA FAMILLE AUBERNIN . . . . 1 —
LES FEMMES HONNÊTES. . . . . 1 —
HISTOIRE D'UN HOMME. . . . . 1 —
LE LIVRE A SERRURE . . . . 1 —
MADAME DE VILLERXEL. . . . . 1 —
MAURICE DE TREUIL. . . . . 1 —
NELLY . . . . 1 —
L'OMBRE DE LUDOVIC. . . . . 1 —
PARISIENNES ET PROVINCIALES. . . . . . . 1 —
LES PETITS-FILS DE LOVELACE. . . . . . . 1 —
RÉCITS D'UN SOLDAT . . . . 1 —
LES RÊVES DE GILBERTE . . . . 1 —
LES RÊVEURS DE PARIS. . . . . 1 —
LA ROBE DE NESSUS. . . . . 1 —
LE ROI DE CŒUR . . . . 1 —
SOUVENIRS PERSONNELS D'ÉMEUTES ET DE
    RÉVOLUTIONS. . . . . 1 —
LA TRAITE DES BLONDES . . . . 1 —
LA TRÉSORIÈRE . . . . 1 —
LA TOISON D'OR . . . . 1 —
LA VIPÈRE. . . . . 1 —

IMPRIMERIE CENTRALE DES CHEMINS DE FER. — A. CHAIX ET Cie,
RUE BERGÈRE, 20, PARIS. — 8230-6.

L'EAU
QUI DORT

MADAME DE SARENS
PYRAME ET THISBÉ

PAR

AMEDÉE ACHARD

PARIS

CALMANN LÉVY, ÉDITEUR

ANCIENNE MAISON MICHEL LÉVY FRÈRES

RUE AUBER, 3, ET BOULEVARD DES ITALIENS, 15

A LA LIBRAIRIE NOUVELLE

——

1876

L'EAU QUI DORT

I

On voyait en 184... à Paris, dans la rue Miromesnil, un vieil hôtel que de récentes constructions
ont·fait disparaître, et qui, depuis plus de vingt ans,
semblait menacer ruine; mais tel· qu'il était, soli-
dement bâti en fortes pierres de taille noircies par
les pluies de cent hivers, il aurait bravé les efforts
du temps, si un matin la spéculation ne l'avait jeté
par terre. Cet hôtel, élevé jadis par un président à
mortier du Parlement, se composait alors d'un grand
bâtiment à toits mansardés, précédé en retour de
deux ailes moins hautes, dont le rez-de-chaussée,
disposé pour les écuries et les remises, encadrait
une vaste cour où l'herbe verdissait entre les pavés.
Un jardin où s'allongeaient deux allées de tilleuls

taient plus particulièrement encore le spectacle de
cette variété. L'acajou, le bois de rose, le palis-
sandre, le citronnier s'y coudoyaient, fraternelle-
ment recouverts, ici de lampas et là d'étoffe de
Perse ; des rideaux de taffetas accompagnaient des
tapisseries de haute lisse. Le tout ensemble néanmoins avait grand air; on parlait bas malgré soi en
traversant ces grandes pièces, qui inspiraient le respect, et où l'on sentait la durée et la tradition.

A l'époque où commence ce récit, l'hôtel de la
rue Miromesnil était occupé par M. des Tournels, un
riche maître de forges, sa femme et ses deux filles,
Berthe et Lucile. Depuis quelques années déjà, le
maître de forges avait quitté ses vastes établissements
et ses belles forêts de la Bourgogne pour se consacrer exclusivement à l'éducation de ses filles, qu'il
s'entêtait à ne vouloir pas mettre dans un couvent. Il avait à cet égard des principes arrêtés, et
croyait que l'excellence et le nombre des professeurs,
l'émulation qui naît de l'agglomération des élèves,
la règle et l'uniformité dans l'enseignement, ne sau-
raient remplacer ce qu'on gagne en bons exemples,
en saine morale, au contact tendre et quotidien de
la mère et de la famille. Madame des Tournels par-
tageait de tous points les opinions de son mari, et

on peut dire que, depuis le jour de leur naissance,
Berthe et Lucile n'avaient jamais passé plus d'une
heure loin des yeux de cette excellente femme. Sa
vie se résumait dans ses deux enfants. On ne pouvait
voir M. et madame des Tournels sans être étonné
de la grande différence qui existait physiquement
et moralement entre deux personnes si profondément
unies par la plus étroite et la plus absolue affection.
Le maître de forges, grand, vigoureux, solide, armé
de bras robustes et de jambes infatigables, intré-
pide chasseur autrefois, avait sous un front large
et puissant, des yeux noirs et fermes dont il était
presque impossible de soutenir le regard. Tout dans
cette physionomie ouverte et rude indiquait l'excessive énergie du caractère, servie par des organes que
la maladie n'avait jamais effleurés, comme si elle
eût craint de se briser dans une lutte inutile contre
un homme dont les membres semblaient avoir été
taillés dans le cœur d'un chêne. Au contraire, madame des Tournels, petite, mince, blonde, avec des
attaches fines, un corsage grêle, la voix douce, le
regard timide, quelque chose de plaintif dans l'apparence, silencieuse et comme recueillie en elle-
même, disparaissait tout entière dans l'ombre de
son mari. En posant un peu durement sa large main

sur cette épaule délicate, on pouvait craindre qu'il
n'anéantît d'un seul coup la frêle créature qu'il avait
à son côté ; mais pour elle ce taureau avait des soins,
une mansuétude, des prévenances, en quelque sorte
des caresses de petit chien et des câlineries d'enfant qui touchaient par la constance et la douceur
de leurs témoignages. Les plus vieux amis de la
maison ne se rappelaient pas qu'il y eût eu par
hasard un nuage entre eux. Il faut dire aussi que
madame des Tournels, heureuse et reconnaissante,
s'appliquait en toutes choses à plaire à son mari.
Elle y avait peu de mérite, l'aimant de tout son
cœur, disait-elle, et sachant aussi qu'elle était avec
ses filles sa seule pensée et son unique préoccupation : peut-être même passait-elle avant Berthe et
Lucile dans les affections de M. des Tournels ; mais
c'était une nuance dont seule elle avait conscience,
et que, par un sentiment indéfinissable, elle cherchait à ne pas voir. Elle n'aimait pas davantage à
faire étalage de l'empire qu'elle avait sur son mari,
et mettait autant de soins à le cacher que d'autres à
montrer leur petite influence ; cependant, douée d'un
sens très-droit et d'un sentiment exquis du juste et de
l'injuste, il lui était arrivé de s'en servir deux ou
trois fois dans des circonstances où sa voix avait été

obéie avec la plus entière et la plus aimable promp-
titude.

A ce moment de sa vie, riche, entourée de l'estime et de l'affection, non-seulement des siens, mais
encore de tous ceux qui l'approchaient, et comblée
de tous les biens qu'elle pouvait souhaiter, madame
des Tournels succombait sous le poids d'un chagrin
qui la minait sourdement. Elle avait perdu un fils,
son premier-né, à l'âge de vingt-six ans, au moment
où il venait de recevoir ses épaulettes de capitaine.
Atteint par la balle d'un Arabe, la blessure qui l'avait
emporté saignait encore au cœur de la mère et
tarissait les sources mêmes de la vie goutte à goutte,
comme s'épuise une fontaine brûlée par les ardeurs
trop longues de l'été. Ce fils était son Benjamin, l'élu
de ses entrailles; mais les révélations soudaines
qu'elle avait eues de cette préférence, à la suite
d'une maladie pendant laquelle l'enfant avait failli
mourir, l'avaient attristée, en quelque sorte même
froissée dans la partie la plus intime de son être,
et la femme selon l'Évangile s'en était punie en
témoignant d'abord à son fils une tendresse plus
avare et en consentant ensuite à son éloignement. A
la mort de Jean, elle se raidit contre son désespoir
pour qu'on n'en devinât point l'effroyable profondeur;

cette douleur constante était encore accrue par cette
pensée, que si elle avait moins aimé ce fils, elle ne
se serait pas condamnée à lui voir embrasser une
carrière qui, en le séparant d'elle, le faisait courir
au-devant de mille dangers. Il ne fallait pas non
plus que M. des Tournels, frappé dans son orgueil
de père, ne trouvât plus sous sa main le cœur
simple, bon, dévoué, dans lequel il était accoutumé
à puiser ses meilleures consolations. Elle se releva
donc pour le soutenir; mais la plaie était vivante
en elle, et la violence de l'effort hâta sa course vers
le tombeau. Quand elle expira, il y avait déjà dix
années que M. des Tournels habitait Paris, et ses
deux filles étaient également en âge d'être mariées.

L'aînée, Lucile, avait près de vingt ans; Berthe,
un peu plus de dix-huit. Lucile était brune, Berthe
d'un châtain clair tournant au blond avec des re-
flets couleur d'or près des tempes. Elles étaient
grandes et sveltes l'une et l'autre; mais c'était là le
seul point de ressemblance qu'on remarquât entre
elles. Leur existence à toutes deux, séparées qu'elles
étaient par un petit nombre de mois, quinze ou
dix-huit, avait été pareille à deux ruisseaux qui, partis du même horizon, traversent les mêmes campagnes. La même tendresse les avait abritées, et il

n'était pas jusqu'alors un chagrin, une distraction, une surprise, un voyage, un plaisir, un travail, qu'elles n'eussent partagés. Entre ses deux filles, madame des Tournels avait tenu dans un juste équilibre les deux plateaux de la balance ; mais si Lucile le croyait, Berthe allait plus au fond et le savait. Elle savait aussi que la pensée de sa mère regardait au delà dans le passé, et qu'il y avait dans un coin de son cœur une déchirure sur laquelle la cicatrice ne se ferait jamais. Un jour madame des Tournels surprit Lucile dans un coin, les yeux rouges.

La jeune fille boudait, parce que sa sœur venait de recevoir une belle montre d'or de son parrain et qu'elle en désirait une semblable. Madame des Tournels l'attira sur ses genoux :

— Tu en auras une, dit-elle, tu sais bien que je t'aime autant que Berthe.

— C'est vrai, dit Berthe avec une certaine amertume ; Jean n'est plus là.

Madame des Tournels tressaillit et devint pâle. Sa fille cadette se jeta dans ses bras.

— Ah ! reprit-elle, je donnerais tout mon sang pour qu'il pût t'embrasser encore !

La mère la serra sur son cœur :

1.

— Cruelle enfant, ne parle plus ainsi, murmura-t-elle avec des larmes dans les yeux.

Berthe le jura et tint parole ; mais ces quelques mots avaient suffi pour que la pauvre femme comprît qu'elle n'était plus seule à posséder son secret.

Cette perspicacité profonde, qui se montrait par éclairs vifs et inattendus, n'était pas le seul trait singulier d'un caractère où tout semblait en désordre et confusément mêlé, le bien comme le mal, la passion comme l'indifférence, la résolution aussi bien que l'apathie, l'emportement ainsi que la patience. Personne n'y voyait bien clair au fond, pas plus les professeurs de Berthe que son père. La seule chose qui faisait nettement saillie était une sorte d'entêtement farouche qui la rendait tout à coup pareille à la pierre, et que rien ne pouvait vaincre, si ce n'est parfois un flot de tendresse faisant irruption tout à coup ; mais le flot ne venait pas toujours, et on ne savait jamais quelle parole, quel hasard ou quelle bagatelle en ferait jaillir la source mystérieuse. M. des Tournels, qui combattait cette tendance à l'obstination de toutes ses forces, ne la signalait point cependant sans un secret plaisir ; c'était pour lui comme le germe d'une persévérance et d'une fermeté qui, bien dirigées, et sous l'empire de certaines circonstances, pouvaient porter de beaux fruits. Ce qu'il aimait moins, c'était le perpétuel contraste qu'on remarquait dans l'humeur de Berthe : un jour gaie et le lendemain triste, paresseuse à l'excès ou plus active qu'une abeille, tapageuse et remuante comme une toupie d'Allemagne qui ronfle et court partout, et l'heure d'après immobile et rêveuse comme une nonne en contemplation ; un matin bonne, soumise et prompte à l'obéissance, prodigue, vidant ses poches et ne sachant à qui donner ; le jour suivant âpre, revêche, quinteuse, prête à fermer sa main comme son cœur. Certains accès de violence et d'emportement inexplicables duraient parfois plus d'une semaine sans que rien pût en modifier les témoignages ; elle était acerbe et malfaisante comme un fruit vert ; le regard était aigre, la parole acide. La semaine écoulée, Berthe tombait dans de longs silences et de grands accablements qui n'avaient pas moins de durée, et dont elle sortait bizarrement par des réveils soudains.

Pourquoi M. des Tournels, qui l'observait sans cesse et s'appliquait avec suite à la corriger, avait-il pour Berthe un peu de cette préférence que sa femme avait eue pour Jean ? Peut-être l'inquiétait-elle plus que sa sœur, peut-être prévoyait-il pour l'une des luttes et des épreuves, qu'il ne redoutait pas pour Lucile. Quand il voyait Berthe dans ses phases, — dans ses lunes, disait-il gaiement, — de silence et de calme, il avait coutume de menacer du doigt en riant quiconque essayait de l'en tirer par des agaceries ou des supplications.

« Ne réveillez pas l'eau qui dort! » répétait-il.

De cette locution familière, on avait fait un surnom qui était resté à Berthe. Lorsqu'en rentrant le maître de forges demandait ce que faisait sa fille cadette, il n'était pas rare d'entendre madame des Tournels ou Lucile répondre un jour : « L'Eau-qui-dort travaille, » et le lendemain : « L'Eau-qui-dort joue. »

Avec ce caractère variable et farouche, Berthe n'aurait pas inspiré beaucoup d'affection, si par intervalles elle n'eût éprouvé des mouvements impétueux d'une tendresse chaude qui se répandait sur tous ceux qui l'entouraient avec une grâce, une abondance, une vivacité qui la rendaient irrésistible : l'inquiète, la mobile, l'impérieuse, la violente Berthe avait disparu; c'était une aimable fille dont le cœur se fondait, et qui trouvait pour les siens, comme pour les serviteurs de la famille, des paroles et des caresses d'une douceur et d'une onction que rien n'égalait. Elle pouvait changer avec le vent, le souvenir ne s'en effaçait pas, et si plus tard elle rudoyait sa gouvernante ou sa sœur, un domestique ou un ami, on lui pardonnait quand même. Berthe avait auprès d'elle une vieille bonne qui avait été sa nourrice, qui la gâtait à plaisir, et qu'elle tourmentait de son mieux. Quelquefois, à bout de patience, la pauvre créature se mettait à pleurer :

— Dieu du ciel ! disait-elle, faut-il que vous soyez méchante pour vous faire détester ainsi !

Alors Berthe la secouait par les épaules :

— Eh ! non ! s'écriait-elle, il faut au contraire que je sois bien bonne pour que tu ne puisses pas t'empêcher de m'aimer !

— Ça, c'est vrai, répondait l'excellente femme en s'essuyant les yeux.

Lorsqu'on interrogeait Berthe sur les motifs de ces révoltes si fréquentes succédant sans transition à des heures de soumission absolue, elle avouait naïvement qu'elle n'en connaissait pas l'origine, que c'était comme un feu qui était en elle, qu'elle en sentait les bouillonnements intérieurs, et qu'il fallait que l'explosion se fît. Elle n'en pouvait que retarder le moment, et encore à grand'peine.

Les maîtres de toute espèce ne manquèrent pas

à Lucile et à Berthe : elles en profitèrent également,
à cette différence près que celle-ci faisait en quelques
semaines le travail de plusieurs mois ; l'une avait la
patience et la continuité, l'autre l'élan et le feu ; à
la fin de l'année, au point de vue du résultat, leurs
études se valaient. Musique, langues, dessin, histoire, géographie, elles savaient un peu de tout et
suffisamment pour bien comprendre qu'elles ne savaient rien, ce qui témoignait en faveur de leur
intelligence et de leur bonne foi. Cette éducation
brillante qui, depuis l'âge de huit ans, leur avait
fait parcourir le cercle entier des connaissances qui
sont du domaine des femmes, n'empêchait pas que
les deux sœurs ne fussent pliées pendant de longues
heures à des travaux d'aiguille où leur mère les
dirigeait. Les amis de la maison, qui connaissaient
la fortune de M. des Tournels, ne comprenaient
pas bien l'importance qu'il attachait à ces occupations
manuelles, auxquelles Lucile et Berthe ne devaient
pas manquer de renoncer aussitôt qu'elles seraient
mariées ; mais le père tenait bon, estimant qu'une
fille qui sait ourler prestement une douzaine de
mouchoirs peut exécuter une sonate aussi brillam-
ment que celle qui s'oublie devant un miroir ou
s'endort, un journal de modes à la main. En toutes

choses, il semblait conduit par cette pensée, qu'un jour les deux héritières pouvaient être privées de tout. Elles faisaient leurs lits et taillaient leurs robes. Dès leur quinzième année, madame des Tournels, guidée par les mêmes principes, les mit tour à tour à la tête de la maison. Elles comptaient avec les fournisseurs, ordonnaient la dépense, réglaient le menu des repas, et les domestiques avaient ordre de s'adresser à elles seules pour tout ce qui regardait la direction et l'économie du ménage. Chacune d'elles l'administrait pendant trois mois. On remarquait que la dépense était plus considérable pendant l'administration de Berthe. On n'épargnait pas les observations à l'enfant prodigue, qui n'y prenait pas garde; une fois néanmoins, impatientée, elle demanda à son père si elle avait dépassé le chiffre de leurs revenus.

— Non, certes! répondit le maître de forges.

— Alors pourquoi tant économiser? répliqua-t-elle.

Quand on connaissait les deux sœurs, on ne comprenait pas qu'elles fussent du même sang, qu'elles eussent reçu la même éducation. L'humeur égale et sereine de Lucile ne se démentait pas une minute en six mois; telle on la retrouvait en automne après

l'avoir vue au printemps, fraîche, souriante et gaie
comme une matinée d'avril. Elle était prompte, dili-
gente et complaisante ; sa voix, sa démarche aisée
et rapide, son sourire, la bienveillance aimable de
son accueil, quelque chose d'expansif, tout donnait
l'idée d'une personne heureuse de vivre, et ce qu'on
voyait d'elle ne démentait pas cette première impression. Elle était bonne à tous et à toute heure :
elle avait cet art singulier de découvrir sans effort
le bon côté de toutes choses et de s'accommoder des
plus désagréables ; encore n'était-ce pas de l'art chez
elle, c'était la nature qui parlait et qui agissait. Son
père disait de Lucile qu'elle était fille à tirer du
miel d'un rameau de ciguë. La seule chose qu'un
observateur intéressé à l'étudier eût reproché à cet
ensemble de qualités charmantes, c'était peut-être
un peu de banalité, et par ce côté-là encore elle
s'écartait pleinement de sa sœur. Il ne fallait pas
faire grand fond sur l'amitié que Lucile témoignait
aux personnes qu'elle recevait avec le plus d'effusion.
La porte fermée, elle n'y pensait peut-être plus
beaucoup : les gens partis, elle les oubliait. Ce n'est
pas qu'elle ne fût pas tout à fait sincère dans l'expression de ses sentiments ; mais les impressions
qui la dominaient étaient fugitives, et laissaient si

peu de traces dans son cœur et son esprit, qu'il lui fallait un grand effort de mémoire pour qu'elle parvînt, après une absence d'un an ou deux, à se souvenir de ceux qu'elle avait aimés le plus. Tout glissait sur cette rieuse et belle fille, comme la pluie sur la fleur blanche et veloutée d'un lis. Un vieux chimiste qui allait en visite chez le maître de forges disait de Lucile, en langage scientifique, qu'elle était réfractaire au malheur. Le fait est qu'on ne l'avait jamais vue pleurer plus de cinq minutes ; au plus fort de ses chagrins d'enfant, elle se frottait tout à coup les yeux et partait en courant, laissant après elle le frais retentissement d'un éclat de rire plus vif et plus joyeux que le chant du pinson.

Le seul être pour lequel elle éprouvât une tendresse entière et constante était Berthe. Berthe pouvait la tourmenter, Lucile le trouvait bon. Il ne fallait même pas qu'on s'avisât de prendre sa défense ; Lucile alors se cabrait d'importance, renouvelant au profit de sa sœur, et sans le savoir, la fameuse scène de Martine et du voisin. Berthe, il est vrai, l'adorait, et, tout en ne lui épargnant ni les rebuffades ni les caprices, ne souffrait pas qu'une autre qu'elle la molestât ; mais, plus exclusive et concentrée en elle-même, quelquefois Berthe aban-

donnait sans motif apparent les jeux où Lucile s'é-
garait avec ses petites compagnes, et se retirait dans
un coin sombre du jardin. Si Lucile, étonnée, ten-
tait de l'y suivre au bout d'un quart d'heure et de
l'interroger, Berthe la repoussait durement :

« Que t'importe de jouer avec moi, si tu peux
t'amuser sans moi? » disait-elle.

Bien que l'éducation des deux sœurs eût été de
tous points pareille, dirigée par les mêmes professeurs, elles étaient loin de pouvoir lire les mêmes
livres et d'en tirer les mêmes fruits. Certaines lec-
tures, qui n'avaient produit sur l'esprit de Lucile
qu'une impression fugitive de tristesse, évaporée un
soir en quelques larmes, avaient laissé dans celui
de Berthe des traces qu'on reconnaissait encore
après de longs intervalles. C'était comme le soc de
la charrue dans une terre forte : le sillon restait
creux. Elle se passionnait pour les événements de
l'histoire aussi bien que pour les personnages de la
fiction. Que de pleurs lui coûtèrent les infortunes et
la mort romanesques d'Edgard de Ravenswood ! que
de frémissements de colère et d'insomnie lui cau-
sèrent les malheurs augustes et le trépas épique de
Marie-Antoinette ! Elle avait le cœur gros et le sang
en feu. Rien ne glissait, tout pénétrait. Il fallut,

après des nuits de fièvre, que madame des Tournels fit un choix sévère parmi les livres que Berthe
fut autorisée à ouvrir. Lucile, étonnée de ces grands
ressentiments, se moquait d'elle à tout propos :

— Mais ne pleure donc plus et ne te fâche pas,
disait-elle : ils sont morts!

— Oui, mais ils ont vécu! » répondait Berthe.

Que rêvait-elle dans ces moments d'excitations?
quels trésors de tendresse, de courage, d'énergie,
ne dépensait-elle pas au milieu de ce trouble et de
cette angoisse inexprimables? Elle les enfouissait en
tremblant dans les replis les plus cachés de son
cœur.

L'hôtel de la rue Miromesnil, qui était ouvert à
beaucoup de monde dès les premiers temps qui sui-
virent l'arrivée de M. des Tournels à Paris, le fut
bien davantage encore après que Lucile et Berthe
eurent dépassé l'adolescence. M. des Tournels aimait à recevoir ; il avait un grand train de maison.
Quelques personnes bien choisies dînaient fréquemment chez lui ; on y dansait trois ou quatre fois
pendant l'hiver. Ses filles, dès qu'elles eurent seize
ans, l'accompagnèrent une fois par semaine aux
Italiens et à l'Opéra, quelquefois dans d'autres théâtres. Appelées par leur fortune à vivre dans le

monde le plus brillant, il voulait qu'elles apprissent
de bonne heure à le connaître, pour n'en n'être
pas éblouies plus tard. Toutes les libertés compati-
bles avec les exigences des mœurs parisiennes, il
les leur permit, afin, disait-il, de les plier tout
doucement aux habitudes de la réflexion et aux
enseignements de l'expérience. Par ce côté, leur
éducation eut une physionomie anglaise qui donna
au caractère des deux sœurs plus de relief et de
contour ; mais tandis que Lucile apportait dans cette
vie facile, bien que réglée, un entrain et une gaieté
qui ne laissaient pas de doute sur le plaisir qu'elle
éprouvait à en savourer les douceurs, on ne savait
pas si Berthe s'y plaisait ou s'y soumettait. Il lui
arrivait souvent de ne pas quitter la danse pendant
toute une nuit, et souvent aussi de traverser un
bal avec la pâleur d'Iphigénie sur le front. Aux
heures où il y avait le plus de monde à l'hôtel, et
quand la conversation était le plus animée, il
n'était pas rare de la surprendre au fond du jardin, assise sur un banc, les mains croisées sur les
genoux et les yeux dans l'espace. La veille, personne
n'avait causé avec plus d'abandon et de vivacité.
Chose singulière ! cette jeune fille, dont le caractère était si souvent en lutte avec celui de M. des

Tournels, pour qui elle était un sujet d'examen et une cause de trouble, était précisément celle qu'on chargeait des demandes épineuses et des négociations difficiles. Lorsqu'un subalterne avait une faute à se faire pardonner ou une permission à obtenir, quand Lucile elle-même était sous le coup d'une fantaisie qui ne lui semblait pas tout à fait raisonnable, on envoyait Berthe en ambassade auprès du maître de forges, et jamais Berthe n'hésitait. Si d'aventure M. des Tournels grondait un peu, Berthe insistait hardiment, et il cédait, tandis que Lucile se mourait de peur derrière la porte. Cette même personne, qui bravait en face un homme devant qui tout tremblait, devenait livide pour chanter une romance au piano devant dix imbéciles ; mais sur ce chapitre le maître de forges avait une volonté bien arrêtée : il fallait chanter, dût-on pleurer avant et s'évanouir après, et la raison était qu'il fallait faire simplement les choses simples. La timidité n'était pas un motif de s'abstenir ; excessive, elle avait un faux air de pruderie et de prétention dont il était bon de se corriger.

On était quelquefois surpris de la trace profonde qu'avaient laissée dans cet esprit libre et violent des événements d'une importance médiocre en appa-

rence, et sur lesquels de nombreuses années s'é-
taient accumulées lentement. Alors que Lucile, six
semaines après, avait complétement oublié les
choses qui l'avaient le plus charmée ou le plus
attristée, on voyait Berthe tressaillir encore à de
longues distances au souvenir de certains faits que
sa mémoire implacable lui rappelait tout à coup ; la
cicatrice faite, le ressentiment de la blessure était
le même. Berthe donnait chaque année, le 17
octobre, un exemple frappant de cette malheureuse
fidélité. On la voyait dès le matin inquiète, agitée ;
rien ne la distrayait plus ; elle évitait toute conversation, fuyait tout travail ; certaines lueurs fauves
que sa mère connaissait bien passaient dans ses
yeux ; elle se retirait à l'écart, au fond du jardin,
sous un vieil ormeau, à l'ombre duquel elle négli-
geait d'ouvrir le livre qu'elle emportait. Cet état
durait jusqu'au soir : les paroles tombaient une à
une de sa bouche ; le sourire était contraint, le son
de sa voix sec et bref, le geste anguleux et dur.
Irascible et intraitable, elle semblait couver des
orages dans son silence. Un jour qu'il était question d'une soirée à passer au théâtre, elle secoua la
tête. Madame des Tournels lui demanda si elle se
sentait indisposée.

— Non, répondit Berthe ; mais je le serai certainement avant une heure si on veut me contraindre à sortir.

— Tu as donc la maladie et la santé à tes ordres ? répliqua sa mère gaiement.

Berthe prit sur la table une paire de ciseaux.

— Croyez-vous donc, dit-elle, qu'il soit très-difficile de me déchirer le bras avec ce bout de fer ? On dira que c'est un accident, et je resterai.

Madame des Tournels effrayée lui arracha les ciseaux des mains.

— Es-tu folle ? reprit-elle.

Berthe posa froidement son ongle sur la page d'un journal en tête de laquelle on lisait la date du 17 octobre. Madame des Tournels tressaillit, et sans répondre appuya doucement la main sur l'épaule de Berthe ; ses yeux étaient devenus tout humides. Berthe émue s'agenouilla auprès d'elle ; la mère l'entoura de ses bras.

— Encore ? murmura-t-elle à demi-voix.

— Toujours, malgré moi ! répondit Berthe tout bas.

Quelques mots sont nécessaires pour expliquer l'influence prolongée de cette date. Un jour, à l'âge de douze ans et à propos d'un travail que son père

lui avait imposé, Berthe se montra si revêche, si
acerbe, si cassante, que M. des Tournels, pris tout
à coup d'un mouvement de colère irrésistible, leva
la main et la frappa au visage. Berthe poussa un
cri et tomba par terre inanimée. Son visage était
vert. Quand elle se réveilla d'un long anéantissement et brisée par la violence de spasmes convul-
sifs, son premier regard rencontra son père debout
au pied du lit, tout pâle et décomposé. Elle lui tendit les deux bras. M. des Tournels l'embrassa en
pleurant, et sortit pour qu'on ne le vît pas éclater
en sanglots. Berthe le suivit des yeux. Aussitôt que
la porte se fut refermée :

« Ah ! dit-elle en se retournant vers sa mère, qui
la soutenait sur l'oreiller, quel bonheur que j'aie
eu tort ! Sans cela, jamais je ne lui aurais pardonné. »

II

Madame des Tournels ne vit pas plus de cinq ou six fois le retour de cette date terrible. Peu de jours avant d'expirer, elle avait fait approcher Lucile de son lit, et lui montrant Berthe debout contre la fenêtre :

— Prends garde à l'Eau-qui-dort, dit-elle ; il y a quelque chose en elle qui se dégagera,... je ne sais quoi ;... aime-la bien !

Cette recommandation, où l'accent de l'inquiétude se mêlait à la prière, fut la dernière parole qu'elle échangea avec Lucile. Elle ne pensa plus qu'à Berthe, que ses regards incertains suivaient partout. Que deviendrait-elle quand elle ne serait plus là ? Vers quelle destinée la pousserait ce caractère indéfinissable dont il était impossible de rien augurer ? Le mal extrême ne pourrait-il pas en sortir comme le bien ? Quel problème s'agitait dans cette âme fermée qui s'ignorait ? La pauvre mère se reprochait quelquefois cette constante préoccupation

2

qui donnait tout à l'une au détriment de l'autre ; alors elle prenait la main de Lucile :

— Ne m'en veuille pas, disait-elle, tu ne me fais pas peur, toi !

Lucile, qui fondait en larmes, embrassait Berthe qui ne pleurait pas, mais qui étouffait. Un soir madame des Tournels, qui n'avait pas quitté sa fille cadette des yeux depuis plusieurs heures, laissa voir sur son visage une expression de joie dont le rayonnement l'illumina tout à coup. Elle fit de la main signe à Berthe de s'approcher :

— Écoute bien, dit-elle, je te recommande ton père ;... il va se trouver seul.... Lucile l'aime de tout son cœur ;... mais l'heure présente est tout pour elle, et puis ta sœur est l'aînée, elle se mariera bientôt.... Si tu fais comme elle plus tard, ne le quitte jamais:... Remplace-moi. — Elle tenait les deux mains de Berthe entre les siennes. — Me comprends-tu bien ? reprit-elle, ce sera difficile dans les commencements, mais si tu sens quelque fatigue, pense à moi, et petit à petit ton caractère se pliera à le rendre heureux ; me le promets-tu ?

Berthe baisa la main de madame des Tournels.

— Va, mon enfant, à présent je suis plus tranquille, reprit la mère.

La pauvre femme était plus tranquille en effet : elle venait d'imposer le frein du sacrifice à ce caractère indomptable ; ce don de seconde vue, qui illumine parfois l'esprit des mourants, lui avait fait comprendre que l'accomplissement et les fatigues d'un devoir étaient les seules barrières capables de maintenir Berthe dans la règle et la soumission. Il fallait qu'elle usât ses forces dans la poursuite d'un but, et lui montrer le plus difficile, en intéressant son cœur au résultat, pour qu'elle y trouvât l'ancre de salut.

Le lendemain madame des Tournels partagea ses bijoux également entre ses deux filles, et mourut sans bruit, simplement, comme elle avait vécu.

L'hôtel de la rue Miromesnil resta fermé pendant dix-huit mois. M. des Tournels y vécut profondément retiré, loin du monde, n'admettant entre ses filles et lui qu'un très-petit nombre d'amis qui respectaient sa douleur. Elle était immense. Dès ce jour, il adopta un vêtement de deuil qu'il ne quitta plus. Aucun des objets qui avaient servi à madame des Tournels ne fut changé de place ; tout dans l'appartement où il continua de vivre demeura dans l'état où elle l'avait laissé. Il s'imprégnait de son souvenir, il respirait dans son air. Dès lors on vit

combien avait été vif et profond cet éclair de divi-
nation qui avait entraîné la mourante à soumettre
sa fille à la discipline du dévouement. Le chagrin
sans bornes de M. des Tournels en fut adouci ; mais
la plus grande somme de bien profita à Berthe elle-
même. Dans la pratique quotidienne de cette tâche
qu'elle avait acceptée, elle éprouva une sorte d'a-
paisement intérieur qui l'étonna d'abord. Ce n'est
pas qu'elle n'eût très-souvent encore des révoltes et
comme des réveils terribles de cet esprit rebelle qui
grondait et s'agitait au fond de son être; mais elle
en était plus maîtresse et le domptait avec des efforts moins vifs et moins douloureux. Elle avait
promis de se consacrer à cette œuvre de salut, elle
s'y acharnait et les plus dures aspérités de son caractère s'effaçaient lentement, une à une, sous le
travail persévérant de sa volonté, comme les nœuds
d'une planche de chêne sous le passage actif du ra-
bot. Elle ne devinait pas encore ce doux mensonge
de madame des Tournels, cette ruse pieuse qui lui
montrait un père à consoler alors qu'il s'agissait
d'une fille à sauver. Plus clairvoyante, Berthe eût
été moins prompte à s'observer ; elle eût plus facilement lâché la bride à la fougue et à l'intempé-
rance de ses instincts.

Cependant, si large que fût le changement qu'on remarquait en elle, il n'était pas tel encore que l'Eau-qui-dort eût mérité de perdre son surnom. Que d'heures passées sous l'ombre du vieil ormeau, seule avec elle-même et les agitations qu'elle ne voulait plus subir, et qui la tourmentaient par moments ! Elle combattait les emportements de son caractère, par le silence, et voulait le dominer par la concentration. Elle avait alors conscience de son indiscipline, et ne concevait pas bien qu'on en eût toléré si longtemps les violences. Ce qui était excusable à douze ou quinze ans, dans toute l'ardeur bouillante d'un sang qui coulait comme une eau vive, et dans lequel son père se reconnaissait tout entier, devenait impossible à dix-huit. Elle était résolue à se vaincre elle-même. Le bonheur d'un père ne lui avait-il pas été confié, et faillir à cette tâche n'était-ce pas le fait d'un cœur lâche et d'un esprit timide ? L'honneur, la tendresse filiale, le respect d'elle-même, tout lui faisait un devoir sacré de tenir sa promesse. A cette époque de sa vie, on la voyait errer au milieu des grandes pièces de l'hôtel et passer des salons déserts au jardin solitaire, fuyant sa sœur, silencieuse comme une ombre qui cherche les lieux où elle a vécu et souffert.

2.

« Étrange fille ! » disait le père. « Pauvre âme ! » avait dit la mère.

Et l'Eau-qui-dort, perdue dans de longues méditations et de cruels efforts, demandait parfois à Lucile le secret de sa tranquillité.

« Que tu es heureuse ! disait-elle alors, tu descends le fleuve.... Quelque chose me pousse toujours à le remonter ! »

Un jour, après une de ces crises qui devenaient de plus en plus rares, et dont Berthe sortait par un de ces mouvements soudains qu'elle ne prévoyait pas plus qu'elle n'y échappait, M. des Tournels, fasciné en quelque sorte par la chaleur et l'impétuosité franche de son élan, la prit dans ses bras, et, saisissant la tête de sa fille à deux mains :

— Ah ! si jamais quelqu'un t'aime, dit-il, ce quelqu'un t'aimera bien !

— Je l'espère, répondit Berthe.

Quelque temps avant la mort de madame des Tournels, bon nombre de personnes, grands parents ou amis officieux, s'étaient présentés à l'hôtel de la rue Miromesnil dans des intentions faciles à deviner. Le maître de forges, qui ne voulait pas marier ses filles avant leur vingtième année, avait écarté toutes les demandes. Quand il eut rouvert ses salons, on

y vit reparaître en foule toutes les mères qui avaient
des fils à pourvoir et l'escadron volant des cher-
cheurs de belles dots. L'heure était venue de faire
un choix ; mais sans abdiquer, tant s'en faut, l'autorité d'un père, M. des Tournels voulut que ses
filles eussent toute liberté d'apprécier les mérites
des candidats qui leur venaient des quatre coins de
Paris. Après les bals où il les avait conduites, volontiers, il mettait l'entretien sur le chapitre des
jeunes gens qui avaient dansé avec Lucile après
avoir dansé avec Berthe. On les passait au laminoir
de la critique, la réflexion de l'une venait en aide à
l'observation de l'autre, et, l'entretien fini, le plus
souvent il ne restait plus rien des beaux messieurs
qui aspiraient au mariage par le chemin de la valse
et de la polka. On avait saisi les papillons par les
ailes, et leurs riches couleurs avaient disparu.

Un nom cependant n'avait jamais été prononcé
dans ces confidences familières, auxquelles Berthe
ne se mêlait pas sans une certaine contrainte, et
où elle apportait plus d'amertume et plus d'ironie
que sa sœur. C'était celui de Francis d'Auberive,
qu'un ami de province avait présenté à M. des
Tournels, Francis était un jeune homme de Dijon
qui avait quelques terres dans le voisinage des forges

si longtemps exploitées par M. des Tournels, et qui
habitait Paris les trois quarts de l'année. La connaissance faite, on avait chassé de compagnie dans
les mêmes bois, et une certaine intimité avait été le
résultat des relations continuées dans le laisser-al-
ler de la campagne. Avec ses trente ans et quelque
aisance, Francis se comportait alors comme un reître
en pays conquis. Chaque nouvel an devait amener la réforme, mais les années s'écoulaient et la
fortune s'en allait à la dérive. Ce qui lui en restait
était placé dans une entreprise de charbonnage au
fond de laquelle on ne voyait pas bien clair. On assurait en outre que le peu de terres qu'il possédait
encore était grevé d'hypothèques nombreuses. Le
meilleur de son avoir était alors représenté par une
tante, qui l'aimait beaucoup et qui passait pour fort
riche; mais la bonne dame, qui vivait retirée au
fond de sa petite ville, était fort sujette à des lubies.
Tout son bien pouvait s'engloutir dans les fonda-
tions pieuses ou être partagé entre vingt collatéraux
qui l'assiégeaient. Francis n'était pas un méchant
garçon et ne manquait pas d'esprit; néanmoins on
aurait vainement battu la province avant de trouver
un notaire qui l'eût accepté pour gendre. Ses bonnes
qualités sautaient aux yeux de tout le monde; par

malheur, un ménage ne vit pas seulement de gaieté, de franchise, de courage et de facile humeur. A trente ans, Francis regrettait la vie décousue qu'il avait menée ; mais il continuait par habitude et désœuvrement. Il s'estimait trop vieux pour en changer. Personne ne savait comment il finirait.

Il eut occasion de voir fréquemment Lucile et Berthe pendant les séjours plus longs qu'elles firent à la campagne après la mort de leur mère. Il était leur voisin, et son cheval, quand il lui lâchait la bride, s'en allait tout droit à la Marelle ; c'était ainsi qu'on appelait l'habitation de M. des Tournels. Francis était sûr d'y recevoir bon accueil. Seule, Berthe ne lui parlait pas beaucoup ; mais on la connaissait, et il ne s'y arrêtait pas. Quant au maître de forges, il lui serrait cordialement la main et vaquait à ses affaires. La visite faite, Francis était libre de rester à dîner ou de revenir dans la soirée prendre le thé. Dans les premiers temps, la présence assidue de M. d'Auberive à la Marelle avait aiguisé les caquets de la province ; on n'avait pas manqué d'y voir l'indice d'un projet de mariage. Si les fortunes n'étaient pas égales, Francis était d'une bonne noblesse du Morvan ; ses ancêtres avaient figuré dans le parlement de Dijon et dans les

armées du roi ; l'un deux avait péri à la bataille de
Morat : le blason pouvait donc corriger le défaut de
richesse. Malheureusement la conduite du jeune
gentilhomme donna un prompte démenti aux faiseurs de projets. On ne le vit jamais rechercher la
présence de Lucile et de Berthe et causer dans les
petits coins ; il ne flattait guère M. des Tournels, et
le combattait même quand leurs opinions ne se
rencontraient pas. Le galant ne se montrait en
rien ; il ne cachait pas ses défauts et parlait de ses
folies en homme qui n'en sait pas le nombre. Lucile
était avec Francis sur le pied d'une familiarité
aimable, telle qu'elle peut exister entre des jeunes
gens qui, en temps de chasse, ont déjeuné sur l'herbe
et dansé le soir au piano avec sept ou huit voisins
de bonne humeur. Berthe était plus réservée. Quand
elle entendait Francis rire avec sa sœur, elle s'écartait. Les conversations qu'ils échangeaient avaient
un air de gêne dont la cause échappait à Francis ;
s'il voulait badiner, elle se taisait. M. d'Auberive
pensait qu'il était la victime d'une antipathie innée ;
sans en perdre le sommeil, il en était chagrin, l'Eau
qui-dort ayant en elle quelque chose qui l'attirait.

Un jour qu'il regagnait à pied son petit château,
il rencontra Berthe qui marchait le long d'un ruis-

seau bordé de saules. Elle l'aperçut et prit à travers
le pré. Il hâta le pas et l'atteignit bientôt.

— Pourquoi m'évitez-vous, lui dit-il, et que vous
ai-je fait? S'il vous déplaît de me rencontrer chez
vous, malgré la cordialité que me font voir M. des
Tournels et mademoiselle Lucie, je renoncerai à
des relations où je trouvais un grand charme. Je
suis comme l'oiseau sur la branche, demain je
serai parti.... Mais dites-moi pourquoi vous me
répondez par de grands saluts quand je vous tends
la main?

Berthe reprit tranquillement le chemin du ruisseau.

— Vous voulez le savoir? répliqua-t-elle nettement. Eh bien! c'est parce qu'il m'est désagréable
de voir un homme de votre âge gaspiller sa vie et
ne faire rien qui vaille.

Francis ne put réprimer un geste de surprise.

— Bonté du ciel! vous n'y allez pas de main
morte! dit-il en riant, mais j'aime mieux cela, au
moins sait-on à quoi s'en tenir. Donc, à votre
avis, je pourrais employer mon temps plus utile-
ment?

Berthe lui montra les ouvriers d'une ferme voisine qui travaillaient aux champs.

— Vous seriez vigneron ou bouvier, reprit-elle, que cela vaudrait mieux.

— On n'est pas toujours le maître, répondit Francis avec l'accent de la tristesse.

— N'avez-vous pas trente ans ? n'êtes-vous pas orphelin ? dit-elle d'une voix impérieuse où perçait le sentiment de l'indignation.

— Oh ! trente ans, je les ai depuis quelques mois : orphelin, je le suis certainement, et c'est peut-être à cela que j'ai dû de n'être pas libre.

Berthe regarda son interlocuteur d'un air d'étonnement.

— Vous ne m'entendez pas, reprit-il, mais comment comprendre cela ?... Ce n'est guère aisé !

Essayez toujours.... On n'est pas si petite fille qu'on en a l'air.

— Cela se devine assez.... Diable ! il me semble que je suis comme un écolier devant son professeur, le jour où la leçon n'a pas été apprise suffisamment.

— Expliquez-vous alors, poursuivit Berthe, qui ne put s'empêcher de rire.

— Eh bien, me comprendrez-vous si je vous dis que dans la vie les liens, qui sont des chaînes quelquefois, sont des barrières aussi ? Ce qui nous gêne nous protége. Faute d'avoir un frein naturel, on arrive à s'embarrasser dans mille difficultés qui ne permettent plus de faire un pas librement ; aucune voix familière, aucune main prudente et ferme ne vous a poussé dans le droit chemin. Que penseriez-vous d'un homme qui, au lieu de marcher sur le sentier battu, prendrait à travers champs, sous pré-texte de courir à sa guise? N'aurait-il pas la chance de s'empêtrer dans des fondrières et des halliers d'où il ne pourrait se tirer qu'au prix de mille efforts? Heureux encore s'il n'y laisse pas la moitié de ses vêtements et un peu de sa chair ! Eh bien ! j'ai fait comme cet imprudent. Je voyais bien le but à atteindre, comme le voyageur voit le clocher de la ville où le repos l'attend ; mais j'étais perdu dans une route folle où chaque effort et chaque nouveau pas ne pouvaient que m'égarer davantage. On arrive bientôt à ne plus rien poursuivre. On marche, et c'est tout. Encore comment marche-t-on? Vous me direz peut-être qu'il y a la raison, et qu'elle n'a pas été donnée à l'homme pour être jetée dans un coin comme un outil brisé ou quelque instrument inutile.... J'en avais ma petite dose comme tout le monde, et certainement la raison a sa part d'in-fluence dans les affaires d'ici-bas, mais il y a la

jeunesse et l'exemple, et l'entraînement, et la vanité
et la faiblesse, et le long cortége des mauvaises
occasions qu'on se garde bien de laisser échapper!
Je suis entré dans la vie sans garde-fou, et voilà
pourquoi je n'ai pas toujours été le maitre.

Tout cela fut dit avec un accent de bonhomie et
de franchise où l'on sentait une pointe de mélancolie. Berthe se rapprocha de Francis; il lui prit
familièrement le bras.

—Çà! ajouta-t-il, à présent que ma confession est
faite, me donnerez-vous la main?

— Cela dépend, répondit-elle; j'y suis disposée,
mais il faut que vous rebroussiez chemin.

Francis se mit franchement à rire.

—Oh! la singulière personne que vous êtes! dit-il.
Vous parlez des choses les plus difficiles comme de
croquer des groseilles. Songez donc que j'ai trente
ans... Vous saurez un jour ce que c'est... très-tard
sans doute... mais enfin vous le saurez.

— L'âge n'y fait rien; il suffit de vouloir, répliqua-t-elle brusquement,

La pluie vint à tomber; ils entrèrent dans une
méchante hutte bâtie par un garde au bord d'un
bois. Assis côte à côte sur une large pierre plate et
les pieds dans la mousse, ils regardaient devant eux.

Un troupeau de brebis paissait dans une lande; le
berger, roulé dans sa cape, mangeait un morceau
de pain sous un arbre. Le paysage n'avait pas d'é-
tendue; M. d'Auberive le trouvait charmant, bien
qu'il regardât sa voisine plus que la campagne. La
jeune fille avait les narines gonflées et cassait des
brindilles de bois sec entre ses doigts par un petit
mouvement nerveux.

—Vouloir! reprit Francis, c'est bientôt dit; mais
ce n'est déjà pas si aisé.

Un pli se creusa entre les sourcils de Berthe.

— Et qu'importe que ce soit aisé si on le peut?
dit-elle.

M. d'Auberive étendit la main dans la direction
du berger qu'on voyait debout contre le tronc d'un
vieux frêne.

— Voyez cet arbre, reprit-il : le vent l'a courbé
lentement; comment fera-t-il pour se relever?

Berthe lui désigna du doigt un plant de vignes
qu'on apercevait à l'autre bout de la lande.

— Voyez ces pampres, dit-elle à son tour, n'étaient-
ils pas couchés par terre? Une main a planté des
échalas, et ils sont debout!

— Oui, mais une main est venue! répondit Francis.

— C'est vrai, dit Berthe naïvement.

Il y eut un long silence. Francis considérait avec
un mélange de joie et de curiosité cette jeune fille
qui lui parlait si résolûment un langage qu'il n'avait
pas entendu de son ami le plus intime. Berthe n'é-
tait pas jolie, et tout le monde s'accordait pour
trouver à Lucile de plus beaux yeux, un teint plus
frais, une bouche mieux dessinée, un front plus
régulier ; cependant c'était Berthe qu'on regardait
avec une attention plus soutenue. Elle avait un
charme particulier qui naissait de sa physionomie :
jamais visage ne fut plus mobile, jamais sourire
plus fier ou plus fin, jamais regard plus vif ou
plus doux, jamais gaieté plus expansive ou tristesse plus pénétrante. On pouvait ne pas la remarquer silencieuse ; elle captivait émue : c'était, selon
l'expression d'un ami de la famille, la plus jolie
laide qui se pût voir. Tandis que Francis la regardait, Berthe continuait de briser entre ses doigts
des bouts de branches mortes qu'elle tirait de la
mousse.

« La voilà convaincue ; bonsoir l'homélie ! » se
dit le jeune homme.

La pluie cessa de tomber. Ils se levèrent et pri-
rent par le bord du ruisseau, bras dessus, bras dessous. Berthe s'était armée d'une baguette et battait

les saules, d'où tombaient mille gouttes d'eau. On
fit quelques pas sans parler.

« Où diable voyage-t-elle en esprit? » pensa de
nouveau Francis.

— Vous êtes donc tout seul, tout à fait seul?
lui demanda Berthe.

— Non pas, dit Francis gaiement; j'ai dix cousins
qui me détestent et une tante confite en dévotion
qui me gronde six fois l'an.

« Pauvre garçon! » murmura Berthe. L'accent
de cette voie étouffée était si bon, le léger mouvement des épaules qui l'accompagna si amical, le pli
des lèvres si sympathique et si vrai, que Francis en
fut ému.

—Ça, dit-il, vous ne pouvez plus me refuser votre
main; vous venez de gagner mon amitié d'un seul
coup.

— Donnez-moi la vôtre, répondit Berthe; la
mienne ne vous manquera jamais.

Leurs deux mains unies, un certain attendrissement gagna Francis; il sentait que Berthe avait
raison, et il éprouvait un embarras réel à le con-
fesser. Il fit un effort pour en sortir en donnant à
l'entretien un tour plus gai.

— A présent que me voilà rassuré, reprit-il, expli-

quez-moi pourquoi vous m'évitiez toujours, car
cela me frappe maintenant, et pourquoi surtout
vous m'avez querellé aussitôt que vous avez daigné
causer avec moi.

— Eh ! précisément parce que mon amitié vous
était acquise dès les premiers jours... Le vieux
notaire du pays disait tant de mal de vous ! et
j'enrageais de voir que vous en méritiez bien la
moitié !

Berthe n'était timide que devant un piano. En
face d'un jeune homme au menton duquel elle touchait par le front, elle avait toute son assurance.
Elle parla de la sotte vie que menait M. d'Auberive
avec une véhémence pleine de feu, mêlant la répri-
mande au conseil et la raillerie à la prière.

Où cela le conduirait-il de marcher toujours dans
la même voie ? la ruine était bien quelque chose ;
d'ailleurs le ridicule était au bout, et c'était pis.
N'avait-il pas honte de manger en parties de plaisir
ennuyeuses le bien amassé par ses pères, et de traî-
ner dans mille sottises un nom qui avait eu de l'éclat ?
Il ne l'avait pas encore compromis, grâce à Dieu et
à un reste de bon sens ; mais qui oserait répondre
de l'avenir ? Si les temps n'étaient plus où il pouvait porter la robe fourrée d'hermine du conseiller

ou la cotte de mailles de l'homme d'armes, il y
avait encore dix carrières où son intelligence trouverait librement à se mouvoir. Le fusil d'un soldat
valait mieux que la cravache d'un dandy. La première loi du siècle était le travail; y manquer,
c'était déserter. Que les femmes fussent condamnées,
dans une certaine mesure, à rester oisives, c'était
un malheur; mais un homme! Que parlait-il d'habitude? la volonté vient à bout de tout; l'effort
est presque déjà la guérison. N'était-il pas las, à
trente ans, d'user ses bottes sur l'asphalte du boulevard et de compter les arbres du bois de Boulogne
dans mille courses mille fois renouvelées? Elle
estimait qu'un homme qui pouvait trouver son con-
tentement dans une existence si plate n'était ni
digne d'une affection sérieuse, ni capable d'en res-
sentir aucune.

— Bon! frappez toujours, mon petit philosophe!
dit Francis.

— Prouvez-moi que j'ai tort, et ma philosophie
se taira, répliqua Berthe.

M. d'Auberive changea tout à coup de visage et
de ton.

— Merci, reprit-il en serrant fortement la main
de Berthe; vous êtes la première personne qui, par

sa colère et sa généreuse indignation, m'ait donné la pensée que je valais quelque chose.

Une petite paysanne vint à passer et leur présenta un bouquet de violettes. M. d'Auberive l'offrit à Berthe.

— Acceptez-le, dit-il d'une voix grave ; ce sera entre nous le gage de la réconciliation.

— Et de la réforme ? ajouta Berthe.

Francis soupira.

— J'essaierai, » reprit-il.

Ils firent encore une centaine de pas et aperçurent les toits de la Marelle au détour du sentier.

« A demain ! » dit Berthe, qui sentait son cœur battre sans savoir pourquoi, et qui aurait été désespérée si quelqu'un l'avait surprise en ce moment. Elle s'éloigna en courant ; mais à l'instant où elle allait disparaître derrière un massif d'arbres :

« N'oubliez rien ! » cria-t-elle à M. d'Auberive en se retournant.

Vingt pas plus loin, elle porta vivement le bouquet de violettes à ses lèvres, sans penser à ce qu'elle faisait.

Francis resta quelque temps sous l'impression de cette rencontre et de l'entretien qui l'avait suivie. Cette petite fille, qui avait le langage énergique

d'un moraliste et toute l'onction d'une femme, lui
paraissait la plus étonnante personne qu'il eût encore
trouvée sur son chemin ; mais telle qu'elle était,
avec son audace, la pâleur mate de son teint, la
franchise de ses allures, ses lèvres pleines, son accent impétueux et ses sourcils mobiles, il ne lui
semblait pas qu'on en pût rencontrer de plus séduisante. M. d'Auberive pensait que s'il avait eu une
sœur de cette trempe solide, il aurait pu faire quelque
chose comme tant d'autres qui n'étaient pas des
aigles. De l'idée d'une sœur à une autre idée plus
intime, il n'y a pas grande distance. Le rêveur
l'avait déjà franchie lorsqu'il se mit à sourire.

« La bonne folie ! dit-il... mademoiselle Berthe
des Tournels, qui aura peut-être un million, la
femme de M. Francis d'Auberive, qui a... parbleu !
qui n'a rien ! »

Il soupira et jeta de côté un regard sur la hutte
dans laquelle ils avaient passé un quart d'heure
l'un près de l'autre. Il se demanda, en ralentissant
le pas, si la vie lui paraîtrait bien longue en compagnie d'une personne si originale et si résolue.
L'émotion le gagnait malgré lui ; mais il se défendait d'y céder et cherchait à repousser l'image qui
le poursuivait. Certains lambeaux de phrases qu'il

3.

murmurait à demi-voix répondaient à des séries de
pensées qui lui traversaient l'esprit subitement,
comme ces demoiselles qui passent en l'air au-dessus
d'un lac et y réfléchissent leurs ailes.

« Suis-je bête! reprit-il au bout d'un instant;
pour quelques paroles échappées au caprice d'une
conversation, pour un intérêt d'une heure où la
curiosité a peut-être autant de part que le cœur!...
Allons donc! »

Il haussa les épaules et alluma un cigare.

M. d'Auberive n'était pas de ces hommes que des
succès faciles ont rendu fats. Il avait au contraire
une si grande dose de modestie, que rien ne pouvait le déterminer à croire qu'il pût prétendre à
quelque chose qui ressemblât à de l'amour, à de
l'amitié ou à de la sympathie. S'il était bien accueilli, s'il plaisait dans le monde, si même on lui
donnait des raisons de penser qu'il était aimé, il
ne manquait pas d'attribuer ces résultats à certains
hasards auxquels son mérite restait étranger. Ces
sophismes à l'aide desquels beaucoup de ses semblables se haussent dévotement au-dessus du commun des mortels, il les employait aussi, mais en
sens inverse et de bonne foi. L'examen de conscience achevé, il avait cette conviction, que nul

moins que lui n'était fait pour mériter qu'on s'in-
téressât à son avenir. Si d'aventure une âme cha
ritable lui démontrait victorieusement le contraire,
son étonnement avait quelque chose de comique;
il s'ingéniait à trouver des motifs particuliers à
cette affection, dont il ne voulait, en aucun cas,
faire les honneurs à sa personne, finissait par en
découvrir d'invraisemblables qui lui suffisaient et
bientôt après rentrait dans son opinion première
avec empressement. L'occasion avait tout fait, et
cette occasion ne se présenterait plus.

Quand M. d'Auberive eut bien tourné et retourné
dans son esprit le souvenir de cette matinée heureuse
qu'il avait passée avec Berthe, le brave garçon ne
manqua pas d'arriver aux désastreuses conclusions
qui lui étaient familières; il s'y soumit cette fois avec
plus de chagrin encore que de résignation, et se promit en soupirant de ne plus penser à sa compagne
d'un jour, pour ne pas laisser à son cœur le temps
de s'y habituer. En s'arrêtant à cette résolution héroïque, qui lui coûta plus d'un regret, M. d'Auberive
n'en était pas moins décidé à tenir la promesse qu'il
avait faite à son mentor de vingt ans.

Le sommeil ne le visita pas beaucoup cette nuit-
là : le lendemain, au petit jour, il partit pour la

chasse; les perdreaux ne l'occupaient guère, mais une inquiétude dont il n'était pas le maître le poussait à marcher. Le grand air, la fraîcheur et le calme d'une belle matinée agirent sur ses nerfs et les détendirent. Il côtoya le ruisseau le long duquel Berthe et lui avaient marché la veille; de petites violettes se voyaient dans l'herbe; certaines inflexions de voix, certains regards, certains mots accentués d'une façon particulière lui revinrent à l'esprit et lui firent trouver un peu brutal l'arrêt par lequel il s'était condamné la veille. On ne pense pas, les pieds dans la rosée, les regards noyés dans la clarté limpide du matin, comme on pense dans un cabinet, les yeux arrêtés contre un vilain mur assombri par le soir.

« Qui sait? » murmura Francis joyeusement. Un lièvre partit d'un buisson, Francis fit feu et le manqua.

« Va! dit-il en suivant du regard l'animal qui filait dans la plaine, va! Berthe te sauve la vie! »

Comme il rechargeait paresseusement son fusil, le vieux notaire, dont mademoiselle des Tournels lui avait parlé arriva trottant sur un bidet que l'on connaissait à dix lieues à la ronde. M. d'Auberive mit la main sur la bride de l'animal.

— Eh! eh ! dit-il d'un air de belle humeur, vous
voilà donc, monsieur le tabellion, qui dites si gail-
lardement du mal des gens!

Le vieux notaire avait la langue acérée et il n'é-
tait pas homme à reculer.

— Eh ! de quoi, bon Dieu ! vous plaignez-vous,
monsieur le chasseur ? répliqua-t-il; on ne dit guère
que le quart de ce qu'on pense ! ·

M. d'Auberive salua, mais d'un ton plus net :

— Vous parlez comme saint Jean Bouche d'or,
mon bon M. Lecerf, reprit-il; mais peut-être pourrait-
on un jour vous prier de garder pour vous cette
belle opinion.

— La! la! ne nous fâchons pas! répondit
M. Lecerf, qui lâcha la bride à son bidet pour lui
permettre de brouter en paix : on est encore assez
vert pour vous prêter le collet, quoique notaire,
mais s'il vous plaît un instant de raisonner, rai-
sonnons, après quoi on verra à s'expliquer.

Il se pencha sur le pommeau de sa selle, et bien
commodément assis :

— Vous conviendrez facilement, continua-t-il,
qu'un serrurier a bien le droit de parler de ser-
rures, et un laboureur de sillons. Permettez donc à
un notaire de parler mariages et contrats. Voilà

mon royaume, et les plus beaux chasseurs du monde
ne m'en feront pas déguerpir. Les partis sont rares
dans le canton, où, je ne sais pourquoi, il y a
disette de jeunes gens. Il faut donc, bon gré mal
gré, qu'on s'occupe de vous, et vous rentrez dans
mes domaines par droit d'acquêts et de conquêts.
Que vous soyez un aimable garçon, facile à vivre,
prompt à obliger les gens et tout à fait galant
homme, qui en doute? Je chanterai vos louanges sur
le mode majeur, si cela vous plaît; mais sur le chapitre de l'établissement spécial, qui est de mon ressort, halte-là! De bonne foi tâchez de voir au fond
de votre vie, comme vous voyez au fond de ce
ruisseau. Nous avons trente ans sonnés, ce me
semble; nous avons mangé notre bien en herbe, cro-
quant le fonds avec le revenu; nous avons eu force
chiens, force chevaux, force compagnons de plaisir qui buvaient sec, force amourettes qui duraient
ce que durent les lunes, et nous avons tenu à honneur de ne négliger aucune des fredaines qui pouvaient augmenter notre réputation de mauvais
sujet.... Vous paraît-il que ce soit un joli capital à
offrir à un père de famille? Si vous étiez à la tête
de deux ou trois brins de filles en âge d'être pour-
vues et que l'on vînt vous présenter pour gendre

un gars bâti sur votre modèle, vous trinqueriez
volontiers avec le camarade, et, la chose faite, vous
lui diriez : Mon bel ami, passez votre chemin, et
allez vous marier ailleurs. Est-ce vrai?.... Suppo-
sons à présent qu'un propriétaire vienne me consulter dans mon cabinet.... un sanctuaire, monsieur
le gentilhomme.... que voulez-vous, en conscience,
que je réponde? Trouveriez-vous honnête que je
misse votre nom en tête d'une liste de jeunes gens
propres à signer un bon contrat? Vous n'oseriez
pas me le conseiller. Oh! s'il s'agissait de véne-
rie ou de *sport*, comme vous dites, nul ne serait
recommandé avant vous ; mais ces choses-là où vous
brillez ne sont pas de mon ressort. Tenez ! je prends
au hasard : on penserait à vous donner pour femme
mademoiselle Lacamus, qui a la ferme d'Orgerai,
deux cents hectares d'un seul tenant, ou mademoiselle Dusommier, qui a dix bonnes mille livres
de rente du chef de son père en biens-fonds, ou
mademoiselle Espieux, qui a les plus belles vignes
de l'arrondissement, ou même encore mademoiselle
Lucile des Tournels, votre voisine, qui passe à bon
droit, j'en sais quelque chose, pour une riche héritière, mon devoir, puisqu'il s'agit de mes ouailles,
n'est-il pas de me cabrer? Et c'est ce que je fais.

La langue me part, et démontre par A plus B que
vous seriez un mari détestable. Le passé répond de
l'avenir. Manger une dot qui aurait été comptée
dans mon étude oh ! que nenni ! je me tiendrais pour
déshonoré. Voilà comment j'entends mon métier,
et voilà près de quarante ans que je l'exerce ainsi.
Le notariat ! mais c'est ma religion à moi ! Si donc,
l'occasion aidant, je vous ai drapé, prenez-vous en
à mon amour du métier. Maintenant vous plaît-il
de partager mon menu ? vous êtes mon homme ;
madame Lecerf tirera la meilleure bouteille du meilleur coin, et je vous tiendrai tête !

Ce petit discours, débité avec verve et tout d'une
haleine, produisit une impression singulière sur l'esprit de M. d'Auberive. C'était un homme, on le
sait, qui trouvait toujours qu'on était dans le vrai
quand on lui donnait tort.

— Touchez là, dit-il au notaire ; vous avez fait
votre devoir.

M. Lecerf n'était pas méchant au fond, quoique
vert comme du vin nouveau ; cet abandon le toucha.

— Çà, voyons ! reprit-il en retenant la main que
Francis lui avait tendue : on parle de conversions,
et ça peut mener au mariage aussi bien qu'en paradis ; tout net, et en quatre mots, que vous reste-

t-il ? Nous avons des actions, des valeurs, un peu d'argent mignon ? On peut grouper tout cela. Ne me parlez pas des terres de Grandval, je les connais...

De ce côté-là, nous n'aurions pas dix mille écus vaillant ; mais après ?...

Francis sourit.

— Il me reste ma tante, dit-il.

Le notaire fit la moue.

— Hum ! reprit-il, le bruit court qu'un bon vieux curé la visite souvent ; c'est un héritage sur lequel je ne prêterais rien.

Il ramena la bride de son bidet, qui secoua la tête d'un air chagrin ; puis, le frappant du talon :

— Sans rancune au moins, dit-il à M. d'Auberive ; mon avis est que vous mourrez garçon.

Il poussa le cheval, qui prit le trot et disparut derrière une haie.

Resté seul, M. Francis d'Auberive siffla son chien, qui dormait dans l'herbe, et rentra en chasse. Il avait le cœur gros, et pourtant il n'avait garde d'en vouloir au notaire. Ce que M. Lecerf lui avait dit lui semblait marqué au coin du bon sens. Tous les rêves qu'il avait faits depuis une heure s'en allaient comme la rosée, séchée déjà par un rayon de soleil plus chaud.

« Est-on fou quelquefois! se dit-il... Si je n'avais pas rencontré ce brave notaire, voyez donc où m'auraient conduit toutes ces extravagantes idées?... Il a dit vrai : tel j'ai vécu, tel je mourrai. Il est singulier seulement que je le regrette au moment où il m'est défendu d'espérer mieux... Aussi pourquoi suis-je allé à la Marelle? »

Une compagnie de perdreaux s'éleva d'un champ de trèfle; il fit feu de ses deux coups, et deux perdreaux tombèrent sous la gueule du chien.

« Ah! murmura-t-il, mademoiselle Berthe n'est plus là pour vous protéger! »

Quand il rentra dans son petit castel de Grandval, il se sentit fort triste et fort désœuvré. Il s'assit à table et mangea peu. Quelques fagots de sarments flambaient dans la cheminée. Il pensa que la solitude lui semblerait douce, si le coin du feu était égayé par le sourire et la causerie d'une femme qui aurait la physionomie de Berthe. Il regarda les murs, les fusils et les carnassières pendus au râtelier, la pendule dont les aiguilles marchaient si lentement, le chien couché devant l'âtre et qui gémissait en rêvant, sa petite bibliothèque dont il connaissait tous les livres, un certain vieux bureau à pieds tordus dont tous les tiroirs étaient pleins de

lettres qui marquaient les étapes de la jeunesse :
rien ne lui parlait plus à l'esprit. Sa longue pipe
turque, rapportée d'un voyage qu'il avait fait en
Égypte, restait éteinte sous sa main; il buvait à
petits coups le café refroidi dans la tasse; une impression de malaise toute nouvelle le saisissait, et
il ne bougeait pas de son fauteuil. Sa pensée était
à la Marelle.

« Allons! se disait-il à toute minute, il n'y faut
plus songer. »

Et il se coucha en y pensant toujours.

Le lendemain, il n'osa point se présenter chez
M. des Tournels, ni le jour suivant non plus. Il rôda
tout autour de la Marelle, poussé vers la maison et
retenu par la crainte de rendre plus amer un regret
dont il ne pouvait pas se défendre.

« Est-ce absurde à trente ans! » se disait-il avec
dépit, car il ne s'épargnait guère, et volontiers il
se serait battu; mais les trente ans n'y faisaient
rien, et il éprouvait les mêmes agitations qu'un
écolier.

Quand il avait fait deux ou trois fois le tour du
parc, il en sortait.

« Ça passera! ça passera! » répétait-il comme
pour se rassurer.

Que de choses qui avaient passé déjà, et qu'il voyait défiler au fond de son souvenir comme une procession blanche de fantômes! Pourquoi donc le souvenir de mademoiselle Berthe, qui n'était pas jolie, serait-il plus vivace? Il rentrait dans le salon de Grandval, où il retrouvait à leur même place les fusils, la pendule, le chien, le bureau, la pipe turque. Il s'asseyait au coin du feu, maudissant sa jeunesse et s'efforçant de trouver quelque plaisir à la lecture des lettres apportées chaque matin sur son guéridon; mais elles lui rappelaient un temps qu'il n'aimait plus. Le troisième jour, il prit son parti résolûment et se rendit à la Marelle. Berthe travaillait auprès d'une fenêtre qu'elle ne quittait plus guère depuis quelque temps, et qui était merveilleusement placée pour voir les personnes qui entraient au château. Lucile jouait du piano. Elle se leva vivement et courut au-devant de Francis.

— Comme vous vous faites rare! dit-elle.

Berthe ne remua point : sa tête resta penchée sur la broderie qu'elle avait à la main. Cependant il parut à Francis qu'elle avait pâli, qu'un léger tremblement agitait la mousseline sous l'aiguille. Il en eut un instant de joie, mais presque aussitôt une réflexion vint tout gâter.

« C'est un effet de lumière, pensa-t-il ; le jour tombe à faux sur son visage, en outre il éclaire mal sa broderie ; elle vient peut-être de se piquer !... »

Gêné, il la salua froidement sans lui tendre la main ; elle leva les yeux d'un air étonné et resta contrainte pendant toute cette visite : M. d'Auberive, qui cherchait ses mots, n'osa pas la prolonger. Quand il se leva, elle s'inclina sans le regarder. Lucile l'accompagna jusqu'à la grille du parc.-Il lui répondait tout de travers. Lorsqu'il fut seul dans la campagne, Francis allongea le pas, comme s'il avait hâte de mettre une grande distance entre Berthe et lui.

« Je ne m'étais pas trompé, pensa-t-il. Comme elle m'a reçu ! quelle froideur ! Un étranger qu'elle eût vu pour la seconde fois eût obtenu un accueil plus cordial. A peine un mot ! un regard tout au plus.... rien qui m'ait prouvé qu'elle se souvient encore de notre entretien... Avais-je raison de penser qu'un concours particulier de circonstances avait tout fait ? Ma fois, tant mieux ! cela m'aidera à me guérir plus vite ! »

Tout en disant « Tant mieux ! » Francis cassait à grands coups de canne les branches des buissons devant lesquels il passait.

Rien ne fait plus de ravages qu'une préoccupation constante et cet acharnement que mettent
certains esprits à se bien persuader que les choses
qu'ils redoutent le plus sont et seront. M. d'Auberive s'y appliquait avec un soin qui devait à la
longue enraciner sa conviction. Quand par hasard
il se laissait aller à cette espérance que mademoiselle des Tournels, si active dans sa bienveillance,
si nette, si prompte, si franche et si résolue, pouvait être sa providence, le souvenir de la conversation qu'il avait eue avec M. Lecerf lui revenait
à l'esprit, et il n'en fallait pas tant pour le rejeter
dans cet amer travail intérieur qui avait été l'œuvre
de toute sa vie. Un sentiment de fierté noble qui
avait sa source dans les meilleurs instincts venait
en aide à ce parti pris de n'ajouter point foi aux
apparences et de ne pas s'abandonner à la pente
vers laquelle il sentait bien que son cœur, un peu
battu par cent orages, le poussait. Berthe était une
riche héritière, une des plus riches du département ;
s'il affichait hautement des prétentions à sa main,
lui qui n'était qu'un pauvre hobereau de clocher,
vivant à la diable sur les débris de son patrimoine,
n'aurait-il pas toutes les allures malsonnantes d'un
coureur de dots, et n'était-il pas indubitable que

personne ne croirait à la sincérité de son entraînement? Le succès impossible, c'était tout au moins
une honte qu'il fallait éviter à son nom. Il redoubla
donc de réserve dans ses rapports avec la Marelle.
Berthe était trop jeune, et malgré son éducation
comparativement libre, surtout depuis la mort de
sa mère, trop inexpérimentée pour démêler les
véritables motifs de cette conduite. Elle en souffrait
sans rien y comprendre. Toujours un peu sauvage
au fond, elle craignait aussi d'avoir donné par sa
franchise une mauvaise opinion d'elle à M. d'Auberive, et cette pensée lui faisait monter le rouge
au visage quand elle était seule. On comprend que
cette mutuelle raideur cédât parfois sous l'influence
de l'occasion. L'intimité qui naît du séjour à la
campagne, les promenades qu'on y fait à pied et à
cheval, les joyeux dîners qui suivent les retours de
chasse, sont autant de piéges où la jeunesse se
prend. On oublie le rôle qu'on s'est imposé; le
cœur s'échauffe avec l'esprit, on mesure moins son
langage, on badine, et une heure détruit l'œuvre
des plus sévères résolutions. Ainsi faisaient Berthe
et Francis; mais la nuit venue, et solitairement
cloîtré entre les murs de Grandval, comme il se
rudoyait, comme il refoulait par un feu roulant

d'invectives et de sarcasmes le mouvement de jeunesse égayé par une lueur d'espoir auquel il s'était abandonné! Tel un bouvier marche à pas lourds sur les petites fleurs que la rosée a fait épanouir. Le lendemain, M. d'Auberive restait enfermé dans sa maison, et jurait de ne plus s'exposer à des périls qui le trouvaient si lâche. Berthe l'attendait, et, surprise de ne pas le voir, se promenait silencieusement au coucher du soleil dans les parties les plus désertes du parc.

Un soir, M. des Tournels, qui revenait d'une coupe de bois, l'y surprit assise sur un banc de mousse, un livre fermé sur les genoux. Elle n'avait pas entendu le pas de son cheval. Il s'arrêta devant elle et la touchant du bout de sa cravache :

— Eh! mignonne, dit-il, à quoi rêve l'Eau-qui-dort?

Berthe leva sur son père ses yeux profonds, et sans manifester aucune surprise :

— A M. Francis d'Auberive, répondit-elle.

— Ah! diable! fit M. des Tournels; puis, sautant à bas de son cheval, qu'il retint par la bride, il prit le bras de sa fille qui le suivit.

— Ça, continua-t-il en marchant, est-ce par hasard?

— Non pas... Ce n'est pas un rêve, c'est une idée.

M. des Tournels fronça le sourcil.

—J'ai reçu M. d'Auberive chez moi en ami, dit-il ; aurait-il oublié en te parlant... ? »

Berthe l'arrêta d'un geste.

— Il n'a rien oublié de ce qu'il vous doit et de de ce qu'il me doit, reprit-elle fièrement... Je crois même, autant que j'en puis juger, que la pensée qui m'occupe m'occupe seule.

— Mais à quel propos cette pensée, et pourquoi, et comment?

— Je ne sais... J'ai vu M. d'Auberive assez souvent. Il a quelque chose de triste dans les yeux... Il est bon comme un enfant, et on ferait couler tout le sang de ses veines avant d'y trouver une goutte de fiel... Je ne peux pas me défendre de m'intéresser à lui... Il est si seul!... On le voit rire et il rit beaucoup ; mais au fond il n'est point heureux... Un temps j'ai cru qu'il m'aimait sans le savoir... C'était après une conversation que nous avons eue il y a deux mois ; à présent, je ne sais plus que penser... Cependant, lorsqu'il s'imagine que je ne l'aperçois pas, il me suit des yeux. Dans ces moments là, le cœur me bat à m'étouffer.

4

Il me semble que tout ce qui se passe en moi se peint sur mon visage. Quand nous sommes restés l'un près de l'autre tout un soir sans nous parler, j'ai la respiration oppressée... Si, au moment de partir, il arrête les yeux sur moi, j'y lis mille choses qui font que la nuit mes joues se couvrent de larmes... Vous avez voulu savoir mon secret, le voilà.

M. des Tournels écoutait Berthe attentivement.

— Il ne t'a jamais ouvert son cœur, jamais écrit?

— S'il m'avait écrit, je vous aurais apporté sa lettre.

— Bien vrai? reprit le maître de forges.

— Ah! mon père! regardez-moi! dit Berthe.

M. des Tournels l'embrassa.

— Tu as raison; mais ne m'en veuille pas : ton bonheur est en jeu, et il me touche plus que le mien. J'ai besoin de tout savoir.... M. d'Auberive paraît-il se douter de ce trouble que tu ressens?

— Je ne sais.... Depuis quelque temps même, on dirait qu'il évite les occasions de se trouver avec moi.

— Sa manière d'agir est celle d'un galant homme. Je ne te cacherai point cependant que M. d'Auberive n'est pas le mari que j'aurais choisi. J'avais d'autres idées.... Mais puisque tu y penses.... on verra.

Berthe jeta ses bras autour du cou de son père, et à plusieurs reprises l'embrassa.

— Vous êtes bon ! dit-elle.

— Eh ! eh ! reprit M. des Tournels, c'est donc sérieux ?

— Sérieux ? fit-elle en le regardant, vous me connaissez, et vous le demandez !

III

Sa confession faite, Berthe fut soulagée d'un grand poids. Il lui sembla qu'elle pouvait penser à M. d'Auberive en toute liberté et sans remords de conscience. Son père lui avait fait promettre de ne rien changer à leurs relations, surtout de ne point laisser entendre à leur voisin qu'il était question de lui entre elle et M. des Tournels. Il aimait assez sa fille, disait-il, pour ne point faire cas de la fortune et pour renoncer à d'autres projets, si nul obstacle grave ne s'opposait à ce qu'on élevât Francis à la dignité de mari. Il demandait seulement un peu de temps et le droit de réfléchir. Berthe n'en voulait pas davantage. Rassurée par ce langage et persuadée que son père ne découvrirait pas autre chose que ce qu'elle savait, elle se voyait déjà en esprit châtelaine de Grandval et partagée entre son père et son mari. Elle s'étonnait seulement que Francis ne fût pas plus prompt à deviner que quelque chose d'important se passait; elle le trouvait même maladroit dans sa tranquillité, et se promettait de l'en faire repentir quand son père aurait dit oui. En attendant que M. d'Auberive ouvrît les yeux, Berthe interrogeait souvent son père sur la nature des renseignements qu'il avait pris. Le père ne s'expliquait pas nettement, mais un mouvement de la tête, un mot jeté rn passant, faisaient entendre que rien n'était compromis. Il paraissait même s'habituer à cette idée.

—Hum! dit-il un jour en glissant son bras sous celui de sa fille, on a été un peu longtemps jeune, on a croqué le vert et le sec, on a vécu comme la vieille cigale de la fable ; mais au fond on n'a pas l'âme si noire que la réputation.... On verra, et si l'on s'amende un matin nous aurons à causer.... Mais ce matin-là n'est pas encore venu.

Pendant ces jours d'espérance, Berthe parlait encore moins à Lucile ; elle se cachait dans des coins sombres et passait de longues heures dans ces muettes contemplations qui ne surprenaient plus personne. Une sorte de langueur s'était répandue sur ses traits et en adoucissait l'expression. M. d'Auberive, retenu à Grandval par une force contre laquelle sa volonté ne pouvait rien, dînait une fois ou deux par semaine à la Marelle, et tuait des perdreaux,

4.

en prenant chaque jour la résolution de partir pour
Paris. A ce moment de sa vie, et secrètement, il
cherchait un moyen d'utiliser ce qu'il avait de facultés, et il avait écrit dans ce sens aux directeurs
de cette entreprise de charbonnage où était engagé
tout ce qu'il avait de fonds liquides.

« Elle verra du moins que je tiens parole, » se
disait-il.

M. des Tournels, de son côté, n'avait pas reçu les
confidences de sa fille sans un grand trouble et un
véritable chagrin. Jamais, dans ses projets d'établissement, il n'avait songé à un mari du caractère de
Francis; il voulait au contraire un homme qui eût
les habitudes d'une vie laborieuse, une profession,
et quelque chose de rassis dans l'existence et les
goûts. Ce qu'il savait de sa fille et de ses dispositions
d'esprit ne lui permit pas de laisser voir tout entière la contrariété qu'il éprouvait. Il fut de bonne
foi quand il lui promit d'étudier M. d'Auberive, et
de ne point s'opposer à leur union si rien ne lui en
démontrait l'impossibilité; mais dans son for intérieur le maître de forges espérait bien qu'une découverte imprévue dessillerait les yeux de Berthe,
et l'autoriserait à intervenir avec toute l'autorité
d'un père. Rompre nettement et brusquement, de

prime-saut, était impraticable avec une fille du caractère de l'Eau-qui-dort. M. des Tournels s'accom-
moda donc de l'atermoiement que son expérience
et sa tendresse pour Berthe lui suggérèrent ; toute-
fois les premiers renseignements authentiques qu'il
obtint modifièrent son opinion. Bien que son désir
ne fût pas de ce côté-là, il se résigna petit à petit à
considérer M. d'Auberive comme un gendre qu'il
acceptait de la main du hasard.

Un soir, M. des Tournels toucha du doigt l'épaule
de Berthe :

— Je verrai bientôt si notre voisin est homme à
changer de route, dit-il ; j'aurai ce temps-ci l'occasion de lui offrir un emploi... S'il accepte, s'il travaille
rudement, comme je faisais quand j'avais son âge,
il montrera qu'il est mûr pour les choses sérieuses ;
sois tranquille et dors en paix. S'il refuse, c'est que
l'habitude est la plus forte... Bonsoir alors !

Berthe eut un instant la pensée d'écrire à M. d'Auberive ; mais un sentiment de fierté la retint : elle
avait parlé, elle avait sa promesse. Elle rejeta la
plume qu'elle avait déjà prise et se sauva dans le
parc. La conviction où elle était que dans peu de
jours sa destinée serait fixée lui causait des battements de cœur qui l'étouffaient. Elle n'avait rien

dit à sa sœur, et se sentait résolue à ne lui rien
dire, non par méfiance, mais par un besoin de
concentration farouche qui la dominait ; toute rem-
plie d'un trouble qu'elle ne pouvait alléger par la
confidence, elle tomba au pied d'un arbre, où elle
resta en prière jusqu'à la nuit.

Sur ces entrefaites, il y eut dans un village voisin
une fête où tous les propriétaires du canton avaient
coutume de se rendre. La famille des Tournels y
rencontra M. d'Auberive. Un grand nombre de bou-
tiques éphémères s'élevaient sur le champ de foire,
au milieu duquel on avait établi des jeux d'adresse
et de hasard. Les jeunes filles et les enfants du pays
tournaient tout alentour. Un orchestre de musiciens
ambulants faisait rage dans un coin de la place, où
l'on dansait. Francis se promenait de boutique en
boutique avec Lucile et Berthe ; M. des Tournels
causait à l'écart avec M. Lecerf. Cet entretien que
rien n'arrêtait, ni les saltimbanques, ni la foule,
donnait fort à penser à M. d'Auberive.

« La conversation d'un notaire, pensait-il, est
toujours suivie d'un contrat. »

Cependant Lucile ayant témoigné le désir de
jouer, on mit à la loterie d'un marchand dont la
baraque était encombrée d'objets divers, devant

lesquels un peuple de villageoises endimanchées se groupait dans l'attitude de l'admiration. On perdait et on gagnait au milieu des éclats de rire. Lucile et Berthe distribuaient autour d'elles les lots qui leur étaient échus après chaque tour de roue. Un des numéros amenés par Francis le rendit maître d'un beau ruban de soie bleue.

— Monsieur Des Tournels, cria-t-il tout à coup me permettez-vous de faire un présent magnifique à mademoiselle Berthe?

— Faites, répondit M. Des Tournels, qui causait toujours avec l'implacable M. Lecerf.

Berthe accepta le ruban, sur lequel trois grandes Bourguignonnes jetaient des regards de convoitise. La visite du champ de foire achevée, on reprit lentement le chemin de la Marelle, où l'on devait dîner. Une boîte de pralines que Berthe avait eue en partage au dernier coup vint à s'ouvrir, et deux ou trois bonbons tombèrent sur l'herbe.

— Le couvercle est rompu, il faut l'attacher, dit Francis.

Mademoiselle des Tournels prit le ruban de soie bleue et le noua autour de la boîte.

— Voyez! c'est un lien, dit-elle à M. d'Auberive en le regardant.

Une expression de joie éclaira la figure de Francis, et Berthe tourna la tête. N'était-ce pas une allusion directe à l'entretien qu'ils avaient eu dans la cabane du garde, sur la lisière du bois? Ne venait-elle pas par ces quatre mots d'en renouer la chaîne interrompue, et de lui faire comprendre qu'elle n'avait rien oublié? Ce lien qui lui avait toujours manqué, ne venait-il pas enfin de le trouver? Cette soirée passée à la Marelle fut pour M. d'Auberive comme un enchantement. Jamais il n'avait senti son cœur si jeune ni si confiant; un mot avait tout changé. Il se laissait aller à la joie de vivre et d'être heureux. Deux fois il eut envie d'arrêter M. des Tournels au passage et de lui dire :

« J'aime mademoiselle Berthe, que faut-il faire pour la mériter? »

Par malheur, le maître de forges n'était jamais seul; M. Lecerf ne le quittait pas plus que son ombre et lui parlait avec un feu singulier, en le retenant par un bouton de son habit.

« Allons, pensa Francis, demain je lui ferai l'aveu de mon amour, et s'il me la refuse, je partirai pour l'Amérique, où je me ferai pionnier. »

Berthe ne pouvait s'empêcher de regarder M. d'Au-

berive à la dérobée; quelquefois leurs yeux se
rencontraient; un trouble délicieux se répandait
alors en elle. On la voyait pâlir, puis rougir presque aussitôt. Elle se taisait ou parlait fort vite, et
ne pouvait tenir en place ; elle aurait voulu que
cette soirée où elle se sentait aimée n'eût pas de
fin, et désirait cependant être seule pour savourer
son bonheur. Une grande fenêtre était ouverte. Elle
passa sur le balcon, y trouva sa sœur et l'embrassa
tout à coup.

— Ah! que la nuit est belle! dit-elle.

— Tiens! l'Eau-qui-dort qui s'amuse! dit Lucile
en lui rendant son baiser.

M. d'Auberive prit par le plus long pour rentrer
chez lui.

« Faites donc de beaux projets pour qu'un mot
les renverse tous! » se disait-il.

Et il aspirait à pleins poumons l'odeur des bois
baignés de rosée, et il se retournait pour regarder
au loin les lumières qui lui montraient la place où
était le château de la Marelle.

« A trente ans, est-ce drôle! » reprenait-il.

Le lendemain, il rencontra M. Lecerf, qui trottait
sur sa bête d'un air affairé.

« Eh ! monsieur le notaire, on aura à vous con-

sulter ces jours-ci, lui cria-t-il ; fantaisie m'a pris
de voir clair dans mes affaires.

— Rude besogne ! reprit M. Lecerf. Ne m'appor-
tez pas vos paperasses avant la fin du mois ; je ne
m'appartiens plus, et n'aurais pas le loisir d'y four-
rer le nez... Il y a du nouveau.

— Ah bah !

— C'est comme j'ai l'honneur de vous le dire.
Tout le monde n'est pas comme vous, mon gentilhomme ; on en sait qui pensent à leur établissement. Je vais en certain lieu prendre certaines notes
qui pourraient bien faire accorder les violons du
côté de la Marelle, si ces notes répondent à ce que
je crois.

— Il s'agit donc de mariage ? demanda Francis
d'une voix creuse.

— Me verriez-vous en campagne de si bonne
heure, si je n'étais sur la piste d'un bon contrat?...
que dis-je d'un ? de deux contrats, s'il vous plaît !
Nous avons deux partis pour les deux sœurs, et si
vous êtes encore au pays, à Noël, vous danserez à la
noce... Ménagez un beau chevreuil pour ce jour-là.

Là-dessus, M. Lecerf joua de la houssine et partit. M. d'Auberive resta sur place, le regardant s'é-
loigner. Il avait la gorge serrée.

« Ce devait être, » murmura-t-il en reprenant d'un pied lourd le chemin de Grandval. Ses timides espérances étaient fauchées d'un coup. Il pensa à l'Amérique et sourit tristement.

« Je ne croyais pas hier être si près du voyage ! » reprit-il.

Ce que le notaire avait raconté à M. d'Auberive n'était vrai qu'à moitié. Francis ne s'était pas trompé la veille quand il avait supposé que M. Lecerf et M. des Tournels débattaient entre eux une question de mariage. M. Lecerf avait toujours cinq ou six partis dans sa manche. Les jeunes gens qu'il proposait au maître de forges pour ses filles n'étaient point de ceux qu'on refuse d'emblée ; l'un d'eux même convenait suffisamment à M. des Tournels pour Lucile. On sait qu'il avait de bonnes raisons pour être plus réservé à l'endroit de Berthe, au sujet de laquelle il refusait de prendre aucun engagement ; mais la fougue du notaire ne lui faisait trouver d'obstacle à rien, et, devinant la moitié de son succès, il ne doutait pas que son argumentation, appuyée par l'éloquence des chiffres, ne vînt à bout du reste.

M. d'Auberive prit son parti dans la nuit. Tous les raisonnements par lesquels il avait combattu

5

son amour naissant lui revinrent à l'esprit avec une
furie nouvelle. En admettant, ce qui n'était pas
démontré, qu'il eût inspiré à mademoiselle des Tournels un sentiment d'affection inespéré, n'était-ce pas
un de ces mouvements de jeunesse qui trompent les
jeunes filles, et que le travail de quelques jours
dissipe?... Un éclair n'est pas un incendie, et devait-
il profiter de ce premier éveil d'un cœur inexpéri-
menté pour violenter moralement la volonté d'un
père et le contraindre à donner son consentement?
Les indiscrétions de M. Lecerf n'indiquaient-elles
pas clairement que M. des Tournels avait d'autres
visées, au milieu desquelles M. d'Auberive arriverait
comme un intrus? Les vraies lois de l'honneur lui
indiquaient son devoir. En s'y soumettant, il évitait
l'humiliation d'une démarche qui serait fatalement
mal interprétée. Assister à sa défaite ne lui convenait pas non plus; il n'avait que trop attendu déjà.
Il jeta un dernier coup d'œil sur les objets qui l'entouraient, comme pour dire adieu aux confidents
muets de ses combats intérieurs. Au petit jour, sa
malle était faite; il adressa un billet à M. des Tournels, pour lui annoncer qu'une affaire imprévue le
rappelait subitement à Paris, monta dans une voiture de ferme, se fit conduire sur la grand'route,

et sauta sur la première diligence qui vint à passer.
Cette fois le roman de son mariage lui semblait
bien fini.

« Il n'y a pas de bon dénoûment à mauvaise
pièce ! » murmurait-il en cherchant le sommeil
dans son coin.

Ce départ surprit M. des Tournels au dernier
point. Il consterna Berthe. On ne connaissait pas
d'affaires à M. d'Auberive, et son billet laconique
ne donnait aucun éclaircissement sur la nature de
celle qui lui faisait quitter Grandval si précipitam-
ment. Il fallait cependant qu'elle fût d'une importance extrême pour l'avoir décidé à partir sans
faire ses adieux aux hôtes de la Marelle. Berthe
n'était pas d'un caractère à chercher des consolations
dans les épanchements ; elle renferma en elle la
douleur qu'elle éprouvait, et put tromper tout le
monde, son père excepté. Il suffisait à M. des Tournels de voir un certain pli qu'elle avait à l'angle
interne du sourcil, quand une préoccupation la dominait, pour comprendre ce qui se passait en elle.

Un départ l'aurait toujours attristée ; mais, dans
les circonstances où il s'était produit, Berthe ne se
dissimulait pas qu'il remettait tout en question.
L'édifice s'était écroulé avant qu'elle en eût assis

les fondements. L'illusion n'avait point de prise sur
cette nature éternellement occupée à se creuser elle-
même, à s'assouplir, à se maîtriser, et quelque chose
dont elle n'était pas maîtresse lui criait que Francis
était perdu pour elle. A cette époque, le sentiment
nouveau que la présence de M. d'Auberive avait
fait naître dans son cœur avait achevé l'œuvre de
résistance et de concentration auquel elle se livrait
sur elle-même depuis le jour où madame des Tournels lui avait parlé à son lit de mort. Il n'y avait
plus ni révolte, ni colère, ni emportement subit
suivis de longues prostrations; elle était unie et
paisible, patiente et reposée; tout mourait en elle,
on ne voyait plus d'autres traces des bouillonnements
qui l'agitaient qu'un peu de pâleur sur le front ou
le gonflement des narines.

On avait parlé deux ou trois fois du départ de
M. d'Auberive dans les réunions du soir; Berthe,
le front penché sur un ouvrage de tapisserie, écoutait de toutes ses oreilles : si dans ces moments-là
quelqu'un avait mis la main sur son cœur, on eût
été épouvanté des terribles pulsations qui le faisaient
battre. Ces courtes conversations, pendant lesquelles
des propriétaires voisins ou des compagnons de
chasse échangeaient leurs commentaires, ne lui ap-

prenaient rien. En jouant sa partie de whist, le vieux notaire, qu'elle exécrait, mêlait son mot à l'entretien.

— M. d'Auberive a la prétention de mettre ordre à ses affaires, disait-il, et c'est à moi qu'il réserve le soin de nettoyer les écuries d'Augias... J'imagine qu'il bat le rappel des notes et des mémoires...

On riait autour de M. Lecerf, et vers la fin de la semaine on ne pensa plus à Francis.

Un jour qu'elle se promenait dans le parc avec son père, Berthe lui mit la main sur le bras :

— Vous ne savez rien? dit-elle d'une voix qu'elle s'efforçait de raffermir.

— Rien encore, répondit le père, qui la comprenait à demi-mot : mais je n'augure rien de bon de ce voyage. J'ai écrit à Paris ; M. d'Auberive se montre au bois de Boulogne ; on l'a vu à l'Opéra. Il ne paraît pas qu'il fasse autre chose que ce qu'il a toujours fait... Si sa fameuse tante était morte, il nous l'aurait écrit.

— C'est ce que je pense, reprit Berthe.

Il y avait dans ces quelques mots, prononcés d'une voix sourde, un tel accent de tristesse, le visage de Berthe était si blanc, le pli de son sourcil si profond, que M. des Tournels en eut pitié.

— Quelques affaires à terminer me retiennent encore ici, dit-il ; mais dans peu de jours nous partirons pour Paris.

Berthe appuya la tête sur l'épaule de son père, et se mit à pleurer silencieusement ; c'était les premières larmes qu'elle eût versées depuis la mort de sa mère. Son cœur, trop violemment comprimé, se dégonflait. Quand l'accès fut calmé, elle prit la main de M. des Tournels et la porta à ses lèvres sans parler.

— Dès notre arrivée là-bas, reprit M. des Tournels, j'irai aux informations. S'il ne s'agit que de dettes à régler... compte sur moi, ton bonheur passera avant ma propre inclination ; mais, si je juge que M. d'Auberive n'est pas l'homme à qui ma conscience me permet de confier sans crainte l'avenir de ma fille, tu ne m'en parleras plus.

— Je vous le promets, dit Berthe.

Elle s'essuya les yeux, et ils rentrèrent à la Marelle sans échanger un seul mot. Sur le seuil, les yeux du père et de la fille se rencontrèrent, et ils s'embrassèrent.

« Ah ! pauvre Eau-qui-dort, que de tempêtes dans ton silence ! » murmura M. des Tournels.

Pendant les derniers jours qu'on passa au châ-

teau, Berthe fut semblable à une statue de marbre.
Un seul objet occupait sa pensée, et tous ses efforts
ne parvenaient pas à lui faire concevoir une espérance. Elle avait causé avec M. des Tournels une
fois, c'était tout ce qu'elle avait pu faire. Maintenant
elle était résolue à se taire et à attendre. La fierté
de son cœur était offensée de la rapidité de ce départ inexpliqué; mais combien vite elle aurait pardonné à M. d'Auberive s'il eût reparu devant elle!
Aussitôt qu'elle pouvait s'échapper, elle montait dans
sa chambre, ou se cachait au plus épais du parc.
L'hiver arrivait à grands pas, les feuilles mortes
pleuvaient autour d'elle; les branches sèches, se-
couées par le vent, se froissaient avec de longues
plaintes; le brouillard s'élevait des vallées et ram-
pait dans la campagne. Elle restait à la fenêtre, ou
assise au pied d'un arbre, insensible au froid, les
yeux fixes, occupée à rouler entre ses doigts un ruban de soie bleu. On ne voyait plus une goutte de
sang sur ses joues. Lucile allait et venait, riait,
chantait, faisait aux visiteurs les honneurs du
château, ne voyait rien, taquinait Berthe amicale-
ment, et lui tapant sur l'épaule en riant, lui criait:

« Décidément tu dors trop, l'Eau-qui-dort! »

On revint à Paris dans les premiers jours de jan-

vier. Il y avait alors plus d'un mois qu'on n'avait
eu des nouvelles de M. d'Auberive. Ce double mariage auquel M. Lecerf avait fait allusion la veille
du départ de Francis avait le sort de ces mariages
que d'irrésistibles passions ou de grands intérêts ne
commandent pas ; il en était toujours vaguement
question, mais il n'avançait guère. M. des Tournels
avait dès longtemps conçu le projet de marier ses
deux filles le même jour, pour n'avoir pas, disait-
il l'embarras et le chagrin de deux cérémonies et de
deux séparations. Or, si le mariage de Lucile, qui
avait remis sur cette grave affaire, la plus importante de la vie d'une femme, tous ses pouvoirs à
son père, pouvait être conclu dans les vingt-quatre
heures, celui de Berthe présentait d'autres difficultés. En traversant Paris, Berthe n'avait pu s'empêcher de jeter mille regards le long des rues ; il lui
semblait impossible que M. d'Auberive ne se trouvât point sur son passage. Comment ne devinait-il
pas qu'elle arrivait ? De retour dans le vieil hôtel
de la rue Miromesnil, elle revit les grandes pièces
où autrefois elle avait dansé avec lui. Il la recher-
chait alors, et mille souvenirs que son retour lui
rappelait, comme le pas d'un voyageur réveille un
essaim d'oiseaux endormis dans une haie, lui don-

naient à penser qu'à cette époque il la préférait à toutes les jeunes filles réunies dans les mêmes salons. Comment se faisait-il qu'elle ne l'eût pas remarqué alors, et qu'il eût fallu les caquets de la province et les méchancetés d'un notaire pour la tirer de sa torpeur? Une sorte de fièvre s'empara d'elle. Son père ne lui avait jamais manqué de parole, et certainement un temps bien long ne s'écoulerait pas avant qu'on ne vît M. d'Auberive à l'hôtel. Déjà, quand sa sœur demandait si personne n'était venu leur rendre visite, son cœur battait; elle n'osait pas jeter les yeux sur les cartes qu'on leur remettait au retour d'une promenade.

Une semaine s'écoula : Berthe n'interrogeait pas M. des Tournels; elle savait qu'il n'oubliait rien, il suffisait qu'ils se fussent expliqués. Un soir il pria les deux sœurs de s'habiller pour aller aux Italiens. C'est la première fois qu'elles y retournaient depuis que leur mère n'existait plus. Berthe sentit ce qui devait se passer dans le cœur de son père. Un de ces élans qui la rendaient irrésistible la jeta dans ses bras.

— Si vous voulez, nous n'irons pas, dit-elle; Lucile et moi, nous n'y tenons plus.

M. des Tournels la serra sur son cœur.

5.

— Il est de mon devoir de ne vous priver en rien
des plaisirs de votre âge... Nous parlerons d'elle
ensemble au retour, répondit-il.

M. des Tournels et ses deux filles occupaient la
loge qu'ils avaient toujours eue. On jouait *la Gazza
ladra*. L'influence de la musique, déjà si profonde
sur les organisations nerveuses, devient excessive
lorsqu'elle agit au milieu de circonstances spéciales.
Berthe écouta sans respirer; les malheurs de Ni-
nette avaient un écho dans son âme. Elle regardait
derrière elle cette quatrième place demeurée vide,
et la peuplait en esprit; mais ce rêve ne desserrait
pas son cœur. Il fallait toute la force qu'elle avait
acquise sur elle-même pour qu'elle se retînt de
pleurer. La représentation terminée, M. des Tournels descendit tenant Lucile par le bras; Berthe
marchait près de sa sœur. Comme elles étaient debout sur les dernières marches de l'escalier, attendant qu'on vînt les chercher pour les conduire à
leur voiture, Berthe fut saisie d'un frisson qui l'é-
branla de la tête aux pieds. M. d'Auberive descen-
dait, donnant le bras à une femme magnifiquement
habillée. Francis aperçut Berthe et M. des Tournels:
il rougit, baissa la tête et pressa le pas. Sa compagne étonnée promena autour d'elle ses grands yeux

noirs, et les arrêta sur Berthe hardiment. Elle était
sur la même marche que mademoiselle des Tournels. En se voyant si près de cette inconnue et
presque frôlée par les flots de dentelles qui ondu-
laient sur ses pieds, Berthe, par un mouvement
instinctif, ramena autour d'elle, pour n'en être pas
effleurée, les pans de sa chaste robe blanche. Ses
genoux tremblaient : la pensée qu'un malheur
irréparable venait de la frapper traversa son esprit.
M. d'Auberive disparut sans oser tourner la tête de
son côté. Berthe s'assit dans la voiture plus morte
que vive. Elle avait regardé son père à la dérobée ; l'expression de son visage lui avait fait peur.
On ne dit rien pendant la route. Seule, Lucile
essaya de parler ; on ne lui répondit pas. Elle se
tut, et Berthe regarda par la portière la pluie qui
tombait à flots.

Elle passa toute la nuit à pleurer. Pourquoi ? Elle
ne le savait pas, et cependant rien ne calmait ses
longs sanglots. Quelque chose venait de se briser
dans sa vie dont elle n'avait pas conscience. Lorsque,
lasse de pleurer, elle fermait les yeux, elle voyait
le regard superbe de cette inconnue dardé sur elle
et pareil à une lame de feu. Qui était-elle, et pourquoi au bras de Francis ? Berthe sentait bien qu'il

l'avait vue : si donc il ne l'avait pas saluée, c'est
que tout était fini.

Le matin la surprit dans ses angoisses ; l'épuisement ne l'en pouvait pas distraire. Après le déjeuner,
son père l'attira dans son cabinet, ferma la porte et
lui prit la main. Un nuage passa devant les yeux
de Berthe.

— Mon enfant, lui dit M. des Tournels, demain je
te présenterai M. Félix Claverond. Il a trente ans,
et j'ai la ferme conviction qu'il est digne de toi.

Berthe devint livide, et de la main qu'elle avait
libre s'appuya contre la cheminée. La poitrine de
M. des Tournels se souleva.

— Ne me parle plus de l'autre, reprit-il avec effort ;
aussi vrai que je t'aime, rien n'est plus possible à
présent.

Sa fille ouvrit ses lèvres blanches pour parler.

— Tu sais ce que tu m'as promis, poursuivit M. des
Tournels en l'interrompant. L'épreuve est faite.....
Maintenant, si ta parole ne suffit pas, je t'en prie
au nom de ta mère.

— C'est bien, dit Berthe.

Elle embrassa son père, monta lentement chez elle,
la main sur la rampe de l'escalier, et tomba comme
morte sur son lit. Elle avait les yeux secs et brû-

lants, la gorge aride, du feu dans la poitrine ; elle
aurait voulu crier et ne pouvait articuler aucun son.
Elle resta comme anéantie jusqu'à l'heure du dîner.
Alors elle se leva, brisée et souffrante jusque dans
les os. Qu'avait donc fait M. d'Auberive? Elle descendit et s'assit à table, où elle s'efforça de manger
et de paraître calme. Cette résignation bouleversa
M. des Tournels. A la fin du repas et comme Lucile
chantait, il prit Berthe dans ses bras :

— C'est ma conscience qui m'a fait parler, dit-il,
me pardonnes-tu?

— J'ai bien pardonné à M. d'Auberive, dit Berthe.

— Es-tu bien décidée à présent? reprit son
père.

—Après le premier coup, je voulais vous demander
de m'accorder deux ou trois jours pour me donner
le temps de me remettre... C'est inutile... Je rece-
vrai M. Félix Claverond quand vous voudrez.

— Demain alors!

— Demain.

Cet homme de fer avait dans ce moment des entrailles de mère : il maudissait Francis pour tout le
mal qu'il faisait à sa fille, et aurait de grand cœur
versé jusqu'à la dernière goutte de son sang pour
rendre à Berthe le sourire et le repos; mais son

inflexible raison et la rigidité de ses principes lui
faisaient une loi d'étouffer le cri de sa pitié. Par caractère, il était en outre de ces hommes qui portent
le fer rouge dans la plaie et ne lui laissent pas le
temps de saigner. Sa résolution prise et la rupture
inévitable, il avait cru plus humain d'arracher violemment Berthe à sa douleur par une secousse brutale
que de lui permettre de s'y ensevelir pour arriver
ensuite, par de lentes transitions, à un dénoûment
semblable ; il préférait la hache qui coupe d'un seul
coup à la scie qui déchire. M. d'Auberive perdu, il
avait fait surgir M. Félix Claverond.

On sait dans quelles circonstances M. d'Auberive
avait quitté la Bourgogne. Un grand découragement
s'était emparé de lui; il n'accusait personne et regrettait seulement d'avoir rencontré une jeune fille qui
devait appartenir à un autre, lorsque seule elle lui
avait fait comprendre que le mariage pouvait être
une chose bonne et désirable. Rentré dans Paris, et
au milieu de ceux qu'il appelait ses amis, il avait
fait comme une pierre ronde posée sur le penchant
d'une colline : il avait suivi la pente. Un peu par
désœuvrement, un peu par habitude, un peu pour
oublier, il était redevenu l'homme des anciens jours.
Seulement, il ne trouvait plus aucun plaisir aux

choses qui lui semblaient les plus délectables autrefois. Au bout de trois ou quatre semaines, le dégoût
l'avait pris. Des nausées lui venaient aux lèvres au
milieu des soupers insipides où l'on disait les mêmes
sottises en buvant les mêmes vins. Une nuit, en
revenant le long du boulevard, après une dernière
séance au Café Anglais, il jura d'en finir avec cette
vie ridicule et vide. La soirée fatale qu'il passa aux
Italiens était un adieu à sa jeunesse fatiguée, au
plaisir qui n'avait plus de séve. La vue de Berthe
lui donna une secousse dont sa compagne du dernier
jour s'aperçut. Qu'il maudit cette faiblesse qui lui
avait fait retarder d'une heure le complet abandon
de son passé! Si le chagrin de Francis ne fut ni si
profond ni si douloureux que celui qui déchirait
Berthe, il eut du moins pour résultat de le fortifier
dans la résolution qu'il avait prise. Il réunit en toute
hâte les paperasses qui pouvaient établir nettement
sa situation et les expédia à M, Lecerf. La lettre
qu'il reçut du vieux notaire en réponse à la sienne
avait un *post-scriptum :* « S'il vous souvient de ce
que je vous ai dit lors de notre dernière rencontre,
vous reconnaîtrez prochainement que je ne m'étais
pas trompé dans mes prévisions. D'autres ont été plus
avisés qu'un certain chasseur dont je veux taire le

nom. Les deux demoiselles des Tournels vont se marier. »

M. d'Auberive laissa tomber son front dans sa main ; les yeux fixés sur la lettre, il repassa en idée cette pastorale qu'il avait ébauchée à la campagne, et qui n'avait point eu de dénoûment.

« C'était écrit ! » murmura-t-il en appelant à son aide cette résignation sardonique, cette philosophie moqueuse à laquelle il demandait ses inspirations.

Cependant M. Félix Claverond avait été présenté à l'hôtel de la rue Miromesnil. C'était un homme qui avait de l'aisance dans les manières, et dans la parole un mouvement, une facilité qui pouvaient tromper de plus intelligents que lui. Il avait à un haut degré l'art de vulgariser et de présenter par leurs côtés les plus séduisants les idées qu'on lui suggérait ; aussitôt qu'il s'en faisait l'apôtre, elles devenaient siennes, et il les défendait avec feu. Cette faculté lui donnait un grand relief dans les salons. Avec les dehors et les formules d'une modestie exagérée, peu d'hommes avaient une plus haute dose de vanité. A première vue, il pouvait éblouir les esprits inattentifs ; au fond d'un cabinet et dans la pratique, il étonnait par sa nullité. Il avait une façon de tenir son chapeau et de porter

sa tête dans le monde qui imposait au vulgaire, et
sur les lèvres un nombre respectable d'aphorismes
tout faits qui, dès les premières hostilités d'une
discussion, produisaient une vive impression sur un
auditoire mondain. M. Félix Claverond avait eu
quelque fortune en naissant; une association heureuse l'avait enrichi, le hasard ayant voulu qu'il
eût pour condisciple et pour camarade en entrant
dans la vie, et plus tard pour ami, un certain Jules
Desprez qui était Franc-Comtois, et qui avait les
plus étonnantes qualités d'ordre et d'économie, de
persévérance et d'activité. Il était en tout ce que
n'était pas Félix; mais, embarrassé, timide, pesant
et maladroit causeur, il était à côté de Félix comme
un vil caillou auprès d'un saphir. Par cette loi des
contraires qui fait des miracles Jules aimait Félix;
il était l'âme de leur association, et lui en laissait
tous les avantages extérieurs. Jules inventait, Jules
dirigeait; Félix triomphait. Le moyen de penser
que l'homme qui parlait si bien et en si bons termes
n'eût pas l'intelligence? Félix en était convaincu
tout le premier. L'ambition était venue avec le succès. Le théâtre d'une sous-préfecture ne lui paraissait plus suffisant pour ses rares mérites, et déjà il
tournait ses visées vers Paris, lorsque ses fiançailles

avec mademoiselle Berthe des Tournels le détermi-
nèrent à y fonder une maison de banque. Quand
Jules Desprez en fut informé, il essaya de détourner
son ami d'un projet où il ne voyait que des périls
positifs et des avantages incertains. Félix le remercia de ses bons conseils en termes si polis, que
Jules Desprez n'insista plus.

— Tu as tort ! lui dit-il seulement le jour où ils
rompirent leur association.

— Nous verrons bien, répliqua Félix d'un air
superbe.

Admis officiellement chez M. des Tournels, Félix
Claverond fit la roue autour de Berthe ; elle ne le
regarda seulement pas. Quand son père l'interrogea
pour avoir son consentement, elle répondit d'une
voix tranquille qu'elle était prête à le suivre à la
mairie et à l'église. Cette impassibilité produisit un
certain effet sur l'esprit du maître de forges ; il eut
comme un remords d'avoir pressé Berthe avec tant
d'ardeur.

— Remarque bien que tu es libre, dit-il ; si
M. Claverond ne te plaît pas, je n'ai pas engagé ma
parole.

— Engagez-la, mon père, répondit Berthe ; lui
ou un autre, peu importe !

Le jour où la parole de M. des Tournels fut donnée, Félix baisa la main de Berthe; elle ferma les
yeux à demi, et crut un instant qu'elle allait s'évanouir. Elle voyait devant elle l'image de M. d'Auberive. M. Claverond interpréta cette émotion tout
à son avantage, et se redressa d'un air doux et
vainqueur.

— Croyez, mademoiselle, dit-il, que le lien qui va
nous unir sera pour moi une occasion éternelle et
désirée de me dévouer tout à vous.

Berthe s'inclina. Un des mots de cet engagement
banal avait fait passer des flammes devant ses yeux.
« Ah! pauvre ruban bleu! pensa-t-elle, toi aussi tu
étais un lien! »

M. Félix Claverond se montra homme de goût et
magnifique dans le choix et le nombre des objets
dont il remplit la corbeille de mariage. Chaque
jour, un bouquet splendide était apporté à Berthe;
chaque matin aussi, elle flairait un petit bouquet
de violettes desséchées qu'elle tirait d'une cassette.
Son fiancé passait deux ou trois heures avec elle,
dînait à l'hôtel, et l'accompagnait ensuite au bois
de Boulogne ou au théâtre. Elle lui donnait une
poignée de main, se montrait polie, réservée, un
peu contenue et froide, mais semblait l'écouter

volontiers. M. Claverond pensait qu'il l'éblouissait.
M. des Tournels, qui ne s'y trompait pas, la prit
un jour à part :

— Ta mère ne m'aimait pas quand je l'ai épousée,
lui dit-il ; un jour tu aimeras Félix.

— Je lui serai dévouée tout au moins, répondit-
elle.

A cette même époque, le mariage de Lucile était
décidé avec un gentilhomme de province qui avait
tué une paire de sangliers dans les forêts de M. des
Tournels. M. Gaston de Sauveloche passait chaque
année six mois à la campagne et six mois à Paris ;
il vivait largement et honnêtement, faisait quelque
bien quand l'occasion s'en présentait, et n'avait pas
d'autres prétentions que celle de jouer le piquet
mieux que personne et de tirer aussi bien que le
plus fin braconnier de son département. Il avait
une santé indestructible, quarante mille francs de
rentes en biens-fonds, la tournure d'un capitaine de
dragons en disponibilité, le cœur sur la main et
l'humeur accommodante en toute saison, par la pluie
ou par le vent. A la seule condition qu'on ne le
dérangeât pas dans ses habitudes, il était homme à
vivre cinquante ans au milieu d'un couvent de
nonnes ou d'une réunion d'avocats sans avoir maille

à partir avec personne. Si Lucile avait le caractère fait comme une pomme d'api, frais et rond, celui de Gaston était pareil à une balle de caoutchouc, souple et rebondissant.

Les deux mariages se firent le même jour. Une brillante compagnie assistait à la bénédiction nuptiale. Lucile s'y montra heureuse et souriante; Berthe pria sous son voile avec une ferveur dont son père seul avait le secret. Après un déjeuner qui suivit la cérémonie, M. et madame de Sauveloche partirent pour le midi; Berthe, que son mari voulait emmener en Suisse, refusa et préféra passer un mois à la campagne.

Une lettre d'invitation était parvenue à Francis en même temps que la nouvelle de la mort de sa tante. A l'encontre de toutes les prévisions, sa tante lui avait laissé, non pas la totalité, mais une part de sa fortune assez considérable pour qu'il lui fût aisé de rembourser les hypothèques prises sur la terre de Grandval et de nettoyer sa position. M. Lecerf, qu'il avait chargé de ce soin, s'en acquitta promptement, étonné de la probité excessive de Francis, qui tint à payer dans leur intégrité des emprunts notoirement entachés d'usure. « C'est de la probité paradoxale, » disait le notaire, qui voulait, à l'aide

d'un bon procès, faire réduire de moitié le chiffre
de certaines créances. Sa liquidation achevée, M. d'Auberive restait maître d'une somme ronde. M. Lecerf
ne la lui remit pas sans de vives appréhensions,
qu'il n'eut garde de lui cacher.

— A votre tour, prêtez donc sur premières hypothèques, lui disait-il; c'est aussi amusant que des
sottises, et ça rapporte!

La première pensée de M. d'Auberive avait été
de partir pour un long voyage; mais il se souvint
de la promesse qu'il avait faite à mademoiselle des
Tournels et plaça ses fonds dans une compagnie
industrielle qui, en échange, le nomma à un emploi
de secrétaire général.

« J'ai perdu la femme, disait-il; le travail me
reste, essayons-en. »

I V

Deux ans après le mariage de Lucile et de Berthe,
M. et madame de Sauveloche habitaient du 1er dé-
cembre au 1er juin le rez-de-chaussée d'un bel hôtel
situé Grande-Rue-Verte; M. et madame Claverond
n'avaient pas quitté l'hôtel de la rue Miromesnil et
vivaient avec M. des Tournels. Berthe en avait fait
la seule condition de son consentement. Les bureaux
de M. Claverond étaient rue Basse-du-Rempart. En
été, Lucile partait pour la terre de Sauveloche, où
son père et sa sœur passaient six semaines ou deux
mois; à son tour, en automne, elle les rejoignait à
la Marelle, où Gaston tirait des chevreuils et des
sangliers, après avoir tué des perdreaux et des lièvres
aux bords de l'Allier. Pendant l'hiver, les deux
sœurs se voyaient tous les jours, chose rare à Paris,
et dînaient fréquemment l'une chez l'autre. Berthe
avait une fille et Lucile un fils. Le plus habile observateur n'aurait pas découvert l'ombre d'un nuage

dans les deux ménages. Une personne qui n'aurait
pas vu Berthe depuis l'âge de seize ans ne l'aurait
pas reconnue. Elle était extraordinairement répandue
dans le monde, très-brillante, très-fêtée et l'une des
femmes qui semblaient se plaire le plus dans le
mouvement et le bruit de Paris. Sa maison était
ouverte à la meilleure société, et l'on se serait fatigué
à compter le nombre des visites qu'elle recevait
dans une semaine. Vers la fin du carnaval et dans
le carême surtout, qui est la saison où l'on s'amuse
le plus à Paris, elle allait presque chaque soir dans
deux ou trois bals où elle ne manquait ni valses ni
mazurkas. Seule, sa sœur tenait tête à madame Claverond; mais, de ce côté-là, Lucile n'avait point
changé. Gaie, heureuse, évaporée, bonne, prête à
tout, elle traversait la vie comme un oiseau le feuillage d'un arbre en fleurs. Le théâtre l'amusait
comme le bal, le concert comme le théâtre, la campagne comme le concert, le voyage comme la
campagne. C'était à croire qu'une bonne fée l'avait
touchée de sa baguette au berceau. Étonnée de
cette faculté prodigieuse de se plaire également
partout, avec les inconnus comme avec les personnes
qu'elle aimait, Berthe demandait parfois à Lucile
de chercher en esprit un endroit et une situation

où elle aurait pu ne pas être heureuse. Lucile cherchait consciencieusement.

— Je n'en vois pas, disait-elle.

Dans ces occasions, Lucile prenait le menton de
la questionneuse :

— Mais toi-même, disait-elle à son tour, il me
semble que tu ne t'ennuies pas beaucoup. »

Berthe embrassait Lucile et ne répondait pas.

Les deux maris adoraient leurs femmes, non pas
qu'ils fussent très-prodigues de témoignages extérieurs de tendresse, — la finance, pas plus que la
chasse et le piquet, ne comportant de ces étalages
de sentiments, — mais Gaston et Félix trouvaient
éternellement bon ce que Lucile et Berthe souhai-
taient, et ne les chicanaient jamais sur leurs dépenses. Bien plus, on avait vu M. de Sauveloche
refuser trois battues aux loups pour rester auprès
de Lucile, qui gardait le lit, et M. Félix Claverond
manquer une réunion d'actionnaires où il avait un
discours à prononcer, pour passer la soirée auprès
de sa femme, prise tout à coup d'un accès de
fièvre.

L'influence de Berthe sur son mari était extrême
et rappelait celle que sa mère avait eue sur M. des
Tournels, mais elle ne s'en servait pas davantage.

6

C'était l'influence d'un esprit concentré sur une âme vaniteuse qui se livre; l'un accordait d'autant plus que l'autre rendait moins.

Au bout de la troisième année M. des Tournels, qui n'avait surpris ni plaintes, ni soupirs, ni regrets, et qui, vivant entre son gendre et sa fille, les voyait toujours unis et prompts à de nouvelles concessions, respira comme un homme dont la conscience est enfin soulagé d'un grand poids.

— Eh bien! n'avais-je pas raison? dit-il un jour à Berthe. Es-tu convaincue qu'on peut ne pas aimer son mari en l'épousant et n'être pas moins heureuse avec lui?

— Certainement, répondit Berthe, qui achevait de s'habiller pour aller au bal.

M. des Tournels attira sa fille auprès de lui et l'embrassa sur le front, comme pour la remercier du bonheur qu'elle goûtait. Une femme de chambre entra et remit à Berthe un écrin qu'on venait d'apporter pour elle. M. Claverond, retenu dans un conseil d'affaires, lui envoyait ce souvenir pour se consoler de n'être pas auprès de sa femme. Le père sourit.

— Te rappelles-tu cette journée où je te disais que si jamais quelqu'un t'aimait, ce quelqu'un t'ai-

merait bien? dit-il. Félix ne fait pas mentir ma
prophétie.

— Félix?... C'est vrai, répondit Berthe avec une
expression singulière.

Elle détourna la tête en attachant à ses poignets
et à son cou les bijoux qui étaient dans l'écrin. Sa
poitrine se gonfla sous le scintillement des pierre-
ries, et une larme parut entre ses cils.

Une nuit, en dansant au ministère des finances,
elle apprit le prochain mariage de M. d'Auberive,
qu'elle n'avait pas revu depuis la soirée des Italiens.
Elle changea de couleur. Au bout d'un quart
d'heure, Félix qui venait de quitter une table de
whist, s'approcha d'elle.

— Qu'avez-vous? lui dit-il, étonné de sa pâleur.

— On étouffe ici, répondit-elle.

Il lui prit le bras vivement et l'emmena. En
arrivant dans sa chambre, elle tomba évanouie.
M. Claverond, qui ne l'avait jamais vue dans un
pareil état, fut effrayé; on réveilla M. des Tournels
en toute hâte, mais déjà Berthe revenait à elle. Elle
réprima un tremblement nerveux qui l'avait saisie
en ouvrant les yeux.

— Ne vous effrayez pas, dit-elle, la chaleur m'a
suffoquée.

M. Claverond était fort ému; mais, la crise passée, il éprouva le besoin de faire un peu de morale :

— Dieu m'est témoin que je ne voudrais pas vous contrarier, reprit-il en se posant devant la cheminée ; mais peut-être dansez-vous trop.

— Peut-être, répliqua Berthe.

A quelque temps de là, M. des Tournels reçut un billet de faire part qui lui annonçait le mariage de M. Francis d'Auberive avec mademoiselle Julie de Mauplas. Un doute lui traversa l'esprit. Il se souvint du bal et de l'accident qui l'avaient suivi. Une heure après, étant seul avec sa fille et la regardant bien en face, il lui demanda si ce jour-là elle avait eu connaissance du mariage de leur ancien ami :

— Non, répondit Berthe tranquillement.

M. des Tournels l'embrassa avec un sentiment de reconnaissance.

M. des Tournels mourut bientôt après avec la parfaite conviction que Berthe était heureuse, ne regrettait rien et ne souhaitait rien. Il s'endormit en paix, la remerciant de la tendresse et du bonheur dont elle avait entouré ses derniers jours. Berthe se retira à la Marelle pour y passer la plus longue

partie de son deuil; elle devait en revenir au bout
de trois mois, elle y était encore à la fin de l'année.
Une sorte d'abattement profond s'était emparé d'elle;
elle ne se plaignait pas et ne souffrait pas, disait-
elle; mais elle dépérissait lentement. A la voir
silencieuse, pâle, amaigrie, se traînant à petits pas
le long des sentiers, on l'aurait prise pour un exilé
pleurant sa patrie. La présence de ses enfants, —
car alors elle en avait deux, — la faisait sourire,
mais ne la ranimait pas; elle assistait à leurs jeux,
les embrassait, les couvrait d'une tendresse vigi-
lante, mais retombait ensuite dans cette nostalgie
inexplicable devant laquelle la science restait im-
puissante. Elle avait la langueur d'un jeune arbre
à demi déraciné. M. Félix Claverond interrogea
Lucile pour savoir si Berthe n'avait pas quelque
motif secret de chagrin; Lucile répondit qu'elle ne
lui en connaissait point, et s'établit auprès de sa
sœur.

— Elle aime les enfants, disait-elle, je lui amènerai les miens; avec ceux qu'elle a, ça fera quatre;
nous ferons tant de bruit qu'il faudra bien que
l'Eau-qui-dort se réveille, fût-ce pour une tempête.

Mais le temps n'était plus où l'Eau-qui-dort avait

6.

de ces réveils terribles ; elle était alors comme une
eau profonde qui garde tout ce qu'on lui confie, et
dont la surface immobile n'est troublée par aucun bruit. Elle accueillit sa sœur avec tous les témoignages d'une amitié que la tristesse n'avait pas
attiédie, mais on ne vit pas d'amélioration dans
son état général. On aurait dit que le ressort de sa
vie était brisé ; on ne douta plus que la mort de
son père, avec qui elle avait si étroitement vécu,
n'en fut la première cause. Lucile, qui ne se tourmentait guère, fut inquiète cette fois. On consulta
les médecins les plus fameux. Berthe, qui se prêtait à tout ce qu'on voulait d'elle, écouta l'un
comme elle avait écouté l'autre. Le résultat de ces
consultations répétées coup sur coup fut que madame Claverond était atteinte d'une maladie nerveuse. On recommanda les distractions et les bains
de mer.

— Eh ! mon Dieu ! s'écria le mari avec un élan
qui n'était pas feint, qu'elle achète des chevaux,
qu'elle donne des bals, qu'elle dépouille dix ma-
gasins d'étoffes et de bijoux... je lui serai reconnais-
sant de me ruiner, si elle guérit !

Il fut décidé qu'on partirait pour Dieppe.

— Allons à Dieppe, dit Berthe qui serait partie

avec la même indifférence pour l'Australie ou le Kamtchatka.

Il y avait alors plus d'un an que M. des Tournels était mort. Berthe arriva à Dieppe en compagnie de sa sœur. M. de Sauveloche devait les joindre et passer quinze jours avec elles avant de partir pour l'Écosse, où il comptait chasser les grouses. M. Claverond le remplacerait alors auprès de ces dames. La première personne que Berthe rencontra sur la plage, ce fut M. d'Auberive. Tout son sang ne fit qu'un tour. Sa sœur, qui la sentit trembler à son bras, et qui n'avait rien remarqué, lui demanda ce qu'elle avait. Berthe répondit qu'elle avait vu un enfant renversé par une vague, et que cela l'avait effrayée.

— Es-tu nerveuse! dit Lucile.

Madame Claverond ramena son voile sur son visage. Le soir, elle eut un peu de fièvre; elle avait la peau brûlante.

— Ah! tant mieux! dit Lucile; au moins on sait ce que tu as.

A deux jours de là, madame de Sauveloche parla à Berthe de M. d'Auberive, qu'elle avait aperçu devant le casino.

— Sa femme n'est pas jolie, ajouta-t-elle.

— Et il a l'air triste, reprit Berthe.

Lucile, étonnée, demanda où elle l'avait rencontré.

— Je marchais à quelques pas derrière toi, poursuivit-elle ; il m'a reconnue, et m'a saluée.

Cet air de tristesse qu'on voyait chez Francis avait
en effet frappé Berthe. Elle en éprouva comme une
secousse qui la tira de son engourdissement. « Il
n'est pas heureux! » pensa-t-elle. Il est bien difficile de savoir si le bonheur de Francis l'eût ré-
jouie ; son chagrin lui alla droit au cœur. Elle en
fut affligée, mais lui en fut reconnaissante. Alors,
avec toute l'habileté d'un profond politique et toute
l'ardeur d'un sauvage marchant sur une piste, elle
chercha à entrer dans l'intimité de madame d'Auberive. Elle lui rendit de ces petits services que
certaines femmes estiment les plus grands, tels que le
prêt d'une coiffure un soir de bal, quand la faiseuse
de modes a manqué de parole, ou l'adresse d'une
tailleuse capable de confectionner une toilette en
un jour. Elle fut souple, adroite, persévérante, et
s'insinua par des efforts soutenus dans sa confiance
et une amitié relative qui la rapprochaient de Francis de plus en plus et lui permettaient de voir clair
dans l'intérieur de ce ménage. A mesure qu'elle

faisait dans cette étude des progrès nouveaux, sa santé se raffermissait, l'abattement s'en allait, la chaleur et la vie reparaissaient dans ses yeux; c'était une autre personne. L'activité avait succédé à la plus incurable nonchalance, l'animation et la curiosité à la fatigue et au dégoût. Berthe était la première à s'habiller pour le bal et la dernière à s'en retirer. « On ne peut pas dire qu'elle ait pris plus de quatre ou cinq bains de mer, et encore ' racontait Lucile à M. Claverond, et la voilà guérie. Quelle énigme que ma sœur ! »

Francis n'avait opposé qu'une faible résistance à ces tentatives de rapprochement, bien qu'une certaine réserve, dont Berthe devina la cause bientôt, l'empêchât de s'y livrer tout de suite; mais on voyait qu'il éprouvait, à la présence et au contact journalier de son amie des anciens jours, la sensation heureuse du voyageur qui se repose sous l'ombre rafraîchissante d'un arbre après une longue marche sur un chemin poudreux. Il n'y eut entre eux ni retour sur le passé ni échange de confidences : ils s'abordèrent comme des gens qui se connaissent et ne veulent pas remuer les cendres de leurs souvenirs; mais Berthe savait, une semaine ou deux après leur première rencontre, que ma-

dame d'Auberive était une femme vaine, superfi-
cielle, adonnée au monde et aux prodigalités les
plus coûteuses et les plus inutiles, et toute perdue
en mille prétentions que son amour-propre puéril
tenait toujours en éveil. M. d'Auberive avait échangé
une liberté dont il n'avait jamais su bien user, contre une chaine sous le poids de laquelle il succombait. Soit dignité, soit indifférence, soit peut-être
aussi le sentiment d'un découragement invétéré,
que l'expérience rendait impérissable, il ne se plaignait jamais et s'écartait avec effroi du terrain des
épanchements. Si l'on pénétrait jusqu'au fond d'une
situation à laquelle il ne voyait pas de remède, et
dont moralement il était responsable, ce n'était pas
son affaire; mais il ne voulait en rien aider à cette
découverte. Le désenchantement de la solitude, la
crainte de retomber dans les mêmes égarements
dont un amour silencieux, sincère, inavoué, avait
pu seul le tirer, les conseils et les démarches inté-
ressées du directeur de la compagnie dans laquelle
il avait jeté sa fortune, et qui avait une pupille à
marier, un peu l'ennui, un peu aussi ce besoin
qu'éprouvent certaines natures de courir au devant
des inquiétudes, l'avaient déterminé à épouser mademoiselle Julie de Mauplas, qu'il ne trouvait ni

belle ni séduisante, et dont le caractère ne lui était pas sympathique. Elle ne lui plaisait pas, sa conversation l'irritait, l'éducation qu'elle avait reçue l'effrayait, les goûts qu'elle faisait voir choquaient ses habitudes et ses instincts; mais il la rencontrait tous les jours, et il lui donna son nom, obéissant à son insu, au despotisme de ces courants malsains qui, à certaines heures, font ployer les plus fermes convictions, et dont la plupart des hommes subissent l'empire illogique et pervers.

Ce roman, Berthe le devina tout entier; elle en vit les traces dans les yeux et sur le visage de Francis. Il avait abandonné le soin de sa vie au hasard, et las, après deux ans, de lutter contre un caractère dont l'indiscipline était le moindre défaut, il se laissait aller à la dérive, comme le pilote d'un esquif désemparé, qui se croise les bras et calcule combien d'heures, combien de flots le séparent de l'écueil sur lequel il doit périr. Berthe versa des larmes en pensant à la chute vers laquelle il courait : par quels chemins ne passerait-il pas avant de tomber! Elle avait pris Julie en horreur, et s'attachait à elle cependant avec l'espoir incertain d'arrêter peut-être l'élan de sa course. A leur retour à Paris, une étroite intimité unissait les deux ménages.

— Croyez-vous, disait Lucile à M. d'Auberive, que ma sœur était, il y a trois mois, en danger de mourir? Elle va à Dieppe, et la voilà sauvée... Embrasse-moi, pauvre Eau-qui-dort!

Elle était charmée d'ailleurs d'avoir renouvelé connaissance avec leur voisin de la Marelle, elle ne s'était jamais bien expliqué pourquoi on ne l'avait plus aperçu; mais son bon cœur la poussait à pardonner les caprices; et, ajoutait-elle, parce qu'un vieil ami se marie, ce n'est pas une raison pour cesser de le voir. Elle lui avait donc ouvert à deux battants les portes de son hôtel de la Grande-Rue-Verte.

Cette intimité, qui avait rendu la vie à Berthe, ne devait point être de longue durée; un retour violent de Julie, que des propos de salon instruisirent des assiduités de son mari chez M. des Tournels avant qu'il l'eût épousée, et qui déclara un matin, avec un accent âpre dont elle n'était pas économe, qu'elle ne voulait pas plus longtemps se prêter à ce jeu de dupe, puis enfin une catastrophe, brisèrent Berthe comme un fil tranché par le couteau.

Un soir M. Claverond entra chez sa femme le visage décomposé; son aspect avait quelque chose de si effrayant qu'elle se leva. « Je suis ruiné! » dit-il avant qu'elle eût ouvert la bouche pour l'in-

terroger. La première crainte de Berthe avait été
pour ses enfants; rassurée de ce côté, elle insista
doucement, mais avec autorité, pour savoir tous les
détails de ce malheur, dont elle voulait mesurer
l'étendue. M. Claverond lui apprit alors qu'un certain vicomte dont il avait fait la connaissance aux
courses et qui se mêlait d'affaires, lui avait emprunté
une forte somme qu'il n'avait pas pu rembourser à
l'échéance; pour sauver cette première somme,
Félix en avait prêté d'autres dont le chiffre allait
toujours en grossissant. Sous prétexte de chercher
des ressources en Angleterre, le vicomte avait disparu, les traites qu'il devait envoyer pour faire face
à un paiement considérable n'étaient pas arrivées,
et la maison de banque Félix Claverond et Cie n'a-
vait plus qu'à convoquer ses créanciers. Le chiffre
du passif était tel qu'en réunissant toutes ses ressources, Félix ne parviendrait pas à le combler. De
l'interrogatoire qu'elle lui fit subir, et auquel M. Claverond se prêta avec l'accablement d'un homme
vaincu, il résulta pour Berthe la conviction que son
mari avait été la dupe d'un fripon qui l'avait habi-
lement caressé dans sa vanité, et que ses affaires
avaient été conduites avec autant de désordre que
de maladresse. Pour la première fois, et après un

7

entretien de deux heures, elle vit face à face l'in-
capacité réelle de l'homme à qui sa vie était liée;
pour la première fois aussi, elle se reprocha amè-
rement de ne l'avoir pas étudié. Ce travail que la
jeune fille, et jusqu'à un certain degré l'épouse pouvait négliger, n'était-il pas le devoir de la mère?
Qu'elle ne s'en fût pas préoccupée alors qu'il s'a-
gissait d'elle seulement, cela se concevait, elle n'attendait plus rien de la vie; mais comment ne s'é-
tait-elle pas appliquée à se rendre maîtresse de
Félix dans la rigoureuse acception du mot, et pour
le bonheur de ses enfants? C'est ce qu'elle se demandait avec douleur. Sa conscience, réveillée en sursaut, lui adressait de vifs reproches. Elle força son
mari à se démasquer. Ce vernis brillant qui trompait tant de monde, cette assurance qui se montrait
pleine d'audace dans les occasions faciles de la vie,
cet air de suffisance tempéré par une politesse si
douce et si sûre d'elle-même, ce grand contente-
ment de soi, que justifiaient de longs succès, tout
avait disparu. Le magnifique tournesol orgueilleu-
sement épanoui sur sa tige était par terre, souillé de
fange et de poussière. Berthe en eut pitié. Elle
comprit quel langage il fallait tenir à cette nature
vaniteuse et molle pour la relever et lui rendre un

peu de confiance. Si elle ne s'intéressait pas extraordinairement à l'homme qu'elle voyait si faible et
si dépourvu de toutes qualités viriles, il fallait sauver la famille; c'était encore une tâche et non pas
la moins difficile à remplir. Elle s'y dévoua tout
entière et tout de suite. «Pourquoi vous désespérer?
dit-elle. N'avez-vous pas eu la bonne pensée d'exi-
ger, au moment où nous nous sommes mariés, que
tout le bien qui me revenait du côté de ma mère
fût placé sous le régime dotal? Cela nous assure de
quoi vivre; nous vendrons cet hôtel, qui occupe
des terrains considérables dont la spéculation vous
offrira un bon prix. Vous-même en aviez eu l'idée
l'an dernier. Cette vente nous donnera les moyens
de satisfaire nos créanciers les plus exigeants. La
chose faite, nous nous retirerons à la Marelle, où
vous attendrez une bonne occasion de rentrer dans
les affaires. N'êtes-vous pas toujours l'homme que
j'ai vu plein de ressources et d'idées? A combien
de tempêtes n'avez-vous pas résisté, auprès desquelles celle qui nous frappe aujourd'hui n'est qu'une
bourrasque! Là où l'on n'a point de reproches à
s'adresser et où le hasard a tout fait, l'homme doit
relever le front bravement et tenir tête à l'orage.
En somme, pensez-y : vous n'avez perdu ni votre

nom, ni votre expérience, ni votre entente des affaires; avec un pareil capital, il n'y a pas de naufrage.

A mesure que Berthe parlait, le front de M. Claverond se rassérénait. Quand elle eut fini, il passa
la main dans ses cheveux; puis renflant sa poitrine :
— Vous avez raison, dit-il.... on verra bien que
Félix Claverond est toujours Félix Claverond.

Le pauvre banquier se coucha à demi consolé;
mais l'épreuve était faite. Berthe ne voulut plus
demeurer étrangère aux affaires de la maison. Cette
influence qu'elle avait acquise, elle l'employa tout
entière à sauver quelques parcelles de la fortune
engloutie, et surtout à maintenir son mari au niveau
de la situation difficile où il allait se trouver. Ce
financier, qui ne comptait pas la veille, craignait à
présent de manquer de pain. Il y avait des heures
où la pensée de l'avenir l'épouvantait; quand un
créancier s'était montré récalcitrant et s'obstinait à
ne pas accepter les offres que Félix lui faisait, il
prenait le soir ses enfants sur ses genoux et les
embrassait avec une sorte d'anéantissement. « Ah!
pauvres petits! pauvres petits! » murmurait-il. Ce
cri faisait mal à Berthe. Point d'énergie, point de
volonté, point de ressort, point de spontanéité chez

le compagnon de sa vie ! Toutes les cordes de cet
instrument sonore et creux étaient brisées. Il n'y
avait plus à hésiter. Berthe prit en main la direction des choses importantes ; avec ce sens droit et
clair que certaines femmes apportent dans la pratique des affaires, elle dirigea la correspondance
et le travail de son mari, lui indiquant les points
sur lesquels il devait insister et lui dictant les termes des transactions auxquelles il était de son
intérêt de consentir. Elle fut le guide, le conseiller
de sa liquidation ; mais, toujours délicate, elle eut
cet art profond de sauver l'amour-propre de Félix
et de lui laisser croire que tout ce qu'il faisait à
l'instigation de sa femme, c'était lui qui l'avait décidé. Quand ils causaient le soir, elle avait, pour
lui faire adopter ses idées, une souplesse admirable
d'expressions auxquelles il se prenait chaque fois
comme un oiseau à de la glu. Tantôt elle émettait
une opinion sous forme de problème à résoudre,
et lui en indiquait la solution comme une chose
qu'il avait résolue d'avance ; d'autrefois elle lui
demandait d'un air tranquille s'il ne se souvenait
pas d'avoir décidé qu'une démarche, au sujet de
laquelle ils avaient discuté la veille, devait être tentée dans la journée. Il y avait des heures où elle

feignait de combattre une idée qu'elle avait d'abord
suggérée, pour lui bien donner, en cédant à propos, la conviction que seul il l'avait trouvée. Pour
lui ôter cette erreur puérile que leur repos matériel
était compromis, elle vendit à son insu tous ses
diamants, se confia au joaillier de la famille pour
avoir des parures identiques en pierres fausses, et
fit voir à Félix un gros paquet de billets de
banque.

— Ils sont à moi, dit-elle, et voilà notre vie à
tous assurée pour deux ans.

Félix ouvrit de grands yeux et lui demanda d'où
provenait une si grosse somme.

—De votre caisse, répondit-elle en riant ; du temps
que vous m'y laissiez puiser, je vous ai un peu
volé pour qu'une fantaisie ne me prît jamais au
dépourvu.

— Oh! les femmes! murmura Félix ; elles ou-
blient tout, si ce n'est les chiffons!

Dès qu'elle eut vent de la catastrophe qui menaçait M. Claverond, Lucile accourut chez sa sœur,
pleura beaucoup et lui offrit de bon cœur la moitié
de sa fortune.

— Ne t'inquiète pas de mon mari, lui dit-elle.
Gaston fera tout ce que je voudrai. S'il ne te con-

vient pas que je lui en parle, il ne saura rien. Nous partageons les dépenses de la maison en parties égales, et j'administre ce qui me reste comme il me plait;... ne te gêne donc pas.

Tout cela fut dit avec une sincère effusion au milieu des larmes les plus abondantes et de mille baisers. Berthe remercia sa sœur, l'embrassa et la rassura de son mieux. Elle n'avait besoin de rien pour le moment; plus tard elle userait peut-être de sa bonne volonté. La tranquillité de Berthe agit sur Lucile; elle essuya ses yeux, rit beaucoup, un peu après, de la voir en simple robe de soie noire tout unie, écouta ses projets de se retirer un temps à la campagne, et battit des mains à l'idée de la rejoindre et de vivre avec elle dans un chalet.

— Prends garde, reprit Berthe, ce chalet, c'est la Marelle, qui a de grandes murailles et des fossés pleins d'eau tout autour.

— Eh bien! répondit Lucile, nous la déserterons pour habiter une chaumière que je ferai bâtir.

Elle rentra chez elle, convaincue que le malheur n'était pas aussi grand qu'on le lui avait dit, et que tout s'arrangerait.

Tout s'arrangeait en effet, Lucile ignorait seulement au prix de quels efforts et de quels miracles

de patience, d'énergie, de souplesse et d'entrain.
Berthe mettait toute son âme au service de Félix,
qui ne s'en doutait pas; il se parait des qualités
de sa femme et s'admirait ensuite dans les résultats,
lorsqu'après une conférence où il avait obtenu,
grâce aux arguments inspirés par Berthe, des
conditions meilleures que celles qu'il avait espé-
rées :

« Je te l'avais bien dit que tout n'était pas perdu! » répétait-il à sa femme, et volontiers il jetait
un regard de complaisance sur la glace qui réflé-
chissait son image. Berthe le complimentait; mais
tout doucement elle l'avait habitué à ne rien faire,
à ne rien conclure surtout, sans la consulter : elle
l'écoutait si bien quand il parlait!

Pendant que ces choses se passaient à la rue
Miromesnil, la situation de M. d'Auberive, qui ne
voyait plus madame Claverond sans de grands embarras, empirait de jour en jour et courait vers une
crise prévue d'avance. Julie, on le sait, n'aimait
pas M. d'Auberive passionnément, tant s'en faut;
mais cette jalousie innée, dont les femmes les plus
indifférentes trouvent le germe dans le berceau, lui
faisait détester Berthe avec une perfidie et une violence d'autant plus excessives qu'elle n'avait rien

à lui reprocher. Elle devinait, perpétuellement éveillé dans l'esprit de Francis, un sentiment de comparaison qui ne lui était pas favorable ; néanmoins, dans son irritation, elle était résolue à ne rien tenter pour faire tourner ce sentiment à son avantage. Peut-être même exagérait-elle ses défauts naturels, poussée qu'elle était par un besoin de luttes et de récriminations qui bouillonnait en elle, et peut-être aussi par cette attraction perverse que certaines âmes éprouvent pour le mal. Souple et caressante avec Berthe, rentrée dans la maison, elle avait pour parler de madame Claverond un langage et des sourires que l'ennemie la plus implacable aurait enviés. Elle choisissait délicatement ses expressions et les décochait une à une comme des dards empoisonnés ; elle ne procédait pas dans cette œuvre malfaisante par la calomnie : son arme était l'insinuation. Que de mots habiles semés dans une conversation d'où la haine suintait sans qu'on pût accuser madame d'Auberive d'avoir rien dit qui fût littéralement répréhensible ! Sous quels éloges emphatiques ne l'accablait-elle pas en présence d'étrangers qui ne connaissaient pas madame Claverond ; mais comme elle savait prendre des attitudes de victime résignée pour dire aux personnes qui ne

7.

s'en informaient pas, que Francis avait passé la
soirée rue Miromesnil, que Berthe seule avait l'art
de le rendre heureux et gai, et qu'elle donnerait
son sang pour avoir ce caractère et cet esprit qu'il
aimait !

« Si je n'ai pas toutes les qualités qui rendent
Berthe si délicieuse, disait-elle, je tâche au moins
d'être complaisante. »

Que répondre à des paroles si pleines de bonté,
répétées en tous lieux, à haute voix et sur tous les
tons, accompagnées de regards mouillés et de sourires plaintifs qui leur prêtaient des commentaires
éloquents? Quelque temps M. d'Auberive les avait
supportées, soutenu par l'espoir non que Julie
changerait, mais qu'elle se lasserait. Il aurait épuisé
toutes les heures d'un siècle et toute la patience
d'une génération avant de voir ce phénomène. La
catastrophe qui venait d'atteindre madame Claverond
fut un aliment nouveau à cette haine mal déguisée.
Madame d'Auberive ne manqua pas de la plaindre
bruyamment avec de grands hélas! et de lui porter
tous ses compliments de condoléance ; mais quel
venin et quel fiel dans le récit qu'elle faisait à tout
venant de ce malheur! elle avait prévu la ruine
de M. Claverond dès longtemps, elle avait même

donné des conseils qui n'avaient pas été écoutés ;
une source d'or n'aurait pas suffi pour alimenter
le luxe dont Berthe s'entourait. Une amie pouvait
seule calculer ce que coûtaient une maison où le
désordre régnait en maître, et une toilette que la
fantaisie gouvernait. Certainement elle ne voulait
jeter aucune ombre sur les qualités rares de madame
Claverond, mais que de remords cette pauvre
femme ne devait-elle pas éprouver quand elle
jetait un regard en arrière! Un jour vint où cette
guerre sourde, à laquelle Francis avait d'abord opposé l'indifférence, prit de telles proportions et un
caractère de continuité si envenimée, qu'il dut se
résoudre au sacrifice de l'amitié qui lui était si
secourable, par cela seul que Berthe avait deviné
les fatigues et les ennuis d'une situation où le bien
n'était qu'à la surface. Sa propre dignité, le respect
qu'il devait à madame Claverond le lui comman-
daient également. Il se rendit chez elle et le lui dit
avec une franchise où elle vit la profondeur de
l'affection qu'il lui avait vouée. Elle en fut frappée
comme du coup le plus rude qu'elle eût encore
supporté.

— Vous avez raison, dit-elle, il n'y a pas à hésiter... Donnez-moi la main, et adieu!

Elle fut la première à prononcer ce mot terrible, où l'on retrouve quelque chose du glas de la mort. Elle était ferme, toute pâle, et debout devant M. d'Auberive. Il retint la main de Berthe quelque temps entre les siennes, et la baisa silencieusement.

—Adieu, répéta-t-elle le cœur gros, mais résolu ; vous avez votre femme, j'ai mon mari. »

Par cet aveu voilé qu'il comprit, elle voulut à la dernière heure l'associer à sa propre misère et donner à ce sacrifice d'eux-mêmes la douceur d'un lien.

Dès le lendemain de cette séparation, qui pouvait être éternelle, Berthe partit pour la Marelle. Pour elle, dans le monde, il n'y avait plus que son mari, ses enfants et le devoir. Elle s'y dévoua sans réserve. On la vit debout dès le matin, assurant l'aisance autour d'elle par l'économie et l'activité, et préparant son mari à de nouveaux efforts. De son état de maison à Paris, elle n'avait conservé qu'un pied-à-terre situé sous les combles de l'hôtel de la rue Miromesnil. M. Claverond s'y rendait quelquefois pour achever l'œuvre laborieuse de sa liquidation et entretenir certaines relations utiles. Berthe l'y accompagnait de temps à autre et y passait trois ou quatre mois pendant la mauvaise saison. Plus de

voiture, plus de bals, plus de distractions d'aucune
sorte ; mais en hiver, des robes de mérinos ou de
drap, en été des robes de toile, deux chapeaux pour
l'année, et des bottines de peau en tout temps. On
la voyait de bonne heure dans les rues, conduisant
à pied ses deux enfants, qui suivaient les mêmes
cours, et les menant ensuite à la promenade. Elle
n'avait plus de cachemires, mais ils avaient de bons
professeurs et ne manquaient de rien. Lucile avait
voulu prendre ses neveux avec elle ; ils auraient
ainsi profité des leçons qu'on donnait à ses propres
enfants. Berthe n'avait pas consenti à cet arrange-
ment ; elle craignait pour sa fille et son fils le contact et les habitudes d'une vie où l'on sentait la
richesse dans les moindres détails. Ils n'étaient pas
appelés aux mêmes avantages que leurs cousins,
il fallait donc qu'ils s'habituassent à plus de travail
et à moins de luxe. Au-dessus de cette règle, dont
ni séductions mondaines, ni perspective d'amuse-
ments ne pouvaient la faire se départir, planait un
esprit égal, libre, doux et tout plein d'une joyeuse
humeur. Elle s'acquittait de sa lourde tâche quotidienne avec une si parfaite aisance, tant de bonne
grâce et de gaieté, qu'elle parvenait à faire croire
aux indifférents que rien n'était plus facile, et qu'elle

y trouvait son plaisir. Lucile aussi y fut trompée.
La surface lui cachait le fond. Elle ne voyait pas
la fatigue dont le visage de sa sœur portait quelquefois les marques, la pâleur qui s'étendait sur ses
joues après de longues journées, pendant lesquelles
Berthe n'avait pas connu le repos.

Il fallut près de deux ans pour amener à son
terme la liquidation de Félix. Quand les dernières
signatures furent apposées sur le règlement définitif
qui désintéressait la totalité des créanciers, Berthe
voulut se rendre compte de ce qui leur restait. C'é-
tait peu de chose; la fortune entière de M. Claverond et une bonne partie de la sienne avaient disparu.
On n'avait pour vivre que son bien dotal, qui se
composait de la Marelle, d'un bois et de deux mé-
·tairies en Bourgogne; le tout ensemble représentait
un revenu annuel d'à peu près onze ou douze mille
francs, tous frais acquittés. C'était, en y apportant un
ordre sévère, une vie aisée à la campagne; mais qu'é-
tait-ce pour un banquier dans la maison duquel na-
guère on dépensait régulièrement chaque année plus
de cent cinquante mille francs? Il fallait renoncer
au pied-à-terre à Paris, à tout voyage, à toute com-
munication avec le monde, et se renfermer à la Marelle, où l'on vivrait en modestes propriétaires. Si

cette existence presque monacale ne paraissait pas
suffisante pour un homme qui avait rêvé pour son
fils les délassements politiques de la diplomatie, il
fallait aviser aux moyens de rentrer dans la vie active et de relever la ruche gonflée de miel qu'un
coup de vent avait jetée par terre. M. Claverond y
pensait, mais n'osait rien résoudre, bien que sa jac-
tance accoutumée s'amusât le soir, en tisonnant le
feu, à bâtir de magnifiques châteaux en Espagne,
dont le moindre inconvénient était de ne pouvoir
tenir debout. Berthe l'entretenait dans ces idées de
résurrection, sans lesquelles il n'eût pas tardé à
tomber dans un chagrin noir; mais elle reculait sans
cesse l'époque où il devait la tenter, non pas qu'elle
fût décidée à s'y opposer toujours, mais parce qu'elle
voulait savoir si, manié par une main souple et
ferme, intelligente et dévouée, cet esprit crédule
et superbe à la fois, court et vaniteux, arriverait
enfin à la maturité. Elle en avait l'espoir, sinon la
certitude. En attendant que l'heure eût sonné où
elle pourrait sans danger lâcher la bride à l'impatience de Félix, Berthe étudiait les ressources qui
les entouraient, ce chapitre des voies et moyens dont
tous les ministres des finances parlent avec tant de
complaisance en présentant un budget élastique. Elle

achevait ou, pour mieux dire, elle commençait l'é-
ducation de Félix en l'habituant à réfléchir, à com-
parer, à chercher l'idée sous le mot, comme on
cherche l'amande sous la coquille, à tirer la subs-
tance des livres et à se mêler aux bonnes et solides
conversations par le silence. On découvrait alors
tous les trésors de raison, de sens, de netteté, qu'elle
avait amassés pendant ses longues luttes contre elle-
même et les efforts patients auxquels elle s'était soumise pour vaincre sa nature rebelle. Quand elle
avait fait accepter le remède présenté d'une main si
savante, quand elle croyait avoir bien affermi l'esprit
de Félix dans la voie où elle le guidait, elle avait des
câlineries charmantes pour le récompenser, des éton-
nements naïfs qui le séduisaient, mille complaisances et des flatteries habiles qu'il savourait avec
la gourmandise d'un enfant à qui l'on présente des
confitures. Que de fois n'aurait-on pas juré qu'elle
était l'élève et qu'il était le professeur !

Pour se délasser, elle avait les promenades dans
le parc de la Marelle et la lecture au pied des arbres
qu'elle avait le plus aimés. Une seule fois elle avait
dirigé sa course du côté de ce ruisseau où, à l'âge
de vingt ans, elle avait rencontré M. d'Auberive.
Les troncs des jeunes saules avaient grossi, les longs

peupliers s'étaient effilés ; la hutte où ils s'étaient
reposés une heure pendant la pluie était à la même
place, lézardée, fendue, menaçant de crouler au prochain orage sur la pierre plate entourée de mousse.
Le frêne courbé contre lequel le berger s'appuyait
était mort. Les lèvres pâles, le front labouré par ce
pli que M. des Tournels avait vu si souvent, Berthe
parcourut ces rives désertes et ces bruyères peuplées
de tant de souvenirs indomptés. Elle en revint si
agitée et si pleine de découragement, qu'elle n'y
retourna plus. Au milieu de cette atmosphère si doucement respirée autrefois, elle sentait son âme dé-
trempée et amollie, comme se fond au contact de
l'eau une argile durcie au soleil.

Parmi les personnes qu'elle voyait le plus fréquemment à cette époque, il faut mettre au premier rang M. Jules Desprez, qui dirigeait toujours
la même manufacture dans la ville voisine. Seulement cette manufacture, au lieu d'occuper trois
cents bras, en employait mille. L'ancien associé de
Félix avait commencé par éprouver un certain
éloignement qui était presque de l'aversion à l'encontre de Berthe, qu'il accusait mentalement d'avoir
entraîné M. Claverond à Paris. Attiré par elle et
mis à son aise par la franchise et la simplicité de

ses manières, il l'étudia d'abord avec effroi, puis
avec intérêt, puis avec admiration. Elle lui apparut
enfin telle qu'elle était. Un soir qu'il avait pris une
tasse de thé seul avec elle, tandis que Félix achevait des lettres pressées, il lui saisit la main vigou-
reusement :

— Je vous ai mal jugée, dit-il ; pardonnez-moi et
comptez sur moi.

De ce jour, il fut tout à elle

V

Berthe avait alors trente-deux ans à peu près.
Élancée, svelte, les cheveux séparés en deux épais
bandeaux, pâle, les mains fluettes et toujours vêtue
d'une robe toute unie et de couleur sombre, elle
avait dans sa taille souple, dans sa démarche lente
et fière, quelque chose de particulier qui faisait penser
à ces reines en exil dont les grandes figures traversent
l'histoire. Les paysans la saluaient du plus loin qu'ils
la voyaient. Les vieilles bonnes femmes du village
étaient convaincues que ce n'était pas là l'enfant
terrible qu'elles avaient connue errant autrefois dans
la campagne, hardie, bruyante et capable de tenir
tête, le cas échéant, aux garçons les plus tapageurs
de l'endroit. On l'appelait dans le pays la dame de
la Marelle. Les jours de fête, quand elle passait sur
le mail, suivie de ses enfants et tenant son livre de
messe à la main, tous les jeux cessaient; on aurait
entendu tomber une feuille. Bien qu'elle eût été

riche et qu'elle le fût encore comparativement, on
ne la détestait pas. Le sentiment qu'elle inspirait
était un grand respect; la sympathie ne venait
qu'après.

Lucile, toujours brillante, enjouée, heureuse et
fêtée, abandonnait souvent Paris pour rejoindre sa
sœur.

— Bon Dieu ! que tu es heureuse dans ton ermi-
tage ! disait-elle... Là-bas je m'amuse tant que ça
m'ennuie.

Elle pensait encore à faire construire un chalet
où l'on vivrait comme à Trianon. Dans un des
voyages qu'elle faisait fréquemment à la Marelle, la
conversation tomba sur la saison que les deux sœurs
avaient passée à Dieppe. Lucile se frappa le front :

— A propos, dit-elle, te souviens-tu d'une petite
femme brune qui aurait été jolie si elle n'avait eu
les yeux trop petits et la bouche trop grande !... Sa
conversation faisait penser au miel, tant elle était
doucereuse; elle avait la manie des fleurs aquati-
ques, et en avait toujours quelqu'une dans ses cheveux, les soirs de bal... Y es-tu?

— Non, répondit Berthe, qui changea de place
et se mit à contre-jour.

— C'est étonnant! je m'en souviens comme si

elle était devant moi... Attends donc que je cherche
son nom... Elle était mariée, ce me semble, à un
de nos grands amis d'autrefois.

— Serait-ce par hasard madame d'Auberive? fit
Berthe avec effort.

— Justement. Eh bien! madame d'Auberive est
morte le mois dernier. Elle a été emportée par une
fluxion de poitrine qui l'a saisie un soir, à la sortie
d'un bal. On ne sait pas comme c'est dangereux,
le monde! Quand on va danser, c'est comme si on
allait au feu. J'aurai pour cet hiver un grand manteau doublé de chinchilla.

Madame Claverond avait la tête tournée du côté
de la fenêtre.

— Et M. d'Auberive? reprit-elle.

Sa voix expira après ces trois mots.

— Il paraît que sa femme l'a ruiné ou à peu près.
Il n'a jamais été bien ordonné, ce pauvre ami.
Madame donnait des bals, elle voyait un monde
singulier où l'on rencontrait des artistes. C'était
amusant, une fois en passant. Francis avait toujours l'air triste et la physionomie de quelqu'un qui
n'est pas chez lui. Madame d'Auberive lui laisse un
fils.

— Un fils! répéta Berthe.

.— Oui, un petit bonhomme qui s'appelle Francis comme le père ; il doit avoir trois ou quatre ans. Je l'ai vu une fois... il est très-gentil.

La conversation en resta là. Cinq minutes après, Lucile ne pensait plus à M. d'Auberive et à son enfant. Berthe, au contraire, ne voyait qu'eux en esprit. Cette mort soudaine était une révolution dans l'existence de Francis. Qu'allait-il faire à présent qu'il était libre ? Pourquoi ne l'avait-il pas informée de cet événement ? Pourquoi n'était-il pas allé à Grandval, si voisin de la Marelle ? Cette amitié à laquelle il semblait attacher un si grand prix n'était-elle plus rien pour lui ? ou bien fallait-il voir dans ce silence la preuve qu'un malheur irréparable, une ruine plus complète l'avait atteint ? Elle avait bien la ressource de prier Lucile d'écrire à Paris pour avoir quelques renseignements exacts ; mais si sa sœur la questionnait, que répondre ?

« Encore une pelletée de terre dans la fosse ! » murmura-t-elle en enfonçant cette préoccupation nouvelle au plus profond de son cœur.

Son inquiétude augmenta lorsqu'elle apprit de la bouche même de M. Lecerf, qui continuait de plus fort à marier et à enterrer tout le canton, que le domaine de Grandval venait d'être vendu à un capitaliste de Paris qu'il avait rencontré la veille parcourant les plaines et les bois.

—Si notre gentilhomme m'avait chargé de la vente, j'en aurais tiré meilleur parti, dit-il, bien que la terre fût pour la seconde fois grevée de lourdes hypothèques ; mais notre ex-voisin était sans doute pressé d'argent, et il aura cédé l'immeuble à quelque brasseur d'affaires pourvu d'espèces sonnantes. Tout a été bâclé en une couple d'heures. A présent que M. d'Auberive n'a plus de racine au sol, c'est un homme à la mer. Un pareil fou ne méritait pas d'hériter.

Berthe ne vécut pas durant la semaine qui suivit cette révélation. Cet oubli que M. d'Auberive faisait d'elle dans une pareille détresse était voisin de l'ingratitude. N'avait-elle donc pas quelque droit à sa tristesse, à son isolement? La croyait-il si faible qu'elle ne pût supporter le poids d'un malheur dont elle voulait sa part? Se pouvait-il qu'il l'eût si mal comprise?

Sur ces entrefaites, un matin et tandis que Lucile était encore à la Marelle, une espèce de valet parut au château, tenant par la main un petit garçon vêtu de deuil. Il avait, disait-il, une lettre urgente à remettre à madame Félix Claverond. On l'intro-

duisit. A la vue de l'enfant, Berthe trembla de tous
ses membres.

—Vous venez de la part de M. d'Auberive? dit-
elle au valet.

— Oui, madame, répondit cet homme tout étonné.

— Et voilà son fils? reprit-elle.

Le valet fit de la tête un signe affirmatif. Berthe
prit la lettre qu'il tenait à la main et le pria de
s'éloigner. Restée seule avec sa sœur, qui la regardait sans parler, tout étourdie, Berthe assit l'enfant
sur ses genoux et fit sauter le cachet de la lettre.

« Ah! mon Dieu! » il va partir! s'écria-t-elle.

— Mais qu'as-tu donc? demanda Lucile.

— Tu le demandes? dit Berthe.

L'enveloppe que Berthe venait de déchirer ren-
fermait deux lettres, l'une fort courte, destinée à
être lue à M. Claverond, l'autre fort longue, dans
laquelle, pour la première fois, le cœur timide de
Francis s'épanchait. Berthe alla jusqu'au bout tout
d'un trait. Après avoir raconté la mort de sa femme
en quelques mots convenables, mais dépouillés de
toute hypocrisie, M. d'Auberive continuait ainsi :

« Voilà comment j'ai perdu celle qui portait mon
nom et qui m'a donné un fils.

» Maintenant laissez-moi vous expliquer pourquoi

je vous confie cet enfant, pourquoi je vous demande de le protéger, de l'aimer, d'être tout à fait et dans la plus large acceptation du mot, sa vraie mère.

» Du jour où je vous ai rencontrée au bord de ce cher ruisseau où vous m'avez parlé un langage si ferme et si bon, je vous ai aimée d'un amour qui n'était ni romanesque, ni passionné peut-être, mais qui a été inaltérable et qui est devenu le fond même de ma vie. Il a pu, cet amour, subir des transformations, sous l'influence d'événements et de circonstances que je ne pouvais pas toujours empêcher, mais rien n'a pu le faire disparaître d'un cœur qui a été à vous jusque dans ses égarements.

» Ce n'est pas tout, et cette confession que je vous fais pour la première fois ira plus loin. Vous souvient-il d'une fête de village pendant laquelle je vous donnai un petit ruban bleu qu'il me semble voir encore ? Une heure après, vous le rouliez autour d'une boîte d'où quelques bonbons venaient de s'échapper, et en me regardant, vous me disiez : « C'est » un lien ! » C'était peu de chose, n'est-ce pas ? et cependant il me sembla que dans ces trois mots il y avait une allusion, et cette allusion, à laquelle peut-être vous n'avez jamais pensé, m'amena à croire que vous me rendiez un peu de cet amour que je

8

vous avais voué. Ne riez pas; ç'a été la seule heure
de bonheur pur que j'aie jamais goûtée!

» Peut-être me demanderez-vous comment il se
fait que, vous aimant et ayant cette illusion que vous
ne me détestiez pas, je n'aie rien tenté pour me rapprocher de vous? Hélas! C'est l'histoire de toute ma
vie intérieure qu'il faut que je vous fasse, si je veux
être compris. Une méfiance extraordinaire de moi-
même est en moi que rien ne peut combattre, qui
m'opprime et qui rend vaines toutes les heureuses
influences du hasard. On vous a parlé de ce prince
fameux que mille bonnes fées semblaient avoir doué
des meilleures et des plus désirables qualités; une
seule qu'on avait oubliée vint et d'un coup de baguette rendit ces mille dons inutiles en condamnant
celui qui les possédait à ne jamais s'en servir. Je
suis ce prince moins les brillantes qualités dont je
n'aurais eu que faire. A présent que la mer va nous
séparer, je puis bien parler de moi comme d'un homme
qui n'est plus. On m'a dit, et diverses circonstances
ont pu me faire supposer un temps qu'on avait eu
presque raison, que j'avais une nature sympathique
à beaucoup de gens, que, l'occasion aidant, je ne
manquais pas tout à fait d'un certain mérite qui
m'aurait rendu apte, comme une foule d'autres, à

jouer mon petit rôle dans un petit coin du monde :
c'est possible ; mais le malheur a voulu qu'un je ne
sais quoi d'inexplicable, dont le nom m'échappe
comme la cause, m'ait toujours empêché de rien
faire pour obtenir ce que je désirais le plus... Est-ce
timidité, crainte de ne pas répondre à ce qu'on aurait
attendu de moi, indolence, paresse d'esprit, ou sensibilité excessive et cachée ? Il y a un peu de tout
cela, et ce n'est pas cela. Aussitôt que je veux profiter des biens qui me sont offerts, un effroi dont
je ne puis pas comprimer les assauts s'empare de
tout mon être, et ma première pensée est de fuir.
Je résiste autant que faire se peut, mais je cède, et
l'occasion perdue, je la regrette. Combien de fois ne
me suis-je pas obstiné à écarter de moi par mille
imprudences la chose que je convoitais le plus ! Elle
était sous ma main, on me la présentait, je n'avais
qu'à vouloir, et je ne voulais pas. Ainsi ai-je fait
plus tard ; mais par contre que de choses que je ne
voulais pas faire et que j'ai faites ! C'est dans ces
circonstances fatales que mon esprit déploie une
puissance de sophismes et une ardeur de discussion
qui m'épouvante lorsque je suis à distance des événements. Rien ne lui échappe de ce qui peut m'égarer
et me perdre : il a des arguments sans nombre pour

ébranler mes résolutions les meilleures; il m'exhorte, il me presse, il ne me laisse ni trêve ni repos, il est d'autant plus souple, plus abondant en démonstrations spécieuses, plus vif, plus paradoxal dans ses conclusions, qu'il a une plus mauvaise cause à défendre! Ma raison s'indigne, mon cœur se révolte, et je suis vaincu.

» Pendant cette saison que j'ai passée auprès de vous, et qui est le seul bon souvenir de ma vie, quelque chose me poussait à m'adresser à M. des Tournels, à lui ouvrir mon cœur, à lui demander votre main; je sentais que là était le salut, que là étaient le repos, le bonheur, tous les biens les plus doux; une voix me le criait, j'en avais la certitude, et chaque jour je remettais au lendemain cette démarche à laquelle je comprenais que mon avenir était attaché. Un soir, vous me sembliez si bonne! et vos yeux étaient si pleins d'une expression si douce! j'ai failli la faire. Un notaire vint à passer et prit le bras de M. des Tournels à l'instant où j'allais l'aborder. Votre père s'éloigna; quand il revint à moi, une heure après, le courage me manqua. Le lendemain, je rencontrai M. Lecerf, il me parla de votre prochain mariage, et tout fut fini.

» A partir de ce moment, je n'ai plus été qu'une épave ballotée par tous les flots. Je n'avais de cœur à rien, et la vie a fait de moi tout ce que le hasard a voulu. Je n'ai plus lutté. Mon mariage l'a bien prouvé! J'en ai vu les conséquences comme je vois la lumière du soleil, et je les ai subies l'une après l'autre sans rien faire pour en atténuer l'inévitable dénoûment. J'avais cette détestable conviction que, si un malheur ne m'atteignait pas aujourd'hui, une catastrophe me frapperait demain. La catastrophe est venue, et je pars pour l'Amérique...

» Il peut se faire que nous ne nous revoyions plus : je ne sais pas ce que le sort me réserve là-bas ; mais c'est bien loin, et ma chance est mauvaise. Avant de m'éloigner, j'ai fait deux parts de ce qui me reste, la plus importante vous sera remise et servira à l'éducation de mon fils. Vous l'auriez accepté sans rien, je le sais, mais vous n'êtes pas seule. Cette part est ce qui m'a été remis par le notaire sur le prix de la vente de Grandval. Je m'y suis décidé à la dernière heure. Grandval est si près de la Marelle! Que de fois, en automne, les pieds sur les chenets, il m'est arrivé d'en peupler la solitude de votre image! A présent je n'ai plus même un brin d'herbe dans ces campagnes que

8.

nous avons parcourues ensemble!... J'ai gardé pour moi le peu qui suffit à payer mon voyage et à m'assurer quelques mois de vie dans ce pays où je vais tenter fortune. Si plus tard vous ne recevez pas de mes nouvelles après un long temps, c'est que le petit Francis n'aura plus que vous au monde.

» J'ai songé un moment à partir pour la Bourgogne et à vous le présenter moi-même ; mais j'ai craint, si je vous revoyais, de n'avoir plus le courage d'accepter ce long exil. Et puis jamais, sous vos yeux, je n'aurais pu vous dire ce que je viens de confier au papier. Ma gorge encore une fois eût été serrée, et j'ai voulu que mon secret n'en fût plus un pour vous.

» Ai-je eu tort en ayant cette pensée que vous resterez ma meilleure amie ? C'est la seule chose que rien n'a pu m'empêcher de croire... Je m'en vais avec une foi absolue en vous... Prenez donc mon enfant et donnez-lui le baiser d'adoption... quelque chose en reviendra jusqu'à moi. »

La lecture de cette lettre achevée, Berthe prit l'enfant entre ses bras et le serra sur son cœur.

« Ah ! pauvre Francis ! mon cher Francis bien-aimé ! » dit-elle en le couvrant de baisers.

La vivacité de ce mouvement, l'exaltation qui parut dans le visage de Berthe, l'ardeur de ses caresses, tout frappa Lucile.

— Mais tu l'aimais donc? s'écria-t-elle.

— Tu ne le savais pas! dit Berthe.

— Ah! bonté du ciel, que tu as dû souffrir! reprit Lucile, dont les yeux se remplirent de larmes.

Peu d'heures après, Berthe présentait le fils de M. d'Auberive à son mari avec la courte lettre qui leur était commune. M. Claverond n'avait jamais eu de relations intimes avec Francis; mais le désir d'adoption exprimé par sa femme ne rencontra de sa part aucune résistance. Le petit Francis eut sa place le soir même dans la chambre des enfants et son couvert à table.

— Habituez-vous à le regarder comme votre frère, dit Berthe à son fils et à sa fille en groupant ces trois petits êtres sous sa main.

Dès le lendemain, Berthe, animée d'une vie plus active et puisant de nouvelles forces dans la tâche nouvelle qui lui était imposée, entra chez sa sœur qui lui sauta au cou.

— Ah! pauvre chère mignonne, quelle nuit as-tu passée? dit Lucile.... Ai-je pleuré en pensant à toi!

— J'ai réfléchi, dit Berthe ; si tu es toujours dans les mêmes dispositions, comme je n'en doute pas, tu vas me prêter deux cent mille francs.

— Volontiers, reprit Lucile, mais pourquoi faire ?

— Les petits grandissent ; il faudra pousser l'un dans la diplomatie, l'autre à l'École polytechnique, n faire des hommes enfin ; de plus, il faut gagner une dot pour la fille. Or tout cela n'est point aisé à la Marelle. Nous repartirons·pour Paris, et Félix rentrera dans les affaires. Il a été probe, son honneur est intact, il trouvera des appuis parmi ses créanciers d'autrefois.

— Mais on ne fait pas une maison de banque avec deux cent mille francs !

— Bon ! n'ai-je pas les cinquante mille francs du petit Francis ?... oh ! je prétends leur faire faire la boule de neige.... et de plus les sommes que je trouverai un peu partout, et notamment dans la bourse de M. Jules Desprez ? Attends, et tu verras...

La maison de banque qu'il s'agissait de fonder préoccupait moins Lucile que la tranquillité de sa sœur, c'était si loin de ce qu'elle prévoyait après l'orage de la veille ! Elle la regarda plusieurs fois en silence, puis se décidant :

— Tu es bien sûre que M. d'Auberive est parti ? reprit-elle.

Berthe fit un signe de tête affirmatif.

— Et qu'il ne reviendra plus? ajouta Lucile.

— Je ne sais, dit Berthe.

— Et tu n'es pas dans les larmes, toi qui l'aimes depuis si longtemps! Voilà ce qui me passe ! poursuivit Lucile... Ah! Dieu ! si pareille chose me fût arrivée, mes yeux n'y verraient plus à force de pleurer.

Berthe prit la main de sa sœur.

— Et mon nom d'autrefois, l'as-tu donc oublié? dit-elle.

— Ah! pauvre Eau-qui-dort, tu me fais peur! s'écria Lucile, qui l'embrassa.

Dès le même jour, M. Claverond était convaincu que l'idée de s'établir à Paris et de recommencer les affaires lui était venue après de mûres réflexions approuvées par Berthe à qui il les avait communiquées. Il avait déjà, disait-il, trouvé chez sa belle-sœur une partie des fonds nécessaires au succès de son entreprise. Le reste n'était pas impossible à réunir.

— Je sais que vous avez pensé à notre ami Jules Desprez, dit Berthe, et par un sentiment de délica-

tesse qui ne m'étonne pas, vous avez même eu
l'idée de me charger des premières ouvertures.˙Je
ne crois pas à un refus; mais quand on a été dans
les relations où l'on vous a vu avec notre voisin,
on n'en court pas la chance en personne. Je ne suis
pas apte, comme vous, à traiter ces questions;
cependant, si votre intention est toujours la même
je vais écrire à M. Jules Desprez de passer ici.

— Écrivez, dit Félix gravement.

M. Jules Desprez répondit avec empressement à
l'appel de Berthe. Il écouta attentivement tout ce
qu'elle lui raconta de leurs projets, et n'en parut
pas très-édifié. Félix avait subi un premier et terrible naufrage; la paix et le repos, il les avait
trouvés à la Marelle; pour être heureux, les enfants
devenus hommes, n'avaient pas besoin d'être ministres ou régents de la Banque de France. Paris
lui semblait le pays des tribulations et des hasards.
On savait bien comment on y allait, on ne savait
jamais comment on y restait. A toutes ces objec-
tions Berthe trouvait des réponses... Quel est le
général d'armée qui n'a pas essuyé de défaite, le
navigateur qui n'a pas été vaincu par une tempête?
C'est par les échecs qu'on arrive à l'expérience. On
avait e repos certainement à la Marelle : mais le

repos ne suffit pas à l'homme, qui n'est pas plus
fait pour s'endormir éternellement dans l'oisiveté
que l'oiseau pour fermer ses ailes. Les meilleures
facultés s'y atrophient et s'y dessèchent. Sans nour-
rir des ambitions folles pour ses enfants, on n'avait
pas le droit de leur fermer, par une éducation
incomplète, le chemin des grandes carrières et des
nobles professions. Si Paris présentait des périls
dont il ne fallait diminuer ni le nombre ni la séduc-
tion, c'était aussi le pays des ressources et des hauts
enseignements.

M. Desprez hochait la tête. On devinait à certains
mouvements de ses lèvres qu'il y avait une dernière objection, une difficulté souveraine dont il
n'osait se faire l'interprète :

— Écoutez, dit-il enfin en posant le doigt sur la
main de Berthe, vous pouvez avoir raison, et il ne
m'est pas bien aisé de lutter contre vous ; mais,
pensez-y bien, pour remettre à flot une barque qui
a sombré, il faut un homme, et je suis assez l'ami
de Félix pour vous dire que je le connais.

— C'est mon mari, répondit Berthe, qui redressa
la tête.

— C'est juste, et c'est pour cela que je ne parlais pas, reprit M. Desprez, qui s'inclina. Maintenant

que j'ai tout dit, je suis à votre disposition. Que vous faut-il?

Cette grande loyauté et cette amitié généreuse embarrassaient Berthe. Devait-elle en accepter les témoignages sans les reconnaître par une confiance que leur voisin méritait à tant de titres? Elle se sentait portée à lui parler avec une entière franchise; mais comment le faire sans effleurer certaines particularités de sa vie qui répugnaient à sa vive délicatesse? Elle sourit, et lui tendant la main :

—Vous allez voir si j'ai pour vous le cœur d'une amie, dit-elle; mais quand vous m'aurez bien comprise, nous n'aborderons plus le même sujet d'entretien. Croyez-vous qu'une mère, sous l'empire de certaines circonstances impérieuses qui l'ont forcée à porter son activité et sa réflexion sur des choses qui ne sont pas de notre royaume, à nous femmes, ne puisse pas avoir l'intelligence et la volonté du père de famille, et se trouver tout à coup au niveau d'une tâche pour laquelle notre éducation ne nous a pas préparées? Et dans un autre ordre d'idées, ne vous a-t-on pas parlé de ces rois magnifiques qui se parent d'un manteau d'hermine, commandent des armées, signent des traités de paix, rendent des décrets et trônent fastueusement sous les regards émer-

veillés d'un peuple ébloui ? Mais derrière eux, quelqu'un que la foule ne voit pas, ministre ou conseiller,
un homme enfin presque inconnu, sans titres, sans
éclat, sans naissance, tient les rênes du gouverne-
ment, décide et fait tout, et s'efface dans la gloire
du maître. Si donc le chef de la famille et le roi
agissent, laissez-les faire : la mère et le conseiller
ne les abandonneront pas.

M. Desprez ne répondit rien; mais, prenant une
plume et une feuille de papier sur une table voisine, il mit son nom au bas de la page.

— Vous remplirez les blancs, dit-il ensuite en lui
remettant la feuille de papier.

A son tour, Berthe écrivit au-dessus de la signa-
ture un chiffre représentant la somme qu'elle avait
demandée à sa sœur.

— Est-ce trop ? dit-elle en étalant la feuille sous
les yeux de M. Desprez. Je vous ai traité comme
Lucile.

M. Desprez plia le papier en quatre sans le regarder.

— Félix aura son argent quand il le voudra,
ajouta-t-il. Si maintenant il vous plaît que j'a-
gisse pour lui auprès de mes amis, parlez... j'en
ai beaucoup.

9

— J'allais vous en prier.

— Eh bien ! partez pour Paris ; avant la fin du mois, la nouvelle maison Félix Claverond et Cie aura un million.

VI

Berthe rentra dans l'hôtel de la rue Miromesnil, où elle loua un appartement au rez-de-chaussée. Il lui semblait qu'entre ces murailles où elle avait passé tant d'années, elle trouverait des forces et des inspirations pour accomplir jusqu'au bout l'œuvre qu'elle s'était imposée. Sa vie désormais y fut consacrée tout entière; son mari et ses enfants se la partageaient. Félix, à son insu, ne parlait et ne respirait que par elle : il en était arrivé à être inquiet et mal à l'aise quand il passait plusieurs heures sans la voir. Sa première pensée, lorsqu'il rentrait après une course d'affaires, était de chercher sa femme pour lui en raconter le résultat; si elle n'était point là, il recommandait qu'on vînt le prévenir aussitôt qu'elle serait de retour. Cette domination absolue, on ne la devinait pas, à moins de pénétrer au plus profond de leur intérieur, et c'était presque impossible; Berthe dissimulait l'extrême étendue

de son influence avec un soin minutieux. Bien que
dispensée alors de compter, elle ne changea dans
sa vie que ce que sa nouvelle situation lui com-
mandait d'en élaguer. Le matin appartenait exclusivement à son ménage et à ses enfants. Sa solli-
citude s'exerçait jusque dans les moindres détails. A
trois heures, elle commençait à voir le monde. Bien
qu'elle reçût un grand nombre de personnes, elle
n'avait de relations étroites avec aucune. Lucile
était la seule femme qui entrât librement chez elle
à toute heure, la seule à laquelle elle permit de voir
clair dans sa pensée. Cette sœur toujours bonne, et
qui savait être dévouée en restant heureuse, s'était
efforcée de lui faire reprendre du premier bond ses
habitudes d'autrefois. Elle aurait voulu que Berthe
eût sa loge à l'Opéra et une voiture dans sa remise,
qu'elle donnât deux ou trois bals dans la saison. La
dépense n'était pas une question : madame de Sauveloche y pourvoirait au besoin. Berthe s'y refusa.
Elle restait chez elle tous les soirs, et on s'accou-
tumait à y aller, pour jouir entre gens bien élevés
d'un accueil simple et d'une conversation aimable.
Le cercle de ses relations s'élargit graduellement,
sans efforts apparents, s'étendit, s'éleva, et il vint
un jour où Berthe aurait pu dire « mon salon, » si

elle n'avait érigé la retenue en devoir et la modestie
en principe. Elle n'avait au coin de son feu de préférence pour personne ; mais chacun était sûr d'y
trouver de bonnes paroles et une bonne grâce empressée. Sans beaucoup parler, elle avait l'art de
pousser la conversation sur le terrain qui tour à
tour pouvait mettre en saillie le mérite des gens du
monde qui prenaient le thé chez elle. Elle s'effaçait
pour que les autres fussent en relief, et, pliée au
silence autant par goût que par calcul, elle acquit
la réputation d'une femme d'infiniment d'esprit ; on
lui prêtait d'un commun accord tout celui qu'elle
faisait valoir chez autrui. Cette conduite, c'était en
vue de ses enfants qu'elle en faisait la loi de sa vie.
Ils grandissaient près d'elle, et ce grand nombre
d'amis qu'elle n'attirait pas, mais qu'elle retenait,
devaient un jour les appuyer, les servir, les aider.

Lorsque le temps du deuil fut passé pour le petit
Francis, Berthe lui fit prendre des vêtements tout
à fait semblables pour l'étoffe, la façon et la couleur, à ceux que portait son fils. Il eut les mêmes
professeurs, les mêmes divertissements, fut entouré
des mêmes soins et vécut entièrement de la même
vie. Toute personne qui n'était pas au fait de cette
adoption pouvait croire que madame Claverond

avait trois enfants, une fille et deux garçons. On
ne voyait point de nuance dans sa tendresse, aussi
vive, aussi abondante, aussi prompte à s'alarmer
pour l'une que pour les autres. Lucile même s'y
trompait. Berthe avait cependant une manière particulière d'embrasser Francis : ce n'était pas le
même baiser plein, à toutes lèvres, retentissant, où
l'on sent toute l'effusion d'un cœur qui n'a point
d'arrière-pensée ; dans celui qu'elle donnait chaque
matin et chaque soir à son protégé, on sentait le
regret; un soupir insensible l'accompagnait, qui ne
s'adressait pas à l'enfant, et qui allait au delà. Par
une supercherie du cœur dont madame de Sauveloche seule ne fut pas la dupe, Berthe, sous prétexte de ne point établir de différence dans sa
couvée, voulut que Francis lui donnât le nom de
mère. L'enfant s'y habitua. Quelquefois les yeux
de Berthe devenaient tout humides quand il l'appelait ainsi. Dans les premiers temps, Lucile avait
insisté pour que les dépenses nécessitées pour l'entretien du petit Francis et l'éducation coûteuse
qu'il recevait fussent partagées entre elles deux,
le capital laissé par son père ne pouvant point y
suffire. Berthe s'y refusa obstinément. Bien que
déjà éclairée par la lettre de M. d'Auberive, la bonne

Lucile revint à la charge plusieurs fois, craignant que sa sœur ne fût guidée dans sa résistance par un motif de délicatesse; mais un jour qu'elle la surprit taillant elle-même une blouse à ce petit homme dont elle avait fait son Éliacin :

— Ah! je comprends! dit-elle; si nous partagions tu aurais peur qu'il ne fût pas tout à toi.

Le regard de Berthe lui fit voir qu'elle ne s'était pas trompée.

Un laps de temps assez long se passa. Les premiers symptômes d'un lent épuisement se faisaient remarquer chez Berthe. Elle prenait de si minutieuses précautions pour en dissimuler les atteintes que Lucile elle-même ne s'en apercevait que par intervalles. Quand elle lui en parlait et la priait de consulter un médecin, Berthe souriait et badinait. Elle ne souffrait pas, disait-elle, c'était peut-être un peu de fatigue momentanée; si elle avait l'imprudence de se mettre entre les mains de la Faculté, la maladie trouverait l'occasion trop bonne pour ne pas en profiter, et s'installerait chez elle définitivement. Lucile finissait par rire et n'insistait pas; mais les personnes qui voyaient madame Claverond après une absence de quatre ou cinq mois étaient frappées des changements qui se faisaient en elle.

La pâleur du front était plus mate et plus constante,
les joues se plombaient, un cercle bleuâtre s'étendait sous les yeux, les mains devenaient plus fluettes,
le regard avait une expression plus profonde, le
sourire une douceur plus triste. Autour d'elle, la
prospérité était maintenue d'une main ferme; on
la sentait partout. Les enfants arrivaient à cet âge
où leur intelligence, déjà mise à l'épreuve, indique
clairement ce qu'on peut espérer de leurs efforts.
L'un se préparait pour l'école de droit et avait sa
place marquée au ministère des affaires étrangères;
Francis poussait ses études du côté de l'école polytechnique; tous deux récompensaient Berthe magnifiquement de sa persévérance et de son intelligente
bonté. Son salon était le centre d'une réunion
d'hommes distingués parmi lesquels toutes les
branches du travail et de l'activité sociale étaient
représentées; chacun l'estimait et l'aimait. M. Claverond profitait de cette bienveillance générale, et
sa maison, protégée et mise en lumière par des
personnes qui appartenaient à l'administration,
avait sa part dans les grandes affaires publiques; le
chef en était considéré; Félix passait alors pour un
bon financier. Ses qualités naturelles, bien dirigées
et patiemment façonnées par une femme qui en

connaissait la nature, étaient mieux équilibrées dans ce milieu plus sage. Un seul côté de cette vie savamment arrangée restait dans l'ombre, et la pensée de Berthe ne s'en pouvait distraire.

Elle avait reçu à des intervalles inégaux des nouvelles de M. d'Auberive. Ces nouvelles n'étaient pas telles qu'elle pût être rassurée sur les résultats de l'entreprise désespérée qu'il avait tentée. Il avait été tour à tour aux Antilles, à New-York, à la Nouvelle-Orléans, au Mexique, et partout cette chance mauvaise à laquelle il croyait l'avait poursuivi. Il laissait voir la détermination de continuer sans relâche ; mais dans cette correspondance, souvent interrompue, on ne sentait jamais la confiance ni l'espoir. Lucile, à laquelle Berthe communiquait quelquefois ces lettres marquées de timbres si divers devinait que sa sœur en avait reçu quelqu'une aux caresses plus longues et plus attendries qu'elle prodiguait au jeune Francis. Un jour vint où M. d'Auberive apprit à madame Claverond qu'il partait pour la Californie. C'était comme une tentative suprême. Berthe eut froid dans les os en lisant cette lettre qui contenait en quelque sorte le testament de sa triste vie sans que le mot adieu fût écrit nulle part. Le pressentiment qu'il ne reviendrait

9.

jamais la saisit; elle en parla à Lucile, qui s'efforça de la tranquilliser sans y réussir. Cette crainte fit de tels progrès que Berthe, combattue jusqu'alors par le scrupule de rapprocher d'elle un homme que la mort de Julie avait rendu libre et qu'elle aimait, ne résista plus au désir de le rappeler. Elle en fit la demande à Félix, qui se montra disposé à donner une position convenable au père de Francis. Berthe écrivit dans ce sens à M. d'Auberive, mais ne se sentit pas soulagée du poids qui l'oppressait :

— Tu verras qu'il ne recevra pas ma lettre, disait-elle à Lucile, qui haussait les épaules et se moquait de ses terreurs superstitieuses.

— La Californie n'est pas un pays d'anthropophages, répondait-elle.... ce sera bientôt la mode d'y passer une saison.

Six ou huit mois après, un acte de décès envoyé par le consul de France à San Francisco arriva, constatant la mort de M. d'Auberive, enlevé en peu de jours par la fièvre au fond d'un *placer*. D'une main défaillante, il avait écrit au crayon, sur un lambeau de papier, le nom de son fils et celui de madame Félix Claverond. Ces seuls indices avaient guidé le consul.

Lorsque Lucile, prévenue par un mot, accourut à l'hôtel de la rue Miromesnil, épouvantée déjà de l'état où elle allait voir sa sœur, elle la trouva occupée à vêtir de noir le jeune Francis, qui pleurait. Berthe était de la couleur d'un cierge, mais ne versait point de larmes.

— Que t'avais-je annoncé? dit-elle en tendant la main à Lucile.

— Dieu! mais ta main est comme du feu! s'écria madame de Sauveloche.

— Tu crois?... un petit accès de fièvre causé par l'émotion peut-être? mais je m'attendais à cette mort, et la fièvre passera.

Dès le lendemain, Berthe se fit rendre compte par M. Claverond de l'état exact des sommes auxquelles Francis avait droit comme héritier de son père et commanditaire de la maison. Le petit capital qu'elle y avait versé avait plus que triplé. A sa majorité, et en supposant que ce capital suivît la même progression, Francis aurait près de cinq cent mille francs. De ce côté-là, l'avenir était assuré; mais ce n'était pas tout que d'en avoir préparé les éléments, il fallait encore le consolider. Berthe écrivit à M. Jules Desprez un mot rapide pour le prier de venir à Paris. Le lendemain, en attendant son arrivée, elle interrogea les professeurs de Francis et voulut connaître à fond leur opinion sur les dispositions et les aptitudes de son Benjamin. Elle le prit à part et lui tint le langage le plus doux, le plus ferme, le plus propre à le fortifier. Il était seul à présent responsable de son nom ; à l'honneur de ce nom, au sentiment du devoir, il devait tout sacrifier.

M. Jules Desprez, avec qui Berthe n'avait jamais cessé d'entretenir une correspondance suivie, et qu'elle voyait fréquemment, soit à Paris, soit à la Marelle, arriva à l'hôtel de la rue Miromesnil. Il fut frappé de l'altération des traits de madame Claverond, et sur l'observation qu'il lui en fit :

— Ne parlons pas encore de moi, dit-elle ; c'est de vous d'abord qu'il s'agit.

Elle l'entraîna dans un petit cabinet où elle se retirait assez souvent, et où son mari, ses enfants, Lucile et M. Desprez avaient seuls le droit de pénétrer.

— Me suis-je trompée, reprit-elle, en pensant que vous m'étiez tout acquis, et que je pouvais demander à votre amitié les témoignages les plus forts sans craindre d'en être refusée ?

— Non, répondit M. Desprez.

— Prenez garde ; vous aimez votre vie tranquille en Bourgogne, cette famille d'ouvriers que vous avez rassemblée autour de vous, les vieux amis parmi lesquels vous avez grandi, cette usine que vous avez créée, les occupations qu'elle vous donne, toutes ces choses enfin par lesquelles et pour lesquelles vous avez vécu depuis tant d'années, et qu'il vous faudra quitter pour vous enfermer à Paris, auprès de M. Claverond.

— A quoi bon ?.... n'y êtes-vous pas vous-même ?

— C'est que je n'y serai peut-être plus bientôt.

— Que voulez-vous dire ? s'écria M. Desprez.

— Tout à l'heure vous me parliez de moi, poursuivit Berthe ; il faut bien, puisque je vous demande un tel sacrifice, que je vous en dise la raison et que je vous fasse un aveu bien bas. Je me sens fatiguée et fatiguée n'est pas même le mot vrai,... c'est peut-être épuisée qu'il faudrait dire. J'ai lutté tant que j'ai pu... J'ai caché à tout le monde ce délabrement progressif de ma santé... La nature est à bout de ressources, et le mal est le plus fort... Je ne voudrais cependant pas m'en aller sans laisser quelqu'un auprès de Félix et de mes enfants... Voilà pourquoi je vous ai écrit.

Le saisissement avait rendu M. Desprez muet.

— Mais c'est impossible ! s'écria-t-il tout à coup, vous me dites là des choses qui font frémir.... et vous le dites avec une tranquillité !.. Que vous soyez souffrante, je ne le vois que trop ; mais en danger,... allons donc !

Le vieil ami de Félix était dans un état d'agitation extraordinaire. Il s'était levé et marchait par la chambre à grands pas.

— Mon pauvre monsieur Desprez, je suis désolée de vous faire ce chagrin, reprit Berthe ; mais à qui parlerais-je de tout cela si ce n'est à vous ? Je ne suis pas nerveuse, et je n'aime pas plus les phrases inutiles que les grandes démonstrations de sentiment... Croyez donc bien que je vous dis la vérité.

M. Desprez retomba sur son fauteuil.

— Ah ! mon Dieu ! dit-il, vous malade à ce point !... Mais que va-t-on devenir ici ?

— C'est bien pour cela que je vous ai appelé. Vous allez me donner votre parole que vous n'abandonnerez plus cette maison... Je vous remets toute la famille, le père comme les enfants,... les trois enfants, entendez-vous ?

— Oui, oui ! répondit M. Desprez qui passa un mouchoir sur ses yeux. Il regarda Berthe longtemps : Mais comment cela se fait-il? vous qui étiez l'activité même!...

— Eh! songez que voilà bien des années que je combats! Si bon que soit un outil, quand on s'en est servi longtemps, il vient un jour où il casse d'un coup... J'ai voulu vous avertir de cette situation pour que vous m'aidiez à prendre les précautions utiles et à mettre tout en ordre. Ne dit-on pas que lorsqu'une sentinelle quitte son poste, une autre doit la remplacer?

M. Desprez sortit navré du cabinet de Berthe Trois jours après, une circulaire annonçait que la maison de banque de M. Félix Claverond aurait désormais pour raison sociale : Félix Claverond, Desprez et Cie. Félix embrassait Jules et le remerciait d'avoir cédé à ses instances.

A quelque temps de là, et comme M. Desprez, qui avait son appartement dans l'hôtel de la rue Miromesnil, commençait à penser que madame Claverond avait eu sur son état des préoccupations exagérées, Berthe se mit au lit. Le médecin fut étonné des ravages produits par une fièvre sourde que sa cliente avait négligée. Le mal fit des progrès rapides ; un voyage qui eût été nécessaire devint impossible. Berthe dut rester couchée; elle

s'affaiblissait d'heure en heure ; les médecins réunis
en consultation déclarèrent que les remèdes n'agis-
saient plus sur des organes lentement usés ; elle pé-
rissait d'épuisement. Un repos absolu était la seule
chose qui pût la remettre, peut-être la sauver. La
consternation régnait dans tout l'hôtel. M. Desprez,
à qui Berthe avait demandé le secret, faisait pitié
à voir. C'était pour lui comme une sœur longtemps
méconnue, et qu'il perdait à présent qu'il l'adorait.
M. Félix Claverond n'était pas moins dans la déso-
lation ; mais il croyait que c'était une crise, et l'espoir le soutenait. Lucile se faisait aussi des illusions
auxquelles elle s'attachait avec l'heureux aveugle-
ment de son caractère. Devant tous, Berthe se
montrait tranquille et rassurée.

Un matin, après avoir embrassé les trois enfants
avec une effusion plus longue, elle pria Lucile de
lui remettre une boîte qu'elle n'avait pas ouverte
depuis bien des années. Une petite clef qu'elle portait sur elle joua dans la serrure, et elle tira de la
boîte un bouquet de violettes tout à fait desséchées
et un ruban de soie bleu. Elle flaira le bouquet
comme elle avait fait si souvent à une autre époque,
et roula le ruban autour de ses doigts. Un peu de
sang avait reflué sur ses joues.

— Ah! qu'il y a loin! dit-elle.

Sa sœur, qui l'observait, lui demanda l'histoire de ces deux objets.

— C'est ma jeunesse... courte jeunesse! reprit Berthe.

Puis elle lui raconta longuement tous les incidents qui se rattachaient à ce bouquet de violettes qui n'avait presque plus d'odeur, et à ce ruban fané. Avec quelle douceur triste ne revenait-elle pas sur ces souvenirs si longtemps ensevelis dans le silence! Elle les évoquait tous, n'omettant rien et découvrant une à une les blessures qui saignaient au plus profond de son âme.

Lucile pleurait.

— Et tu ne parlais pas! dit-elle.

— A quoi bon? répondit Berthe.

Au bout d'une heure, elle se sentit fatiguée. Elle pria Lucile de poser le bouquet et le ruban sur le drap, croisa les mains et ferma les yeux. Elle resta ainsi quelque temps, gardée par sa sœur, qui ne remuait pas. Vers midi, elle leva tout à coup les bras vers le ciel; son visage s'illumina, ses yeux s'éclairèrent d'une expression de joie radieuse, et avec l'accent d'une grande lassitude :

— Enfin! dit-elle.

Lucile jeta ses deux mains sur le lit.

— Qu'as-tu donc? s'écria-t-elle effrayée.

— Rien... répondit Berthe d'une voix faible, j'ai un peu sommeil... Embrasse-moi.

Un souffle léger passa sur le visage de Lucile; Berthe chercha des doigts le bouquet, s'en saisit et pencha la tête de côté.

L'Eau-qui-dort venait de s'endormir pour ne plus se réveiller.

———

MADAME DE SARENS

I

Il était à peu près deux heures de l'après-midi,
madame de Sarens achevait sa toilette, et par intervalles jetait un coup d'œil sur un grand jardin
qui s'étendait sous ses fenêtres ; le soleil riait sur
une pièce d'eau qu'on voyait étinceler parmi les
arbres dépouillés. Un gros merle sautillait sur la
margelle de pierre et trempait avec nonchalance
son bec jaune dans le bassin. Tout en le regardant,
madame de Sarens pensait à l'emploi de sa journée.

« Que voilà un oiseau heureux ! se dit-elle. Il sait
que faire de son temps. L'occuper, ce n'est rien ;
mais le perdre !... »

En ce moment, une femme de chambre entra et
remit à sa maîtresse une lettre sur l'enveloppe de

laquelle on lisait le mot *pressé*. Madame de Sarens
rompit le cachet et lut ceci :

« Ma chère belle,

» C'est une solliciteuse qui vous écrit, armez-vous
d'indulgence. Vos bals ont le malheur de faire tourner beaucoup de têtes. Tout le monde veut en être,
et au lieu d'élargir le cercle de vos invitations
vous le rétrécissez. C'est pousser trop loin le culte
de l'opposition. Cependant une personne que je
tiens à obliger a le plus vif désir de vous être pré-
sentée, et, la chose faite, de passer quelques heures
dans vos salons. Elle sait que mon étourderie est
dans les bonnes grâces de votre sagesse et me sup-
plie d'en abuser. M. de Sombreuse est tout à fait
un homme du monde; il a de l'esprit, ce qui n'est
rien, et d'excellentes manières, ce qui est quelque
chose. On le voit partout; c'est un miracle que
vous ne l'ayez pas rencontré chez moi. Sa demande
m'a prise au dépourvu, et c'est demain, ce me
semble, qu'on danse chez vous pour la dernière
fois. Or le temps me manque pour solliciter l'honneur de le conduire en votre présence un soir de
petite réception, et madame de Sombreuse, qui y
met de l'entêtement, assure qu'un célibataire dont

toute la famille habite la province n'est jamais un embarras pour une maîtresse de maison. Aurez-vous la méchanceté de lui prouver qu'il a tort? Ce serait le battre sur mes épaules, et pour le faire vous aimez trop, j'imagine, votre amie

» ESTELLE »

Madame de Sarens chiffonna le billet entre ses doigts. « Vingt lignes pour une présentation... Oh! oh! » fit-elle.

— Un domestique est là qui attend la réponse que madame doit faire à madame de Marsannes, dit la femme de chambre.

Madame de Sarens s'approcha d'un petit bureau, prit à la hâte une plume et griffonna ces quatre mots :

« Chère mignonne,

» Je ne suis pas officiellement chez moi aujour-d'hui, vous avez donc toute chance de m'y rencon-trer tantôt; si vous venez de bonne heure, nous fe-rons un tour aux Champs-Élysées. C'était hier mon mercredi, et j'ai besoin de prendre l'air pour me remettre de tous les amis que j'ai vus. Seule, je n'en aurais pas le courage; si au contraire vous n'arrivez qu'à la nuit, nous causerons au coin du feu de cette personne que vous tenez à obliger, et je vous taquinerai.

» SABINE. »

« Allons, se dit-elle en remettant sa réponse à la femme de chambre qui attendait, grâce à cette petite folle, la journée arrivera plus vite au bout... Quel peut être ce M. de Sombreuse que par miracle je n'ai jamais vu chez elle? Le connaît-elle seulement, ou si elle le connait un peu, ne le connaît-elle pas trop? »

Une heure après cet échange de billets, une femme petite, brune, parée à ravir, et dont le visage respirait la gaieté, entrait chez madame de Sarens.

— Je suis sous les armes, et nous pouvons partir, dit-elle; mais d'abord l'invitation est-elle prête, sous enveloppe et cachetée?

— On a le temps, répondit madame de Sarens, qui nouait les brides de son chapeau.

Estelle frappa de sa bottine le tapis du salon. — Ce n'est cependant pas une affaire à protocoles, dit-elle.

— Ne vous ai-je pas dit que je vous taquinerai? reprit Sabine.

Madame de Marsannes sourit, et rajustant le nœud d'une petite cravate de dentelle blanche :

— Faites donc, répliqua-t-elle, j'ai les nerfs à l'épreuve de toutes les épigrammes.

Quand on fut en promenade, Estelle se blottit dans un coin de la calèche, et d'un air de résolution :

— Commencez le feu, reprit-elle, je suis tout oreilles.

— Escarmouchons d'abord, répondit madame de Sarens ; nous avons un sujet de conversation qui, par ricochet, peut m'intéresser : ne l'épuisons pas du premier coup. Il faut qu'il nous mène tout au moins jusqu'à l'arc de l'Étoile, et c'est effrayant quand on pense que mes chevaux n'ont pas le mors aux dents !

— Je suis donc sur la sellette et sous le coup d'un interrogatoire ?

— Vous m'avez permis de poser mes griffes sur vous, je les enfonce.

— Bon, je ne crierai pas.

Madame de Sarens fit la moue.

— Vous êtes odieuse, reprit-elle. Le beau plaisir d'écorcher les gens, s'ils ne se plaignent point ! Voyons, quel est ce M. de Sombreuse dont vous me menacez ?

— C'est un jeune homme.

— Votre jeune homme est-il jeune? car, vous savez, il y a les jeunes gens qui sont quelquefois vieux et les hommes jeunes qui le sont toujours.

— Le mien a trente-quatre ans. Il rit volontiers; à l'occasion, il sait pleurer.

— Que fait-il?

— Ce qu'on fait à Paris quand on ne fait rien.

— Un homme qui remplit bien cet emploi est propre à tout. Vous voyez souvent M. de Sombreuse?

— Très-souvent.

— Et vous l'aimez beaucoup?

— Beaucoup.

— Autant que ça!

Estelle se mit à rire, et, regardant bien madame de Sarens au fond des yeux :

— Ma chère Sabine, dit-elle, ne laissez pas prendre le galop à votre imagination. J'ai un cœur paresseux, qui a horreur des aventures; il marche au pas. Le prince Charmant qui lui fera faire connaissance avec les émotions, l'anxiété, les transports, et toutes ces belles choses qu'on met en musique, n'est pas encore né. Je m'y résigne sans trop d'ennui. Si quelque jour un prodige du sort le pousse en mon chemin, je vous en avertirai charitablement, et la plus surprise des deux, ce ne sera pas vous.

Madame de Sarens gardait le silence. Estelle pencha la tête de côté et sourit.

— Je vois bien ce que j'y perdrai, poursuivit-elle; mais je ne sais pas ce que ce bel inconnu y gagnera.

— Comment l'entendez-vous?

— C'est que mon caractère est ainsi fait que l'imprudent qui livrera bataille à mon cœur et s'en emparera devra tout de suite, et bon gré mal gré, m'offrir sa main et me conduire à l'autel. Cela tient les téméraires à distance. En attendant, j'aime fort M. de Sombreuse, et il y a toujours pour lui, au coin de mon feu, un fauteuil où il ne me plait pas qu'un autre s'assoie. Il cause bien et ne se rappelle que des choses dont on lui permet de se souvenir. A première vue et dès le premier mot, on devine qu'il a une grande tendresse pour tout ce qui ne porte ni barbe ni paletot. C'est son charme.

— Danse-t-il?

— Non.

— Alors quelle idée lui prend de vouloir aller au bal?

Un léger embarras parut sur le visage d'Estelle.

— On lui a parlé de vous, dit-elle, et il lui a sem-

10

blé malséant de ne pas connaître une personne autour de laquelle une moitié de Paris s'agite.

— Cette moitié est bien bonne. Est-ce tout ?

Madame de Marsannes toussa légèrement.

— Au fait, reprit-elle, j'aime mieux dire les
choses simplement comme elles sont. Entre nous,
je crois que M. de Sombreuse a l'espoir de
rencontrer chez vous un personnage auquel il
a affaire, et près de qui il ne veut pas se rendre
pour ne point donner d'importance à cette démarche.

— Voilà une préférence qui me flatte, et je lui
sais gré de me prendre pour trait d'union.

— Il ne dépend que de vous de croire qu'il vous
a vue, et qu'il se meurt d'amour pour vos beaux
yeux.

— Ah ! vous raillez aussi ?

— Quelquefois... A propos, M. de Sombreuse
est fort laid.

— Votre héros ne danse pas, il est fort laid, et
il ne vient pas chez moi pour moi !... Il est charmant ! Donc gardez-le, je vous prie, et ne lui permettez plus de quitter ce fauteuil où il ne vous
plait pas qu'un autre s'assoie.

— Très-bien, répondit madame de Marsannes;

c'est pourquoi demain je vous amènerai M. de Sombreuse.

— A votre aise; vous êtes prévenue. Si demain je mérite ce surnom de pomme verte qu'on m'a donné, je m'en lave les mains.

A cette époque de sa vie, madame de Sarens, âgée alors de vingt-neuf ans, passait pour l'une des femmes de Paris les plus heureuses, et se vantait de l'être. Elle avait tout à souhait. La Providence ne lui avait rien refusé de ce que peut donner le hasard; la fortune, l'esprit, la position dans le monde, les alliances, tout était à l'unisson. L'éducation la plus soignée avait fait le reste. Sabine avait le sentiment des belles choses, et les aimait sans en faire parade. Si elle n'était pas marquise, elle avait le bon goût de ne pas le regretter, et on ne la voyait jamais courir après les personnes titrées dont la connaissance pouvait lui donner un vernis de noblesse. Ne s'efforçant pas d'ouvrir les portes, elle était la bienvenue dans les meilleurs salons, et sa maison passait pour l'une des mieux gardées de l'avenue Gabriel. On pouvait voir madame de Sarens tous les jours pendant six mois et ne pas deviner qu'elle était excellente musicienne, et qu'au besoin elle eût manié le crayon comme un artiste. Quand on en faisait la découverte, et jamais elle n'y aidait, elle avait une façon de hausser les épaules, qui arrêtait net les plus enthousiastes et ne leur permettait pas d'exprimer la plus légère admiration. « Cela est bon, disait-elle, pour les infortunés qui, par état, sont dans l'obligation de faire gémir un piano ou de noircir du papier ; mais chez les personnes du monde c'est un ridicule. »

Ainsi du reste. Rien de ce qui venait d'elle ne trouvait grâce devant elle. Elle n'épargnait pas autrement le prochain. Si elle avait aux environs de Paris un château où la plus élégante compagnie aimait à se retrouver pendant la belle saison, tant elle avait l'art de bien recevoir et de varier les plaisirs au gré de ses hôtes, c'était affaire d'habitude où les millions entraient pour quelque chose. Si on parlait tout à coup et avec éloge d'une bonne action faite à propos, et dont les personnes qui en profitaient avaient seules trahi le secret, son rire glaçait. « La belle affaire ! disait-elle aussitôt ; cela aide à passer le temps. Somme toute, le bien n'est pas plus ennuyeux que le mal. »

Madame de Sarens avait de ces répliques acerbes et tranchantes qui rappelaient les jeux de certains enfants occupés à faucher les fleurs d'un jardin. Si

l'on vantait son goût, la simplicité de sa toilette,
l'ordonnance exquise de ses réceptions, son esprit
alerte et vif, la tenue parfaite de sa maison, elle
faisait la moue. « La faute n'en est pas à nous,
disait-elle d'un air de dédain. Les professeurs com-
mencent, les fournisseurs achèvent. Le tout est de
les choisir bons. »

Les compliments, les fadeurs, les sottises, qui sont
la monnaie courante de la vie, la trouvaient sans
pitié. Aussitôt que les phrases toutes faites commençaient à s'étaler dans la conversation, madame
de Sarens dressait l'oreille; il suffisait alors d'un
mot pour la pousser aux extrêmes dans la voie de
la contradiction. Un jour qu'un jeune homme, à
peine sorti des écoles, s'extasiait sur les grâces incomparables et la suprême distinction des femmes
du monde, elle l'interrompit : « Si vous nous
enleviez d'un coup de baguette nos calèches, nos
cachemires et les romans nouveaux, dit-elle, vous
verriez ce qui resterait de tout ce bagage !...
Le tout ensemble tiendrait dans le tablier d'une
grisette... »

On avait marié Sabine à l'aurore de sa vingtième
année : *on* est ici le vrai mot. Elle accepta la main
de M. de Sarens sans préférence et sans éloignement.

10.

Une amie un peu plus âgée et femme déjà s'étonna
de cet empressement :

— L'aimes-tu par hasard ? dit-elle.

— Moi ! fit Sabine d'un ton qui ne souffrait pas
de réplique.

— Alors pourquoi tant se hâter ? Sans vouloir
ici te faire de compliments, avec ta jeunesse, tes
dons naturels et ceux que tu tiens de la fortune, tu
peux attendre et choisir. Tu seras majeure dans
quelques mois ; demande à l'observation l'appui qui
te manque du côté de la famille. Qui se marierait
selon son cœur, si ce n'est une orpheline ?

— Ne te semble-t-il pas que M. Rodolphe de
Sarens monte bien à cheval et qu'il porte la cravate
blanche avec élégance ?

— Est-ce là tout ce que tu cherches dans le compagnon de ta vie ?

— Le reste est à l'avenant et me paraît suffisant
pour entrer dans le monde.

L'amie dépitée s'inclina.

— On ne dira pas, ajouta-t-elle, que le romanesque
ait eu beaucoup de prise sur ta jeunesse.

Au bout de six mois, qui furent traversés par un
voyage, Sabine s'aperçut que Rodolphe avait une
nature médiocre, fade, sans saveur et sans origina-

lité. « — Je m'en doutais, » pensa-t-elle. — Elle
l'étudia mieux, reconnut qu'elle ne se trompait pas,
et en prit son parti sans grand chagrin. Un tuteur
qui l'avait mariée lui demanda timidement, après
un an d'expérience, si elle était contente du choix
qu'il avait fait de M. de Sarens :

— Certainement, répondit Sabine. Je n'ai jamais
pensé que ce fût un Amadis ou un César; mais,
tel qu'il est, je ne le changerais pas contre beaucoup
d'hommes que je connais, et encore moins contre
ceux que je ne connais pas.

Ce mari, qui ne pouvait pas être un héros de
roman, avait, en matière de finances, l'esprit droit,
clair et sûr : point d'affaire dans laquelle il ne
découvrît un filon d'or. La main sur le filon, rien
ne lui échappait plus. Il doubla, tripla, décupla sa
fortune en quelques années. Avec madame de Sarens
il ne comptait pas; il n'était jamais plus heureux
que lorsqu'elle entrait dans son cabinet pour quelque
emprunt. M. de Sarens, bien que mêlé à des affaires
considérables, n'avait pas de bureau; un ou deux
secrétaires lui suffisaient. C'était, à proprement parler,
un banquier consultant. Sa seule prétention était
d'avoir de beaux chevaux et de s'y connaître. Il
était dans son ménage comme certains rois dans

leurs royaumes, où un favori est tout et fait tout.
Ce favori était sa femme. Madame de Sarens s'en
accommodait.

Dans de telles conditions, et en regardant bien
au fond des choses, les fins observateurs finissaient
par s'apercevoir que madame de Sarens réussissait
à n'être point heureuse. Elle acceptait la vie et ne
l'aimait pas. Ce n'est point qu'elle lui eût demandé,
même en songe, les choses qu'elle ne comporte pas,
n'ayant jamais vu l'existence et le monde sous un
aspect idéal ; on ne voyait pas qu'elle regrettât rien,
mais il était clair qu'elle n'espérait rien non plus.
Il y avait en elle un fonds d'amertume et d'âpreté
qui faisait irruption à toute heure et qu'on ne s'expliquait pas.

Belle, avec des formes pleines, blanche comme
un lis et couronnée d'une forêt de cheveux fins et
cendrés, Sabine avait des grâces et des ports de
tête qui lui donnaient tout à fait l'air d'une grande
dame. Elle était telle qu'elle ne pouvait envier personne. Ses mains étaient incomparables ; les marbres
de Florence n'en montrent pas de plus exquises.
D'où lui venait donc cette constante irritation qui
se trahissait par secousses et par jets impétueux ?
Dans le passé, on ne lui savait aucun malheur ;

dans l'avenir, on ne prévoyait nulle tempête. Cependant cette femme jeune, élégante, riche, aimée, adulée, entourée, cette reine qui n'avait pas un pli dans son lit de roses, disait de la vie que cela ne valait pas la peine de naître ni la fatigue de mourir. Une de ses meilleures amies, madame de Marsannes peut-être, assurait que, tout enfant, Sabine avait bu du verjus et qu'elle n'avait pas pu le digérer. « Cela lui revient aux lèvres alors qu'elle y pense le moins, » ajoutait-elle.

A vingt-neuf ans, Sabine passait pour une fort honnête femme et l'était réellement. Le monde, qui déchire volontiers quiconque est au sommet de l'échelle, en pleine lumière, essayait de mordre sur sa réputation sans parvenir à l'ébrécher. C'était chez madame de Sarens affaire d'amour-propre et non de foi. Il lui paraissait original et bienséant de traverser la vie avec la blancheur immaculée et la majesté du cygne qui fend les ondes bleues d'un lac et ne daigne pas confier son duvet sans tache au sable du rivage. L'orgueil aidant, elle y avait réussi. « Et puis, disait-elle, ce qui nous protége contre les hommes, ce sont les hommes! »

Jamais on ne connut voltairienne plus enracinée dans l'incrédulité. Il faut reconnaître aussi que

Sabine ne se faisait point un mérite de sa vertu
et n'en voulait point à celles qui en avaient moins.
Un soir, étant dans un cercle où une prude, qui
la voulait rallier à sa cause, lançait l'anathème
contre les écarts de la jeunesse, madame de Sarens
l'interrompit brusquement d'un coup d'éventail.
« Question de tempérament et de latitude ! s'écria-
t-elle ; sanguines ou mulâtresses, nous étions per-
dues ! » C'est à ces reparties, où l'on sentait comme
une goutte d'acide, qu'elle devait ce surnom de
pomme verte qu'elle acceptait bravement, en ne
se gênant pas pour le mériter.

Une pareille disposition d'esprit devait susciter
de vives inimitiés à madame de Sarens. Elle en
devinait autour d'elle ; mais un dévouement sincère
dans les occasions où l'on avait besoin de son
appui, un secret impénétrable et à l'épreuve des
ruptures les plus inattendues, une fermeté virile
qui éclatait au profit des petits et des opprimés,
lui assuraient aussi de nombreuses et chaudes sym-
pathies. Ceux qui ne la voyaient qu'en passant
pouvaient la détester, et le monde ne l'épargnait
pas ; Sabine rendait en dédain ce qu'on lui accordait en médisances. Les personnes qui pénétraient
dans son intimité, et le nombre n'en était pas

considérable, arrivaient quelquefois à l'adorer malgré
elle. Elle ne leur témoignait en paroles aucune
reconnaissance, mais on sentait que cela au fond
la touchait et la réchauffait. Dans ce sens, sa meilleure amie était madame de Marsannes, qu'elle
criblait de coups d'épingle et pour laquelle elle se
serait mise au feu. Sa grande prétention, on le sait,
était d'être heureuse et de ne rien souhaiter. Il lui
arriva plusieurs fois de rompre en visière avec des
femmes qui, bien nées, riches et entourées de toutes
les élégances de la vie, prenaient des attitudes
languissantes et soupiraient, mollement assises dans
des fauteuils complaisants. Dans ces occasions elle
était sans pitié.

« Çà, que vous manque-t-il ? disait-elle ; vous
avez plus de velours et de satin autour de vos
épaules qu'il n'en faudrait pour habiller un opéra ;
vous entendez la messe dans des églises chauffées
par des calorifères ; vous dansez quatorze fois par
semaine, et faites votre salut en calèche, au bois
de Boulogne, en compagnie de jolis messieurs qui
sont très-proprement empaillés. Laissez les gémis-
sements à qui se traîne dans la neige, les pieds
nus dans des sabots. J'ai vu ce matin, au sortir du
bal où nous avions grignoté force truffes, nos sœurs

en Ève qui faisaient la toilette du boulevard, la
pluie sur la tête et la bise dans le nez; elles ne se
lamentaient pas. Que vous faut-il, s'il vous plaît?
Le bonheur peut-être? A quoi cela sert-il? et de
quoi cela est-il fait? Pour ma part, je ne m'en
soucie pas plus que des modes que l'on portait à la
cour de la reine Berthe. Pensez-y donc! si le bonheur était une chose indispensable à l'existence, qui
est-ce qui vivrait? Dans la position que le hasard
nous a donnée, — et en quoi, je vous prie, la mé-
ritons-nous mieux que d'autres? — une larme est
un sacrilége, et le soupir un ridicule. Gardez vos
robes, vos enfants, vos maris et le reste, et si ces
infortunes vous paraissent trop lourdes à porter,
considérons par la pensée qu'un grain de sable peut
les faire disparaître en un instant. »

Quand on la pressait d'arguments sous prétexte
que les dentelles, la danse, la musique et les truffes
ne suffisent point à remplir les gouffres de la vie,
et qu'il y a le cœur, les âmes, la sympathie, qui
sont bien quelque chose, elle éclatait et se prenait
volontiers pour exemple. « Hier matin, disait-elle,
j'ai couru de chez la faiseuse de modes chez le
bijoutier; plumets, falbalas et joyaux m'ont conduite
jusqu'à l'heure du déjeuner, auquel j'ai fait grand

honneur. L'idée ne m'est point venue que cela fût
d'une tristesse mortelle. Un peu après je me suis
promenée à cheval; le temps était beau, et par extraordinaire les personnes qui m'accompagnaient étaient
d'agréable humeur. Vers quatre heures, j'ai reçu quelques visites; on a causé presque avec esprit. Vous
savez que les livres de toute sorte abondent à ce moment de l'année, et cela vient en aide aux personnes
indigentes. Deux ou trois amis ont partagé mon
dîner. J'ai commencé ma soirée aux Italiens et l'ai
terminée chez la marquise de Briare, dont les bals
sont en grande faveur. A trois heures, je suis
rentrée; un bon feu brûlait dans ma cheminée, et
des mules fourrées de cygne attendaient au bord
d'un canapé mes pieds fatigués de porter du satin.
Il ne m'a pas semblé qu'il fût nécessaire de
pleurer à sanglots sur les misères de mon existence. Aujourd'hui sera pareil à hier, à cette différence près que l'Opéra remplacera les Italiens et
que madame de Chanterac succédera à madame de
Briare. Demain sera le reflet et l'écho d'aujourd'hui.
Or mon histoire est la vôtre, mesdames, et cela ne
nous vaudra jamais un brevet d'héroïsme. Si maintenant des larmes s'avisent de mouiller vos cils,
cachez-les bien vite : ce sont des aventurières qui

11

n'ont pas le droit de s'y montrer. Notre premier devoir, à nous autres les enfants gâtés de la civilisation, est d'être heureuses quand même; hors de là, nous méritons le fouet. »

Un soir qu'elle était partie sur ce thème, un ami de la famille qui l'avait fait sauter sur ses genoux lui offrit le bras au moment où elle se levait, et souriant à demi-voix :

— Pauvre femme! dit-il.

Sabine rougit jusqu'à la racine des cheveux, et fronçant les sourcils :

— Gardez vos réflexions pour vous, vilain curieux! répliqua-t-elle.

Jamais plus madame de Sarens ne parla de son bonheur à cet indiscret.

Que regrettait-elle? qu'espérait-elle? qu'aimait-elle? C'est ce que tout le monde ignorait. Ce qu'on savait seulement, c'est qu'elle se servait volontiers d'un cachet sur lequel elle avait fait graver le mot espagnol *nada*, qui signifie rien. C'était sa devise. « Au moins, disait-elle, on ne m'accusera pas d'ambition. »

Chez une personne qui, dans les habitudes quotidiennes de la vie, était la simplicité même, cette devise étonnait; elle effrayait quand on songeait

que madame de Sarens, au temps où elle l'adopta,
avait vingt ans à peine et tout à souhait. Quelle
plaie inconnue cachait-elle sous le laconisme hau-
tain de ces deux syllabes? Là-dessus, Estelle, qui
causait fréquemment avec madame de Sarens, n'était
pas plus instruite qu'une étrangère.

Sabine n'avait eu qu'un enfant, une petite fille
morte une semaine après sa naissance. Elle resta
plusieurs mois enfermée chez elle, puis tout à coup
elle se montra au bal parée à merveille. « — Elle
n'était pas digne d'être mère, » dit une amie.

A quelque temps de là, madame de Sarens, dont
jamais les confidences n'évoquaient le souvenir de
l'enfant qui ne devait pas être remplacé, étant
seule dans un salon, vit entrer tout à coup une
petite fille qui vint en trébuchant se jeter dans ses
genoux. La charmante créature avait l'âge qu'aurait
eu sa petite fille, si celle-ci avait vécu. Madame de
Sarens lança un regard rapide autour d'elle, puis,
s'emparant de l'enfant qui riait, elle l'enleva sur sa
poitrine et l'embrassa à pleines lèvres dans les cheveux. Deux grosses larmes roulèrent sur ses joues.
Quelqu'un survint. Sabine laissa glisser l'enfant sur
le tapis, et passant la main sur ses yeux :

— Voilà à quoi servent les petites filles, dit-elle;

on caresse ces jolies poupées, et un nœud de ruban en profite pour vous écorcher la paupière !

— Toujours aimable et bonne ! dit en riant la personne qui venait de paraître.

— Toujours, répondit Sabine d'une voix sèche. »

Telle était la Parisienne chez laquelle le 8 mars 1859 madame de Marsannes conduisait M. Paul de Sombreuse.

II

Au moment où Estelle et Paul entrèrent chez
madame de Sarens, le bal était dans tout son éclat.
La maîtresse de la maison vint au-devant d'eux.

« M. de Sombreuse, » dit Estelle.

Madame de Sarens regarda le nouveau venu et
partit d'un éclat de rire. M. de Sombreuse s'inclina
et d'un air gai :

— On vous avait prévenue, madame, dit-il; mais
cela dépasse encore vos espérances, n'est-il pas vrai?

— Franchement oui, répliqua-t-elle.

— Bah! continua Paul, si le ramage ne ressemble
pas au plumage, qu'importe? D'ailleurs ne craignez
rien, vous n'aurez à me refuser ni valse, ni contredanse. Je suis de ceux qu'on oublie dans un
fauteuil.

La glace était rompue. M. de Sombreuse disparut dans la foule. Un instant après, Sabine l'aperçut dans un coin qui causait avec une douairière.

— Bon! dit-elle à madame de Marsannes, voilà votre protégé à sa place.

M. de Sombreuse était parfaitement laid, mais d'une laideur spirituelle qui ne déplaisait pas : beaucoup de physionomie, beaucoup de vie et de mouvement dans l'expression du visage, dans le regard une singulière vivacité. On sait que la plupart des hommes ont dans l'ensemble des traits quelque chose qui les rapproche d'un type animal. On ne pouvait apercevoir M. de Sombreuse sans penser aux singes. Il était de la famille des chimpanzés et des macaques, comme d'autres en grand nombre, sont de la race des chevaux, des boucs ou des perroquets. Les plus malheureux, et on en connaît, rappellent les batraciens, grenouilles ou crapauds. Lorsque M. de Sombreuse entrait dans une conversation, au bout d'une heure on oubliait le singe et on ne voyait plus que l'être moral : par là il avait son charme, et par là il s'imposait. Personne ne songeait plus à s'écrier : Qu'il est laid! Ce je ne sais quoi auquel les femmes ne se trompent pas, leur faisait deviner qu'elles tenaient une grande place, la plus grande peut-être, dans la vie de M. de Sombreuse; cette découverte les prédisposait en sa faveur. Ce qu'elles apprenaient plus tard dans

les confidences échangées au coin du feu leur faisait bien voir qu'elles avaient été véritablement le
mobile, la cause et le but de toutes ses actions.
Espérances, regrets, entreprises, il rapportait tout
à ces charmantes créatures qu'en ses jours de
misanthropie railleuse il appelait les plus jolis ani-
maux de la création. Le regard et l'accent faisaient
passer par-dessus la crudité du mot. On y sentait
une adoration qui survivait aux épreuves et au
temps. D'une famille considérable et né avec quelque fortune dont il usait généreusement, M. de
Sombreuse aurait pu se pousser dans le monde et
arriver aux positions les plus enviées; quelque histoire d'amour l'en avait toujours empêché. Un
matin il partait pour l'Italie à la poursuite d'un
voile vert qui l'eût mené tout droit jusqu'en Chine,
si telle avait été sa fantaisie, sans qu'il eût songé
à se plaindre; à quelque temps de là, un soir, au
moment où il était question de sa prochaine entrée
au conseil d'État, on apprenait que Paul faisait
l'école buissonnière en Suisse avec des cheveux
blonds éparpillés autour d'un front de vingt ans.
Le beau était qu'il n'eût pas échangé sa condition
contre la couronne d'un empereur. On citait de
lui des actes de courage et de dévouement, de

nobles sacrifices à l'amitié, des témoignages de
désintéressement bien rares dans un temps où les
millionnaires sont mis sur le pinacle ; pour lui, cela
n'était rien ; il n'estimait que les folies par lesquelles
il était arrivé à la conquête d'une fleur ou d'un
gant. Les pères de famille, les philosophes ont un
grand mépris pour ces natures : le code, les mœurs,
la civilisation, tout les réprouve ; mais les femmes
les regardent avec plus d'indulgence. Cette indulgence et quelque chose de plus suffisaient à M. de
Sombreuse.

Paul dans son fauteuil, blotti au coin d'un salon,
madame de Sarens n'y pensa plus. Le bal s'acheva
sans qu'elle le revit. Elle ne s'en souvenait guère
lorsque le mercredi suivant on annonça M. de
Sombreuse. Quelques personnes se trouvaient chez
Sabine. Peu d'hommes du monde avaient autant
que M. de Sombreuse l'art d'entrer dans une conversation et de s'en emparer. L'hostilité que lui
faisait voir la maîtresse de la maison aiguisa son
esprit ; son tempérament se plaisait aux luttes ; il
saisit un mot au vol, hasarda, à propos d'une anec-
dote qui faisait grand bruit, une théorie qui fit
pousser les hauts cris à l'assemblée, et un quart
d'heure après sa venue un cercle s'était formé

autour de lui. Madame de Sarens, qui n'était pas tous les mercredis à pareille fête, s'adoucit et lui donna la réplique. A six heures, ils se trouvèrent seuls. M. de Sombreuse avait gaiement tué dix visites sous lui. Madame de Sarens, assise sur une chauffeuse et les mains croisées sur les genoux, dans l'attitude que Pradier a donnée à Sapho, leva les yeux sur lui.

— Vous voilà chez moi malgré moi ; qu'y comptez-vous faire ? dit-elle.

— Y rester.

— Est-ce à dire qu'après avoir poussé votre visite au delà des bornes que l'usage du monde autorise, il ne vous déplairait pas de dîner avec M. de Sarens et moi ?

— Mon Dieu ! madame, il est certain que, si vous m'invitiez, je dînerai volontiers chez vous, que M. de Sarens y soit ou n'y soit pas... Si vous ne m'engagez pas, il est clair que je m'en irai.

— Vraiment ! vous ferez cet effort ?

— Oh ! ne vous hâtez pas de vous réjouir, je ne m'en irai que pour revenir.

— Bientôt ?

— Le plus tôt possible, demain ou ce soir même, si vous le permettez.

Madame de Sarens tourna des yeux nonchalants

11.

autour d'elle, et faisant mine de regarder les tru-
meaux, le lustre, les lambris, les portières et les
rideaux :

— Je vous assure, monsieur, que des salons comme
celui où j'ai l'honneur de vous recevoir se trouvent
dans toutes les rues, dit-elle. Un peu de soie, un
peu de dorure, un peu de cristal, et c'est tout.

— C'est exact comme un procès-verbal ; mais si
la cage ressemble à beaucoup d'autres qui ne res-
semblent à rien, l'oiseau qu'on y rencontre a son
originalité.

— Ah!

— Madame, votre valet de pied a oublié d'allumer
un flambeau, vous plaît-il de me permettre d'user
du droit que l'ombre autorise?

— Quel droit?

— Celui de la franchise.

— Je m'en méfie ; elle est souvent cousine de
l'impertinence ou amie intime de l'indiscrétion. Je
me risque cependant.

— Eh bien! madame, ce qui m'attire dans ce
salon, à présent que je vous connais mieux, c'est
qu'on y rencontre une personne qui a le parfum
de la verveine et la saveur du citron. Cela réveille
et cela pique,

— Au besoin même cela égratigne. N'est-ce point cela que vous voulez dire?

— Je ne dis pas non.

— J'en suis fort obligée à votre amour de la vérité.

— M'estimeriez-vous beaucoup, si je vous disais que votre esprit a le goût de la bergamote et que votre conversation sent la pommade? La personne dont je parle a fait certainement cette remarque, que tout le monde aujourd'hui ressemble à tout le monde. Son avantage ou son malheur, comme il vous plaira, est d'être une nature : or n'a pas une nature qui veut. Madame de Sarens en a une très-nettement accusée. On dirait une médaille de bronze sur laquelle s'est exercé un burin d'acier, un burin très-fin et très-aigu. Elle voudrait que cela ne fût pas, cela n'en serait pas moins. Il faudrait briser la médaille pour que la gravure disparût.

Madame de Sarens s'inclina. M. de Sombreuse, qui venait de se lever, s'approcha d'une fenêtre, et, poussant le rideau, regarda dans le jardin, où la pluie fouettait les rameaux desséchés des ormes et des saules.

— Il faudrait vraiment, madame, n'avoir pas une croûte de pâté dont on puisse faire l'aumône au prochain, reprit-il, pour mettre quelqu'un à la porte par le temps qu'il fait.

Sabine tira le cordon d'une sonnette.

« Trois couverts, » dit-elle au domestique qui parut.

Puis, se tournant vers M. de Sombreuse :

— Donnez-moi un nouvel exemple de sincérité, reprit-elle. Notre amie, madame de Marsannes, a-t-elle dans ses relations, beaucoup de personnes pareilles à vous? Avouez-le sans détour, et s'il y en a seulement quatre, je romps tout commerce avec elle.

M. de Sombreuse prit un air grave, et, appuyant la main sur sa poitrine :

— Sur mon honneur, madame, dit-il, je vous jure que madame de Marsannes ne connaît qu'un seul mandrille de mon espèce, et c'est moi.

M. de Sarens ramena deux personnes avec lui ; on se trouva cinq autour de la table. M. de Sombreuse avait le don de se trouver à l'aise partout où le sort le plaçait. Le dîner fut fort gai ; on eut de l'esprit sans médire du prochain. Madame de Sarens rit franchement à deux ou trois reprises, M. de Sarens, heureux de la voir en si belle humeur, négligea de parler des entreprises qui étaient sous

sa haute et savante direction. Dégagée des chiffres
qui l'embarrassaient quelquefois, la conversation prit
un vol plus rapide et plus élevé. M. de Sombreuse
fit voir qu'il était au courant des plus hautes questions; mais il mêlait aux aperçus les plus fins et aux
déductions les plus approfondies une pointe de gaieté
qui leur donnait une saveur plus attrayante. On
sentait que la gaieté était son élément et qu'il s'y
jouait comme un oiseau dans l'espace. Toute gravité
l'effarouchait. On lui en fit la remarque.

— C'est pourquoi je ne serai jamais rien, répliqua-t-il tranquillement.

On se récria autour de lui. La gaieté était-elle
donc un crime qui mettait obstacle à toute ambition
légitime?

— C'est plus que cela, répliqua Paul; c'est un vice
contre lequel rien ne prévaut, ni la probité, ni l'intelligence, ni le goût du travail, ni la sécurité dans
les relations. Vous pouvez tout comprendre, vous
avez des aptitudes diverses, vous avez le jugement
clair et la raison solide; mais vous êtes gai, tout
est dit. Haro sur le baudet! La France, qui se pique
d'être le pays du monde où la gaieté a ses coudées
les plus franches et compte le plus de fidèles, a
horreur de ce qu'elle encense. Quiconque rit est

un homme perdu. Les places, les honneurs, les
distinctions de toute sorte, l'influence, la considéra-
tion, appartiennent aux ennuyeux. Quand on a le
malheur d'être né gai, il faut renoncer à toute
espérance. Quant à moi, je me regarde comme un
naufragé dans Paris.

La soirée se prolongea fort tard. Madame de Sarens fut presque tentée de remercier M. de Sombreuse d'avoir forcé sa porte. Quand on se retira,
elle lui tendit la main.

— Je ne suis pas chez moi le mercredi seulement,
dit-elle. Quelques amis me viennent voir le samedi
soir.

M. de Sombreuse la remercia du regard, sans
répondre. Il avait le regard très-doux, très-bon et
très-reconnaissant.

Quand elle fut seule, Sabine éprouva un sentiment de surprise singulière; elle était presque dé-
tendue. Pendant une soirée entière, elle n'avait pas
mérité un seul instant ce surnom de pomme verte
devant lequel elle reculait si peu. Le fond de sa
nature se révolta contre ce sentiment de bien-être
tout nouveau.

— Si cela continue, dit-elle avec un sourire moqueur, j'en ferai mon médecin.

Un matin, madame de Marsannes arriva tout ef-
farouchée et toute tremblante chez son amie :

— Ah ! si j'avais su ! lui dit-elle. Et que d'excuses
j'ai à vous faire !...

— Commencez par le commencement, ma chère,
répondit Sabine, et quand vous m'aurez dit ce que
vous savez, nous verrons s'il y a lieu de m'adresser
toutes les excuses que vous me promettez.

— Il vous souvient de M. de Sombreuse ?

— Et comment ferais-je pour l'oublier ? Il vient
chez moi à peu près deux fois par semaine, le
mercredi à trois heures de l'après-midi et le samedi
à neuf heures du soir, avec la régularité d'une
pendule. Quelquefois cependant il avance. Il a même
fait choix d'un fauteuil, ce petit siége bleu que
vous voyez là. Lorsque par hasard en arrivant il
le trouve occupé, il n'est sorte de stratégie à laquelle il ne se livre pour en chasser l'intrus et s'en
emparer. Il y réussit toujours.

— Voilà justement ce qui m'effraie !

— L'histoire du fauteuil ?

— Tenez, ma chère, le plus simple est de tout
vous dire. Ma confession achevée, vous verrez ce
qu'il faudra faire.

— Eh ! ma pauvre Estelle, je vous ferai obser-

ver que tout, ce n'est pas souvent grand'chose!
Donc ne craignez rien et allez jusqu'au bout.

— Le jour où j'ai tant écrit et tant parlé en faveur de M. de Sombreuse, que je voulais amener
chez vous, c'est qu'il devait rencontrer au bal une
jeune personne avec laquelle il était question de
le marier.

— Traîtresse!.. Un crime avec préméditation, et
chez moi!... Vous saviez pourtant combien ces
sortes de complicités me révoltent!

— C'est bien pour cela que je n'ai rien dit de
mon projet.

— Et au profit de quelle héritière entamiez-vous
les hostilités?

— Vous connaissez mademoiselle des Périers?

— Cette mince personne dont le père est presque
baron et qui a presque une dot, deux ou trois cent
mille francs, je crois?

— Précisément.

— Pauvre M. de Sombreuse! Et vous êtes son
amie cependant!

— Oh! rassurez-vous. Avant même d'avoir préparé mon sourire pour la présentation, vous savez,
ce sourire niais dont les danseuses n'ont pas seules
le privilége, le mariage était manqué.

— Et pourquoi?

— C'est ici que la question devient brûlante.
M. de Sombreuse ne veut plus entendre parler de
mademoiselle des Périers parce qu'il aime ailleurs,
et la personne pour laquelle il se meurt d'amour...

— C'est moi, n'est-ce pas?

— Hélas!

— N'est-ce que cela?

— Eh! bon Dieu! que vous faut-il de plus?

— Laissez-le mourir, ma chère, il ne s'en portera pas plus mal l'an prochain.

— On voit bien que sa flamme n'a point encore
fait explosion auprès de vous! L'autre jour il est
venu s'asseoir dans ce fauteuil qu'il a chez moi, et
tout à coup il est parti .. Quel débordement! J'en
suis restée toute saisie.

— Vous avez l'émotion trop facile, ma mignonne,
et trop prompte surtout pour une Parisienne. Est-
ce que de telles aventures ne vous seraient point
arrivées pour votre compte personnel?

— Je ne dis pas cela.

— Et vous n'en n'êtes pas morte, ce me semble.

— Je l'avoue.

— Alors tranquillisez-vous... Que M. de Sombreuse parle ou ne parle pas, je vous imiterai.

Estelle changea de ton, et d'un air de bonne
humeur :

— S'il en est ainsi, reprit-elle, rendez-moi le
service de le tirer du silence qu'il garde envers
vous. J'ai pour vos perfections une admiration
et une estime à nulle autre pareilles; mais, s'il
m'en faut subir la description et la nomencla-
ture dix fois encore, je succombe. Vous remplis-
sez dans nos conversations le rôle du marquis de
Carabas dans la légende du Chat botté. La grâce,
c'est vous ; l'esprit, c'est vous ; la bonté, c'est
vous.

— Quoi! la bonté aussi?

— Oui, et la douceur, la patience, tout, vous
dis-je !...

— Et, comme le paysan d'Athènes, votre amitié est lasse de m'entendre appeler le juste ?

— Non, mais les charmes que M. de Sombreuse
vous prodigue, et dont il vous pare avec un en-
thousiasme qui n'a plus d'équilibre, finiraient par
me réduire à la mendicité. C'est un emploi pour
lequel je n'ai point de vocation, et puisque vous
n'êtes pas épouvantée de cet amour, ni mécontente
de m'en savoir la complice involontaire, délivrez-
moi de confidences qui n'ont plus le mérite de la

nouveauté et dont tous les bénéfices vous appartiennent.

Une moue parut sur les lèvres de Sabine.

— Il n'est rien que je ne fasse pour vous, chère
petite, et puisque vous le désirez, M. de Sombreuse
se prononcera, dit-elle ; on peut bien donner une
heure d'ennui à l'amitié.

Elle étouffa un léger bâillement tout en chiffonnant sa robe.

— Ce n'est pas que je ne sois faite à ces sortes
d'escarmouches, reprit-elle : on n'a pas impuné-
ment un salon, vingt-neuf ans, et quelque fortune ;
mais cela me contrarie. Je croyais à votre ami plus
d'esprit... Le terrible est qu'il se tirera platement
de l'aventure. Les hommes savent mal parler le
langage de l'amour. Ils sont impertinents ou vul-
gaires, fats ou grossiers, quelquefois tout bonnement bêtes ; ce sont les moins sots. Un temps j'ai
eu l'espoir vague de faire de M. de Sombreuse
quelque chose comme un ami. Amoureux, il est
gâté. Je tirerai une barre sur son souvenir, et il
n'en sera plus question.

— Qui sait ! dit madame de Marsannes.

— Voilà un mot qui me décide. M. de Sombreuse
s'expliquera dès ce soir ou demain au plus tard. »

La voix était devenue amère et pointue. Estelle, qui en connaissait la gamme, changea le tour de l'entretien et bientôt après s'éloigna. Restée seule, madame de Sarens se mit à déchirer à coups d'ongle un bouquet qu'elle avait pris dans un vase.

« Quelle manie ont donc les hommes de vouloir passer par les mêmes sentiers! se dit-elle. On n'est pas coquette, on est aigre, cassante, désagréable; par le visage, on est pareille à tout le monde, ou peu s'en faut; cent femmes dont c'est l'art et qui ne demandent pas mieux que d'être adorées sont là, belles à l'avenant et toutes prêtes à tendre une main compatissante à qui se jette à leurs genoux; on sait leurs noms et leurs complaisances, au besoin on les devine à l'air de leur visage; leur humeur charitable n'est un mystère pour personne. Les hommes peuvent y courir, mais non, ils s'obstinent, comme les enfants, à désirer ce qu'on ne leur offre pas, et les uns après les autres vous pourchassent des mêmes puérilités! Si l'esprit court les rues comme on le dit, c'est qu'apparemment il a déserté les salons. En voilà un qui n'est point benêt, qui a vu le monde et voyagé avec fruit; il a le don de la gaieté, la chose la plus rare et la meilleure, et du premier coup il trébuche contre l'écueil où tant d'autres ont donné! Et Dieu sait cependant si ma franchise s'est dressée sur cet écueil comme un phare! Je suis une pomme verte. J'ai du jus de citron sur les lèvres, de l'acide plein le cœur, et le caractère fait comme une pelote d'aiguilles, chacun le crie et le proclame, et voilà le résultat... C'est à perdre tout courage! Autant vaudrait être bonne, accueillante et sucrée, avec un grain de coquetterie!... Est-il donc écrit que rien n'empêchera jamais rien? Quelque détour que l'on prenne, faut-il donc toujours rencontrer les frontières de ce royaume de Tendre, où je n'ai point envie de me promener? Toujours le bosquet de Petits-Soins et le village de Billets-Doux! Encore si l'on y découvrait une formule nouvelle, quelque chose qui ne sentît point la banalité, le commun, le fade, le suranné! Mais non! En ces matières, les plus spirituels valent les imbéciles, et tous du même pas s'élancent dans le chemin de l'amour sans s'apercevoir que c'est la grand'route des vieilleries et des maladresses. — Ah! les pauvres niais qui nous adorent faute de pouvoir nous aimer! »

Madame de Sarens jeta les débris du bouquet dans le feu, et, frappant le tapis du bout de son pied :

« Il en sera ce qu'il voudra, reprit-elle ; en somme, une sotte explication de plus ou de moins,
qu'est-ce? Ce n'est pas la première, ce ne sera pas
la dernière non plus. »

III

Décidée à tenir honnêtement sa promesse, madame de Sarens resta chez elle toute la journée. M. de Sombreuse ne s'y montra pas. Elle ne le vit point non plus dans la soirée. Vers minuit, elle se rendit dans une maison où elle était à peu près sûre de le rencontrer. Paul y était en effet. Elle lui prit le bras, et ils s'enfoncèrent dans une galerie.

— Vous n'avez rien à me dire? dit-elle tout à coup en mordillant son éventail.

— Dieu m'en garde! répondit Paul avec un geste d'effroi.

Sabine ne put s'empêcher de rire.

Si telle est votre conviction, l'entretien brillera par son laconisme, reprit-elle.

— Bien au contraire : c'est quand on n'a rien à se dire qu'on parle le plus.

Il montra une telle liberté d'esprit que madame de Sarens ne pensa plus à son projet.

« Estelle est une enfant, se dit-elle; elle a vu
un feu follet, et elle a cru que c'était un incendie.
Toujours les bâtons flottants de la fable! »

Elle eut occasion le jour suivant de passer une
soirée au théâtre avec M. de Sombreuse. Comme la
veille, il se montra plein d'entrain et de gaieté,
sans aucun embarras. Ce fut ainsi jusqu'à la fin du
mois.

— Ça, que me disiez-vous? dit-elle alors à madame
de Marsannes; pour un homme qui se meurt, il
me semble que votre ami met une certaine pru-
dence à ne pas expirer. Vous parliez d'un volcan,
et je ne vois ni flamme ni fumée!

— Ne vous y fiez pas! répondit Estelle; hier
encore, j'ai subi le feu de ses confidences pendant
une heure. Si je ne vous hais pas, c'est que j'ai
l'âme enracinée dans la charité.

— C'est donc vous qui l'engagez à laisser la
sienne enracinée dans le silence?

— Peut-être. Je me suis arrangée pour faire une
tapisserie interminable. Tandis qu'il me fait le récit
de vos perfections, je tire l'aiguille et ne l'écoute
qu'à demi. La tapisserie a cela de bon, qu'elle
permet de ne pas répondre. Si le désespoir le ra-
menait chez moi plus tard, comme la crainte et

une vague espérance l'y conduisent à présent, il me faudrait le consoler, et ce serait bien plus fatigant.

— Paresseuse! dit Sabine.

A quelques jours de là, Paul, à propos de musique, pria madame de Sarens de lui répéter un morceau qui avait fait le succès d'un opéra nouveau.

— Je ferai mieux, dit-elle, étant en veine de complaisance, je vous le chanterai.

Sabine s'approcha du piano ; elle avait un goût musical exquis et un rare sentiment de l'art. En personne qui sait les choses plus qu'elle n'en parle, elle attaqua résolûment le morceau qu'elle avait entendu deux fois seulement, et en rendit les premières mesures avec un grand bonheur d'expression. M. de Sombreuse, qui était en face d'elle, sentit son cœur battre à coups pressés. Sabine avait la pâleur du marbre sur le front; vaincue par l'émotion du chant, elle s'y abandonnait. Paul, qui était sous le charme, prit machinalement une rose que Sabine caressait tout à l'heure et qu'elle avait posée sur le couvercle du piano. Les yeux, les oreilles, le cœur et l'esprit enchantés, il la porta à ses lèvres; son visage était comme un livre ouvert dans lequel

12

on lisait. Au plus fort de son élan, madame de
Sarens le vit qui pressait la rose sur sa bouche;
ses paupières étaient tout humides. Elle s'arrêta
brusquement et partit d'un éclat de rire aigu.

— Ah! c'est indigne! s'écria M. de Sombreuse,
qui jeta la fleur.

Madame de Sarens s'était levée; les deux mains
appuyées sur le clavier, elle en tirait nonchalamment des sons vifs et brillants qui partaient en
fusées; son rire les accompagnait.

— C'est donc fini? reprit M. de Sombreuse.

Elle fit un mouvement de tête affirmatif.

— Quelle femme êtes-vous donc? poursuivit-il
avec feu. Vous ne respectez ni l'émotion que vous
faites naître, ni celle que vous éprouvez!

Sabine venait de s'asseoir loin du piano; elle le
regarda d'un air moqueur.

— A votre tour, s'il vous plait! dit-elle. Vous,
monsieur, qui êtes si prompt aux attendrissements,
pourriez-vous m'expliquer à quoi vous pensiez tout
à l'heure?

— Tout à l'heure? répéta Paul.

— Oui, tandis que je chantais et que vous mor-
diez cette pauvre fleur... Elle en est à moitié
morte.

M. de Sombreuse, que le regard inquisiteur de madame de Sarens ne quittait pas, se sentit rougir.

— Ce que madame de Marsannes m'a raconté serait donc vrai? poursuivit-elle.

— Elle a parlé!

— J'en ai peur. Tenez, M. de Sombreuse, il faut nous expliquer... Entre nous, ces enfantillages ne sont plus de saison.

Paul éclata.

— Ah! madame, vous appelez enfantillages ce qu'il y a de plus sincère, de plus vif, de plus profond, de plus passionné! Mais vous n'avez donc pas compris que je vous aimais du premier jour que je vous ai vue.

Madame de Sarens s'allongea d'un air languissant sur son fauteuil, et d'un ton de persiflage où il y avait comme une nuance d'effroi :

— Sera-ce bien long? dit-elle.

— Ah! vous n'avez pas de cœur! s'écria Paul.

— Ce cri-là, je le connais aussi! Il a servi, il est usé. Si maintenant, pour continuer sur ce ton, la mémoire vous fait défaut, vous n'avez qu'à parler, je sais une demi-douzaine de tirades dont vous pouvez vous servir... La dernière, qui n'est pas neuve, traîne dans le roman du jour.

M. de Sombreuse joignit les mains, et d'un accent
où l'on sentait la vérité :

— Mais je vous aime cependant, s'écria-t-il.

— Laissez-moi croire que vous vous trompez,
répliqua madame de Sarens.

— Oh! pour cela, non! je ne voudrais pas, je
vous le jure, parler comme ces romans dont vous
évoquez le souvenir; mais si je ne puis rester
auprès de vous qu'au prix d'un mensonge, je sor-
tirai bientôt de ce salon pour n'y rentrer jamais.
Vous savez dans quelles circonstances je me suis
fait présenter chez vous... Si j'avais pu prévoir
ce qui m'est arrivé, je serais parti pour les îles
Marquises... Il s'agissait d'un mariage... Vous
n'ignorez pas que le mariage est la manie des
parents et des amis. Tous ceux que je compte dans
mon entourage s'étaient ligués contre moi; c'était
une coalition. Le nombre l'emporta, et je suivis
madame de Marsannes... Certes l'accueil que vous
m'avez fait n'était pas de ceux qui ouvrent la porte
aux espérances. Comment se fait-il cependant que
du premier regard mon cœur ait été troublé? Vous
me direz qu'il n'est pas héroïque et qu'il se défend
mal! On est ce qu'on peut, madame. Depuis ce
moment, j'ai refusé obstinément de voir mademoi-

selle des Périers. Vous occupiez ma pensée absolument. Votre présence m'a rendu les émotions du
temps ou j'étais écolier... Je fais en imagination,
quand je suis seul, des projets qui ne se réaliseront
jamais. Le plus sage vous paraîtrait la pire des
extravagances. Le plus triste est que je ne me
berce d'aucune illusion. Vous avez un caractère
bizarre, quinteux, fantasque, une parole aiguë,
amère, irritante, qui fait que votre conversation
est comme un sentier tout hérissé d'épines. Rien
en vous qui calme, adoucisse et repose. Ainsi faite,
je devrais vous haïr. Pourquoi faut-il que je vous
adore? Ces défauts que je vous signale au risque de
passer pour un impertinent, je les excuse, je les
embellis de mille charmes, et, tels qu'ils sont, ils
me ravissent... Un dieu m'offrirait de vous rendre
meilleure et de tous points semblable à ces prin-
cesses qui n'avaient que les plus aimables qualités
en partage, que je le remercierais et ne voudrais
pas de ses bons offices; vous ne seriez plus vous...
Et vous, c'est ce que je trouve de plus charmant
au monde. Explique qui pourra ces contradictions.
J'enrage d'être ainsi; ma raison n'y peut rien. J'ai
lutté, j'ai voulu fuir, je me suis appliqué à ne voir
que le côté maussade de votre nature, et à me

12.

répéter sans cesse qu'aucun lien de sympathie
n'existait entre vous et moi... Le résultat de cette
bataille, le voici : je vous regarde, je tremble et
je vous aime.

La voix manqua tout à coup à M. de Sombreuse,
et des larmes jaillirent de ses yeux.

— Il faut me rendre; vous m'aimez, dit madame
de Sarens, mais cela me gêne. Vous tressaillez!
Est-ce le mot ou le sentiment qu'il exprime qui
cause cette émotion? Il me faut prendre telle que
je suis, je ne changerai pas une syllabe au mot,
pas une nuance au sentiment. Je n'irai pas ici
vous faire un superbe étalage de mes principes,
ou m'armer de vertu comme d'une cuirasse. J'ai
le malheur de ne pas croire à l'enfer. D'un
autre côté, si je vous disais que j'aime éperdu-
ment M. de Sarens, mon mari, vous ne me croi-
riez pas. Je ne suis donc protégée ni par la peur
du diable, ni par une passion qui tient mon cœur
sous le joug; mais vous n'y gagnerez rien. Je prétends mourir comme j'ai vécu... Toute petite fille,
on m'avait vouée au blanc; femme, je me suis
vouée à l'indifférence...

— Indifférente à tout jamais avec ces cheveux
d'or! interrompit M. de Sombreuse en s'efforçant

de sourire. Des cheveux qui rappellent ceux que
portait Ève au paradis?

— Les cheveux d'or, les mains de lait et les
lèvres de rose n'y feront rien, si Dieu me prête
vie... Vous voyez qu'au besoin je sais parler votre
langage. Remarquez, je vous prie, que je n'ai point
assez des heures que ma pendule sonne du matin
au soir pour me tenir au courant des devoirs du
monde; on a des connaissances, il faut les voir,
quel que soit l'ennui qu'on y trouve; il y a les
bals, les théâtres, les concerts : on y bâille le plus
souvent, j'en conviens; mais si j'ai trouvé des
diamants et des dentelles dans ma corbeille, c'est
pour les porter, j'imagine. Dois-je oublier le livre
nouveau, la comédie dont on parle, un voyage aux
eaux, les Champs-Élysées, les sermons de charité,
et mille obligations qui dévorent les jours? L'amour
à la traverse, que deviendrais-je? Je ne respirerais
plus. Or j'ai la paresse en adoration. Tout ce qui
m'agite m'embarrasse, et tout ce qui m'embarrasse
m'est odieux. Et puis, êtes-vous bien sûr que l'amour
ne soit pas tout à fait passé de mode?

— Vous êtes cruelle, dit Paul.

— Je le serais, si je n'imitais pas le chirurgien
qui emploie le bistouri pour guérir un malade. La

blessure cicatrisée, vous me remercierez, et je vous dirai : Allez et ne péchez plus.

— Moi ne plus aimer !

Madame de Sarens haussa les épaules.

— J'aurais bonne envie de me fâcher, reprit-elle, pour vous punir de répéter de pareilles billevesées ! Laissez ces grandes exclamations aux faiseurs de romances. Parlons en prose, s'il vous plaît, et en gens de goût. L'an prochain, et vous voyez que j'use de politesse en vous accordant un si long répit, vous ne comprendrez plus, lorsque vous me regarderez, comment vous avez pu tenir un tel langage. Quoi ! c'était pour elle ! direz-vous. Quoi ! madame de Sarens et l'éternité se rencontraient côte à côte dans la même phrase, et c'est moi qui les avaient mariées ? Et vous aurez bonne envie de rire... Je vous pardonne d'avance. Je ne serais même pas fâchée que le rire vînt tout de suite... Si l'envie vous saisit, ne vous gênez pas... Je ferai écho.

M. de Sombreuse secoua la tête.

— Bien sérieusement, en galant homme, c'est donc sincère ? Alors il faut vous arranger pour que cet accès de folie passe promptement. Vous êtes la première personne à laquelle je fais l'honneur de

discuter des extravagances qui me semblent puériles.
Vous savez le vers fameux :

Pour un homme d'esprit, vraiment, vous m'étonnez !

A votre âge, amoureux! Ah! fi! Tenez, je veux
vous donner la preuve qu'une pomme verte peut
avoir quelquefois la douceur d'une pêche. Si vous
me promettez de ne plus vous rappeler cet amour
que pour l'oublier, je consens à vous revoir ; mais
si le cas de récidive se présente, je vous tire ma
révérence et suis bien votre servante : ma porte
sera fermée.

— Fermée! répéta Paul.

— Fermée et condamnée.

— Eh bien! madame, ne plus vous revoir me
paraîtrait le plus dur des supplices. Je m'efforcerai
de vous obéir.

— Je compte sur cette parole.

Et allongeant ses pieds contre le feu :

— Que pensez-vous de cette comédie nouvelle que
l'on a donnée au Théâtre-Français l'autre jour?
reprit-elle. Vous l'avez vue, je crois...

M. de Sombreuse quitta madame de Sarrens fort
troublé, fort perplexe, et pour tout dire en un mot,

fort malheureux. Il n'avait rien exagéré de ce qu'il
éprouvait, peut-être même, contrairement à ce qui
se fait ordinairement, l'expression était-elle restée
au-dessous de la vérité. Une pensée unique l'occupait. Cette idée qu'il ne verrait plus Sabine lui
était insupportable ; mais à quoi lui servirait-il de
la voir, s'il ne pouvait pas lui parler de la seule
chose dont son cœur fût plein ?

« Madame de Marsannes avait bien besoin de me
jeter à la tête de mademoiselle des Périers ! se
disait-il tout en marchant, et le bel agrément qu'une
passion dans Paris, où l'on vit à la diable et qua-
siment comme les moineaux au bord d'un toit ! »

Sa promenade le conduisit aux Champs-Élysées ;
il ne voyait personne. Des mots sans suite qui ne
s'écartaient pas du même sujet lui venaient aux
lèvres.

« Il est clair, reprenait-il, que le plus simple
serait de n'y plus penser et d'aller chercher fortune
ailleurs. Le bel agrément dans la vie qu'une femme
qui a des griffes au bout des doigts et des lames
de canif dans la bouche !... Le plus sot est que j'y
retournerai certainement demain. »

Paul s'aperçut alors qu'il parlait tout haut, et
cela le fit rire. Il était donc pareil à ces héros de

comédie qu'on voit sur le théâtre, et qui se régalent
de monologues? M. de Sombreuse avait un caractère à ne pouvoir être triste longtemps. La nature
avait été pour lui une bonne fée. Au plus fort de
ses chagrins les plus cuisants, il lui prenait des accès
de gaieté] dont il ne pouvait se défendre. Les gens
gourmés, et le monde en est rempli, estimaient
qu'il ne sentait pas les choses profondément : c'était
faux, les coups l'atteignaient au vif de l'âme ; mais
il avait une vaillance d'humeur qui le faisait
regimber sous les attaques du sort comme un bon
cheval sous les morsures de l'éperon. La mélancolie lui semblait une chose malsaine dont il était
décidé à mourir, si elle réussissait à l'atteindre ; c'est
pourquoi sans effort, sans préméditation, et par un
effet seul de son tempérament, il tournait en gaieté
les événements les plus malencontreux. S'il en pleurait tout bas on n'en voyait rien.

« Examinons les choses du bon côté, reprit-il.
Madame de Sarens n'a pas ouvert la porte toute
grande, et rien ne m'autorise à faire le fat ; mais
cette porte est entrebâillée !... Et l'on a vu des
digues qui s'écroulaient parce que l'eau passait
par une fissure. J'ai promis de ne plus parler, c'est
vrai ; mais il y a mille manières de se taire ! Et puis

le hasard est là, et je ne sais pas de sorcier plus
habile en expédients; le tout est d'en profiter...
Donc il ne faut pas s'enraciner dans le désespoir
et ne pas commencer par se brûler la cervelle. Qui
vivra verra!... »

M. de Sombreuse ne vit rien. Telle il avait laissée
madame de Sarens, telle il la retrouva, nette dans
son attitude et ses répliques, avec une nuance d'ironie qui ne lui permettait pas d'aller bien loin quand
il était en humeur d'oublier sa promesse. Aucun
manége, point de coquetterie, mais en revanche la
parole aisée, le regard libre, et dans les entretiens
qu'ils avaient ensemble une acutesse et une verdeur
qui prouvaient assez qu'on n'avait qu'à la presser
un peu pour faire tomber de ses lèvres les gouttes
de verjus. Sabine n'était changée en rien. Paul se
désolait; le plus plaisant, c'est qu'il en voulait à
madame de Marsannes de ce qu'il aimait madame
de Sarens.

« Sans vous, disait-il, je ne l'eusse jamais connue.»

La seule conquête qu'il eût faite était celle de
M. de Sarens. Ce financier n'était jamais plus con-
tent que lorsqu'il le rencontrait chez lui. Il usait de
mille instances pour l'y retenir ou l'y ramener.
Paul avait une tournure d'esprit qui plaisait à ce

personnage important et affairé. Il ne trouvait amu-
santes et spirituelles que les choses que Paul disait.
Pour un rien, M. de Sarens eût prié M. de Sombreuse d'accepter un logement dans sa maison. Un
seul point l'inquiétait encore, c'était la paresse in-
calculable dont son nouvel ami donnait chaque
jour d'éclatants témoignages.

— Occupez-vous donc, lui disait-il sans cesse, ne
fût-ce que pour gagner de l'argent.

— Et à quoi cela me servirait-il, si celui que j'ai
suffit à me mener, bon an mal an, jusqu'au 31 dé-
cembre?

— Cela sert d'abord à n'en pas perdre... Ré-
fléchissez à ce que je dis, et vous reconnaîtrez que
ce n'est pas aussi bête que cela en a l'air.

Paul souriait et secouait la tête.

— C'est bon, reprenait le capitaliste, je n'en dé-
mordrai pas, et vous mourrez dans la peau d'un
homme qui travaille.

Cette amitié constante embarrassait fort M. de
Sombreuse.

« On n'est pas plus malheureux! disait-il. C'est
sur madame de Sarens que je fais feu, et c'est
M. de Sarens que j'atteins! »

Le chagrin commençait tout doucement à le ga-

13

gner ; si réfractaire qu'il fût à ce sentiment, il en
ressentait les assauts comme une terre forte est
pénétrée lentement par la pluie. On le rencontrait
quelquefois dans des quartiers écartés où il faisait
de longues promenades. Étant chez madame de Sarens, il tombait souvent dans de grands silences.
Elle lui donnait alors de petits coups d'éventail sur
le bras et d'un air gai :

— Pardon si je vous dérange! disait-elle; y a-t-il
quelqu'un?

— Hélas! oui, madame, il y a quelqu'un, répon-
dait-il, et ce quelqu'un...

Mais Sabine mettait un doigt sur ses lèvres, et
Paul se taisait.

Tout en ne faisant rien, M. de Sombreuse s'occupait de peinture et de dessin; il ne crayonnait même
pas mal. On connaissait de lui dans des albums
des feuilles qu'il signait de ses initiales, et qui
eussent fait honneur à un artiste. Il avait tout au
bout de la rue Blanche un atelier où il se réfugiait
aux heures que le monde ne lui prenait pas. Depuis
quelque temps, on l'y voyait davantage. Il obtint
un jour que madame de Sarens lui rendît visite en
compagnie de madame de Marsannes. Dès le lendemain, Sabine arriva à l'heure fixée. Elle se pro-

mena d'abord au hasard dans l'atelier, ouvrant un carton par-ci, feuilletant un album par-là. Estelle faisait comme elle. Il y avait un grand nombre de dessins et quelques toiles sur les tables et dans les coins. Tout en examinant les productions de M. de Sombreuse, madame de Marsannes dirigeait des petits coups d'œil sur madame de Sarens. En présence d'une tête de fantaisie coiffée d'herbes et de glaïeuls, elle ne put retenir un petit cri de surprise:

— Ah! cela vous frappe aussi? dit madame de Sarens.

Toutes les figures représentées dans les toiles de M. de Sombreuse avaient quelques traits de madame de Sarens. Un certain pli dont Paul connaissait la signification parut sur les lèvres de Sabine.

— C'est joli, mais un peu monotone, dit-elle.

En continuant sa promenade, madame de Sarens arriva devant une toile d'assez grande dimension auprès de laquelle madame de Marsannes s'était arrêtée curieusement. Elle représentait une Galatée fuyant parmi les saules et les roseaux. Cette fois il n'y avait pas à s'y tromper. C'était madame de Sarens elle-même; l'expression, le regard, le sourire, mais le regard et le sourire pris dans leurs bons jours, tout y était. Elle avait les cheveux, ses beaux che-

veux d'or pâle, flottant sur les épaules ; ses mains
écartaient le feuillage. La fugitive regardait au loin :
M. de Sombreuse ne respirait plus. Un instant
madame de Sarens resta silencieuse, puis, avançant
la lèvre avec dédain :

— Si Galatée avait eu ce visage, dit-elle, elle ne
se serait pas retournée.

Paul devint tout pâle. Il considéra le tableau
d'un air abattu ; puis, le couvrant d'un voile qui
se trouva sous sa main :

— Allons ! dit-il, cette toile est bien condamnée !

Madame de Sarens frissonna, il lui sembla que
M. de Sombreuse allait bien vite dans ses projets
d'exécution ; mais, ne laissant rien paraître de ce
qu'elle éprouvait :

— Adieu, Galatée ! » dit-elle en riant.

La visite fut abrégée. Demeuré seul, Paul se
laissa tomber sur un fauteuil ; auprès de lui était
un bouquet que madame de Sarens avait tenu entre
ses doigts, qui était pour elle et qu'elle n'avait pas
emporté. « Madame de Marsannes a pris le sien ! »
murmura-t-il.

Une grande tristesse le saisit, et il pleura comme
un enfant.

IV

Ce premier moment donné à une douleur qui
était réelle, M. de Sombreuse se retrouva tout entier.
Les natures les plus gaies ne sont pas les moins
fortes. Les fleurs que porte un arbre lui ôtent-elles
rien de sa vigueur? Il secoua sa tristesse comme
un convalescent le drap qui le recouvre, et jura
d'arracher de son cœur l'image de madame de Sarens.
Cette idée cependant qu'il parviendrait à ne plus
l'aimer lui était odieuse. Il y a dans la constance
d'un amour, même quand il est malheureux, une
douceur que les âmes délicates savourent avec délices.
C'est un peu la joie du martyr qui confesse son Dieu.
Sa résolution prise, Paul quitta l'atelier, où ses yeux
ne se pouvaient arrêter sans rencontrer le sourire
ou le regard de Sabine. Une heure après, il était à
l'Opéra. On l'accueillit partout comme un voyageur
qui revient les mains chargées de bonnes nouvelles.
Une personne avec laquelle il était en vieilles rela-

tions d'amitié l'écoutait en l'observant du coin de
l'œil ; se penchant tout à coup à son oreille :

— Vous riez trop, dit-elle, pour n'avoir pas bonne
envie de pleurer!

Ces quelques mots furent comme un coup de vent
qui, au plus clair d'un matin d'avril, arrache toutes
les fleurs d'un arbrisseau. M. de Sombreuse s'es-
quiva. Il avait le cœur plus lourd que du plomb. Il
prit au hasard par les rues; sa promenade le conduisit du côté des Champs-Élysées, tout au bord
d'un jardin au fond duquel on distinguait un petit
hôtel. Une lumière brillait doucement derrière une
fenêtre dont les rideaux étaient abattus. Il s'arrêta
contre la grille et regarda cette lumière bleue tami-
sée par des tentures de soie. Le jardin était plein
d'ombre. Quelques pans de gazon et de lilas le sépa-
raient à peine d'un petit salon où il avait passé les
heures les meilleures dont il eût gardé la mémoire.
Un instant il eut la pensée de franchir la grille et
d'y courir; mais comment cette action d'écolier serait-
elle accueillie? Il connaissait trop bien madame de
Sarens pour se faire la moindre illusion. Le son
d'un piano arriva faiblement jusqu'à lui : il reconnut un air que Sabine avait en affection et qu'elle
jouait avec un grand charme. Combien de fois ne

l'avait-il pas écouté, assis auprès d'elle ! Il appuya
le front contre les barreaux de fer et ferma les
yeux. Il la voyait comme si elle eût été dans la pleine
clarté du soleil, debout sur un nuage. Ces sentiments impétueux dont le passage donne au cœur
de l'homme son baptême l'envahirent comme un
flot. En dehors de Sabine, qu'était le monde ? qu'é-
tait la vie ? Il n'était pas de folie, pas de sacrifices, qui,
pour l'obtenir et la garder, ne lui parussent faciles
et naturels. Ces rêves que l'on fait à la vingtième
année, ces délires, ces ivresses qui s'emparent de
l'âme, il les avait dans leur toute-puissance. La
raison est en révolte contre ces enthousiasmes ; la
vieillesse les poursuit de son ironie, l'âge mûr sourit
quand on en parle, et ne les signale à l'adolescence
que pour l'engager à s'en préserver. Quel homme
cependant ne s'est pas senti meilleur pour les avoir
éprouvés, et combien qui, dans tout l'éclat des positions conquises, à l'heure suprême où la fortune
complaisante a mis en faisceau dans leurs mains les
choses les plus enviées, n'ont pas salué d'une larme
le souvenir des temps lointains où ils n'avaient
pour toute espérance que des rêves et pour toute
richesse que des baisers !

En ce moment où il était seul, perdu dans la

nuit, Paul appelait Sabine de toutes les forces de
son cœur. Il était sincère, il aimait, et des larmes
coulaient de ses yeux. Les rideaux bleus s'écartèrent,
une ombre parut sur la terrasse en saillie qu'un jet
de lumière éclaira. Madame de Sarens se pencha
sur la balustrade et regarda au fond du jardin. Une
fauvette éveillée par le printemps y chantait. Tout
ce qu'il y avait de bon, de jeune, d'exalté dans
l'âme de M. de Sombreuse vola vers l'ombre charmante qu'il entrevoyait dans la nuit. Une de ces
superstitions dont ne peuvent se défendre les êtres
violemment épris s'empara soudain de Paul.

« Si elle reste encore quelques minutes visible à
mes yeux, se dit-il, un jour elle pourra m'être ren-
due; si tout à coup elle s'éloigne, je la perds à
jamais. »

Une pluie fine vint à tomber. Madame de Sarens
releva le front, quitta la terrasse et la lumière disparut avec elle.

« Tout est fini, » pensa Paul.

Il se présenta le lendemain chez madame de
Sarens. Une femme de chambre le pria d'attendre
un instant. Paul s'assit dans ce même salon où la
veille au soir elle avait joué du piano. Ses yeux se
promenaient partout, comme s'il eût voulu prendre

l'empreinte des lieux qu'il ne devait plus voir peut-être. Ces mille objets dispersés sur les étagères et les consoles avaient un langage pour lui; une part de la vie de Sabine s'était répandue autour d'eux; ils lui étaient chers, ils avaient été les témoins muets de ses anxiétés. Un petit bouquet de violettes se trouvait sur un meuble à côté de sa main; il se souvint que Sabine avait souvent quelque fleur à son corsage.

« Hier c'était une rose, aujourd'hui ce sont des violettes; mais rien ne fera que je sois moins triste aujourd'hui que je ne l'étais hier, » murmura-t-il.

Cependant il prit les modestes fleurs et les porta à ses lèvres avec un frémissement de douleur et de joie. Madame de Sarens parut et fronça le sourcil.

— Pardonnez-moi, je ne le ferai plus, dit M. de Sombreuse.

Sabine ne put s'empêcher de sourire.

— Au moins rendez-moi ces pauvres fleurs, dit-elle.

Mais sans se presser d'obéir, et s'emparant au contraire de la main que madame de Sarens avançait vers lui :

— Est-ce bien décidé? ajouta-t-il. Ne m'aimerez-vous jamais?

13.

— Encore! s'écria Sabine, qui retira sa main.

— Et ne comprenez-vous pas que, si je vous en parle aujourd'hui, c'est que je ne vous en parlerai plus demain!

— Vous me le promettez?

— Je vous le jure, fallût-il, pour me contraindre au silence, m'en aller au bout du monde! Aussi répondez franchement... Je suis comme un pauvre blessé menacé de subir une amputation : si l'œuvre du bistouri doit s'accomplir, je suis prêt; mais si je puis être sauvé sans rien perdre, ne vous gênez pas non plus pour me le dire.

— Je le voudrais, malheureusement c'est impossible. Et même, à vous dire les choses comme elles sont, je n'eusse pas mieux demandé. Personne ne m'est sympathique à l'égal de vous, et s'il avait été dans ma destinée d'aimer, peut-être auriez-vous fait ce miracle. Le diable ou le bon Dieu, je ne sais lequel veut que je sois réfractaire à l'amour. Il faut que j'en prenne mon parti et que vous le preniez aussi. Seulement ne m'en veuillez pas, ce n'est pas ma faute, aussi vrai que je suis une honnête femme. Remarquez d'ailleurs que le plus à plaindre, ce n'est pas vous, bien au contraire; vous éprouvez à me voir, et malgré votre souffrance, plus de bonheur que moi dans mon insensibilité. Vous avez l'émotion, c'est quelque chose, c'est beaucoup... Que me reste-t-il, à moi ? L'ennui d'entendre répéter dans un langage que je ne parlerai jamais, des phrases plus ou moins bien faites dont le sens m'échappe, quelque soin que je mette à les comprendre. Il y a des sauvages qui n'aiment pas la musique... En présence des plus beaux chefs-d'œuvre de Rossini et de Meyerbeer, ils éprouvent certains mouvements nerveux qui les poussent à briser les harpes et les violons afin d'en finir avec ce bruit qui les agace... Il se peut que j'aie encore à mon insu les oreilles d'un sauvage. Le langage qui fait les délices des Juliette et des Roméo, c'est là justement la musique que je n'entends pas. A la longue, cela m'irrite les nerfs, et des heures peuvent sonner où ma patience serait à bout... Il me déplairait que vous en fussiez la victime. Donc, si vous ne vous sentez pas le courage de parler avec tout le monde et pour toujours le seul idiome que je comprenne, renoncez à paraître ici. Ce sera comme si nous ne nous étions jamais rencontrés. Vous y gagnerez de me faire voir que vous êtes quelqu'un.

— Je serai quelqu'un, madame, sans me réduire à cette extrémité.

— Je le désire... Est-ce bien convenu ? De ma part, une porte ouverte, le coin du feu et une tasse de thé; de la vôtre, une bonne amitié et de l'esprit, si faire se peut.

M. de Sombreuse hésita. Il regardait Sabine attentivement avec une expression de douceur et d'inquiétude; on sentait que, si sa raison se soumettait à cette épreuve, son cœur protestait encore et appelait une délivrance.

En face de cette sollicitation muette, madame de Sarens secoua la tête.

— Allons! j'accepte! dit Paul, qui se leva.

Il fit quelques pas dans le salon ; il était un peu pâle.

— Vous avez été mon amour le plus profond, dit-il alors; il n'eût dépendu que de vous qu'il eût été éternel... J'éprouve je ne sais quel amer désenchantement. Ne plus vous aimer!

— Eh bien ! fit Sabine, ne peut-on pas aimer sans m'aimer?

— Soit, et fasse le ciel que le diable m'envoie prochainement une folie nouvelle pour me guérir de celle à laquelle il me faut renoncer !

— Quoi! une sottise encore?

— Eh! madame, si mon intelligence paresseuse

et mes mains élevées dans l'oisiveté n'ont jamais pu
s'occuper, il n'en est pas de même de mon cœur.
Il ne sait pas ce que c'est que le repos. Il a péché,
il pèche, il péchera !

— *Amen,* répondit madame de Sarens.

M. de Sombreuse était ému sincèrement et le
laissait voir ; s'il riait du coin des lèvres, une tristesse noire remplissait ses yeux.

— Ce n'est pas tout que de la désirer, cette sottise
qui vous étonne, reprit-il ; encore faut-il pouvoir
mettre son cœur à l'unisson de son envie.

Sabine, qui jouait avec son éventail, se mit à rire.

— Je vois ce qui vous embarrasse, poursuivit-elle,
un homme qui a le culte de la fidélité ne veut pas
laisser croire qu'il peut changer comme un simple
mortel. Il vous déplait d'entrer dans ce salon avec
une nouvelle cocarde au front, et l'aveu que vous
en feriez blesserait votre amour-propre. Je suis encore assez bonne pour venir à votre secours. Ne
parlez pas. Agissez.

— Que voulez-vous dire ?

— C'est fort simple. Voyez-vous cette petite console en bois doré appliquée contre le mur, là-bas,
dans un coin ? Je lui destinais l'honneur de porter
une statuette, ainsi que le fait sa voisine sur laquelle

un berger en belle porcelaine de Saxe joue du ga-
loubet. Mettez-vous en quête d'une bergère, et, lorsque votre âme aura goûté les douceurs de l'indé-
pendance, posez-la gravement sur la console. La
vue de cette statuette me sera un signe que les
chaînes dont votre cœur était garotté sont tombées
en poudre.

— Une bergère, dites-vous?

— Avec ou sans moutons, comme il vous plaira.

— Ah! que ne puis-je la trouver ce soir! Elle
y serait demain.

Une certaine lueur fauve parut dans les yeux de
Sabine; elle se leva, tendit la main à **M.** de Sombreuse, qui la serra bravement, et le congédia. Elle
était heureuse certainement du tour qu'avait pris
la conversation. Pourquoi donc éprouvait-elle comme
un serrement de cœur? Elle se mit au piano, chanta,
se montra fort gaie, et eut deux ou trois fois des
envies subites de pleurer.

Paul tint parole. Il revit madame de Sarens le
lendemain, et les jours suivants, et lui parla de tout,
excepté de la chose qui l'occupait le plus. Quelques
pâleurs soudaines, un léger tremblement dans la
voix, certains tressaillements dont il n'était point
le maître, indiquaient seuls ce qui se passait en lui.

Sabine ne s'y trompait pas et n'en témoignait rien.
Vers la fin de la semaine, au moment de la quitter
après une soirée où personne n'avait interrompu
leur tête-à-tête, il retint la main qu'elle venait de
lui donner.

— Êtes-vous contente de moi? dit-il.

— Très-contente, répondit-elle.

Quelque chose lui manquait cependant. Elle se
réjouissait de l'absence de ce quelque chose et s'étonnait de n'en être pas plus joyeuse. Elle éprouvait
cette impression singulière que connaissent les personnes nerveuses lorsque, après des journées chaudes,
les bises aiguës du mois d'avril leur apprennent
tout à coup que le printemps est encore loin de
l'été. Une sensation de froid intérieur la glaçait.
Ses journées ne finissaient pas.

« Je ne sors point assez, » se dit-elle.

Dès le lendemain, elle entassa les uns sur les
autres bals, concerts, dîners, plaisirs de toute sorte.
On ne la trouvait plus chez elle. Loin de combler
le gouffre, cette agitation le creusa davantage. Les
journées dont elle avait accusé la durée et la pesan-
teur devinrent interminables.

« C'est d'autant plus singulier, se disait-elle, que
jamais je ne fus plus heureuse. »

En la voyant si belle, si bien parée et si répandue
dans tout ce que Paris a de plus brillant, M. de
Sarens fut dans le ravissement.

— Puisque vous allez régulièrement au bois de
Boulogne, deux ou trois chevaux ne vous suffisent
plus : je veux vous en offrir une paire de ma façon,
lui dit-il, et je prétends qu'il n'y en ait pas de plus
beaux dans tout Paris.

Le lendemain, Sabine trouva deux alezans brûlés
attelés à son coupé.

M. de Sarens riait sous cape.

— Ils arrivent de Hyde-Park et valent dix mille
francs pièce, reprit-il.

Quand elle se vit dans l'obligation de promener
tous les jours les deux alezans brûlés aux Champs-
Élysées, Sabine tomba dans un ennui profond. Un
matin elle eut la migraine subitement, refusa toutes
les invitations qui devaient remplir la semaine et
se plongea dans la lecture. Elle dévora vingt volu-
mes en quatre jours ; la table sur laquelle ils étaient
empilés débarrassée, elle jeta ses mains en l'air dans
un élan d'abattement :

« *Nada!* » murmura-t-elle.

Une amie força la porte derrière laquelle Sabine
abritait son ennui.

— Çà ! dit cette curieuse, vous vous amusez donc beaucoup ?

— Certes, je ne vois personne, répondit madame de Sarens avec ce rire qui lui était particulier.

Les livres abandonnés, la musique eut son tour.

Le concert fut en permanence dans son salon. M. de Sarens, qui avait applaudi lorsque sa femme s'était précipitée dans le tourbillon du monde, disant que c'était de son âge et qu'elle avait cent fois raison, applaudit de plus belle quand il la surprit, toutes portes closes, entre quatre bougies, devant son piano. Il s'installa chez elle, lui embrassa les mains cinquante fois, déclara qu'il était le plus heureux des hommes et se planta dans un fauteuil d'où il ne perdait pas un de ses mouvements. Elle lutta pendant trois jours, espérant le désarçonner par un excès de sonates. Il tint bon. Le quatrième jour, elle ferma son piano, et jura qu'elle avait des palpitations.

« Pauvre ange ! » dit M. de Sarens, qui l'embrassa sur le front.

Elle s'empressa de retourner à l'Opéra. Madame de Marsannes la voyait fréquemment et ne lui parlait presque plus de M. de Sombreuse. Un soir cependant, son nom s'étant glissé dans l'entretien, Estelle soupira.

— Vous ne savez pas combien il est malheureux! dit-elle. Il ne peut pas vous oublier.

— Bon! cela passera! répondit Sabine.

Au moment où madame de Marsannes s'éloignait, madame de Sarens la rappela d'une voix caressante.

— Vous reviendrez, n'est-ce pas? dit-elle. Je ne vous vois jamais assez.

Estelle retourna chez son amie ; mais soit l'effet du hasard, soit préméditation, elle ne lui parla plus de Paul. Elle était toujours affairée et toujours en mouvement comme une personne qui craint perpétuellement d'arriver trop tard.

— Qu'avez-vous donc à vous remuer ainsi? On dirait que toutes les affaires des chancelleries pèsent sur vos épaules...

— La vie est si courte! répondit Estelle.

— Oui, la vie est courte, et les journées sont longues! répliqua Sabine.

Madame de Sarens ne voyait plus M. de Sombreuse que deux ou trois fois par semaine. Ils causaient de mille choses, et Paul y mettait d'autant plus d'aisance qu'il était moins longtemps seul avec elle.

Le goût et l'habitude de la conversation l'emportant, il se laissait aller à de grands mouvements de gaieté et à des escarmouches de paroles qui retenaient les visiteurs. Cette gaieté brillante irritait madame de Sarens. Elle eût été désespérée cependant de le voir langoureux ou mélancolique. Une crainte dont elle se faisait presque un mystère à elle-même l'oppressait. Si elle n'eût rien fait pour maintenir M. de Sombreuse dans des sentiments qu'elle condamnait, pour rien au monde, elle n'eût voulu le savoir capable de manége. Si tôt guéri, l'avait-il aimée réellement et sérieusement comme il le prétendait? Semblable aux autres, il était diminué dans sa pensée, et elle en souffrait. Un jour, et malgré sa ferme résolution de ne faire aucune allusion à ce qui s'était passé entre eux, elle lui adressa tout à coup de grands compliments sur sa belle humeur.

— Je ne m'attendais pas néanmoins, dit-elle, à la voir se lever de si bonne heure.

— Madame, ne nous hâtons pas de chanter victoire... Ce n'est encore qu'une convalescence...

— Elle est en bon chemin, ce me semble, et la guérison ne se fera pas attendre, au train dont vous marchez.

Une légère pâleur se répandit sur le visage de M. de Sombreuse, et d'une voix altérée :

— La redoutez-vous ? reprit-il.

— Dieu m'en garde !... C'est un fait que je constate et non un regret que j'exprime.

— Tant pis ! dit Paul simplement.

Ce mot remua madame de Sarens. Quelqu'un entra ; elle laissa partir M. de Sombreuse sans lui tendre la main.

La semaine tout entière s'écoula sans qu'elle le revît. Elle apprit en même temps que madame de Marsannes rentrait tous les jours chez elle, vers quatre ou cinq heures. Il n'était pas de promenades ou de visites qui pussent la retenir.

— Depuis quand cet amour de la régularité ? lui demanda-t-elle ; cela vous a pris comme une fièvre.

— C'est le seul moyen de voir un peu tranquillement les amis qu'on a.

— Autant d'amis que ça ! s'écria Sabine.

Estelle rougit. Madame de Sarens arrangea nonchalamment les brides de son chapeau devant une glace.

— Adieu, reprit-elle ; s'il vous en reste encore quelques-uns l'an prochain, vous me les présenterez, n'est-ce pas ?

En tournant le coin de la rue, elle aperçut le coupé de M. de Sombreuse. Elle mit vivement la tête à la portière et le vit qui s'arrêtait à la porte de madame de Marsannes. Sabine se rejeta au fond de sa voiture et y resta blottie, tout étonnée du battement de cœur qui l'étouffait.

« Après tout, qu'y a-t-il? Ce n'est qu'une visite, se dit-elle, et quand même ce ne serait pas une visite, en quoi cela peut-il m'occuper?... »

Un grand soupir souleva sa poitrine. Elle avait diverses courses à faire, elle y renonça et se fit ramener chez elle. Son visage avait la couleur de la cire.

Le soir venu, M. de Sarens, qui rentrait en fredonnant, la trouva seule au fond d'une pièce écartée, dans la plus noire obscurité. Il sonna, et on apporta de la lumière.

Sabine était plongée dans un fauteuil, les yeux rouges.

— Qu'est-ce donc? s'écria le mari, vous avez les paupières humides... On dirait que vous avez pleuré.

— Moi! Quelle folie! Je dormais.

En levant les yeux, elle aperçut contre le mur le petit support sur lequel M. de Sombreuse devait

poser une statuette le jour où l'amitié seule le ra-
mènerait chez madame de Sarens. Elle sourit.

« La place est vide encore cependant, » murmura-t-elle.

V

Sur ces entrefaites, un grand changement se fit dans la position de M. de Sombreuse. Une sœur qu'il avait en province, et qu'il aimait tendrement, arriva un matin chez lui tout en pleurs. Son mari, qui exploitait une usine dans le Bourbonnais, avait eu l'imprudence de se jeter dans des spéculations hardies dont le résultat, après trois ou quatre ans de luttes, était une catastrophe que rien ne pouvait plus conjurer. Sa fortune était compromise ; il fallait liquider, vendre l'usine, et, la ruine consommée, on ne savait pas s'il resterait de quoi payer les créanciers.

— Et j'ai trois enfants ! dit madame Dervieux en achevant ce récit.

Les larmes la gagnèrent, et elle se mit à sangloter.

— Déjeunons d'abord, répondit Paul, qui l'embrassa ; cela nous fera certainement trouver le moyen de dîner demain, après-demain, le jour suivant et ainsi de suite, *in sæcula sæculorum !*

Madame Dervieux avait bonne envie de se désespérer ; l'assurance de son frère la calma. Elle eut beau objecter, pour faire honneur à son chagrin, qu'elle n'avait aucun appétit : il fallut bon gré mal gré, qu'elle se mît à table.

— Remarque bien, lui dit Paul, qu'il faudra toujours que tu finisses par manger, à moins que tu n'aies juré de te laisser mourir de faim, ce qui serait d'une mauvaise mère... Donc commence par où tu devrais finir.

Madame Dervieux grignota une aile de poulet.

— Tes pauvres neveux, qui devaient être si riches, les voilà sans le sou ! dit-elle.

— C'est une bonne chance. S'ils avaient eu vingt-cinq mille francs de rente au sortir du collége, l'argent en aurait fait des imbéciles.

— Et ma maison de campagne aux bords de l'Allier, je ne la verrai plus !

— C'est l'étourdi qui l'achètera qu'il faut plaindre. Il y régnait une telle humidité qu'on avait de la mousse sur le visage en s'éveillant.

Madame Dervieux voulut s'impatienter ; Paul ne lui en laissa pas le temps.

— Cependant, reprit-elle, les affaires sont les affaires, et les plaisanteries n'y sont pas de saison.

— Ta visite me le prouve assez. Permets-moi donc de reculer le moment où il me faudra faire leur connaissance.

— Tu as donc le projet de t'en mêler un peu?

— Je le crois bien! Tu m'en parlerais pendant trente-six ans, si je ne m'en occupais pas durant vingt-quatre heures!

Au dessert, madame Dervieux se mit à rire.

— Tu es insupportable! reprit-elle. Avec toi, on ne peut jamais pleurer à son aise... Que dirait mon mari s'il me voyait en train d'avaler des gâteaux et de croquer des pralines?

— Ton mari? Il est très-gourmand; je le connais, il demanderait des truffes... A présent va te promener au bois de Boulogne; moi, je cours chez mon homme d'affaires, et avant quatre jours toutes les spéculations du Bourbonnais seront débrouillées.

Paul se rendit chez madame de Marsannes.

— Je suis né coiffé, lui dit-il; au plus fort de mes batailles contre le chagrin, il m'arrive une aventure qui va me faire entrer en danse avec les notaires et les avoués. Je n'aurai plus le temps de m'occuper de moi.

— Qu'est-ce donc?

— Il vous souvient de cette sœur dont je vous ai

14

parlé souvent, et que j'aime beaucoup... Elle est entièrement ruinée.

— Grand Dieu!

— Rassurez-vous! il me reste de quoi la tirer d'affaire.

— Et vous!...

— Moi? j'apprendrai à travailler;... ce doit être très-amusant... Il faut tant d'imagination pour dépenser vingt-quatre heures par jour... La mienne est à bout d'efforts.

Estelle lui tendit les mains; il les prit et les embrassa longuement. Quand elle retira les siennes, madame de Marsannes avait les joues en feu.

« Je ne croyais pas vraiment qu'elle fût si jolie, se dit M. de Sombreuse en s'éloignant... Comment se fait-il que je ne l'aie pas remarqué plus tôt? »

Pendant quelques jours, on ne l'aperçut plus. Il ne quittait les hommes d'affaires que pour courir chez Estelle, à qui, sans y penser, il rendait compte de tout ce qu'il faisait. La liquidation était plus difficile qu'il ne le supposait. Les créances sortaient de dessous terre.

— Ton mari est un phénomène, disait-il gaiement à madame Dervieux, il avait le génie du désordre.

Un matin, M. de Sarens, qui se plaignait de ne plus voir Paul, le rencontra chez un notaire.

— Vous dans une étude! qu'y faites-vous?

En quatre mots, Paul le mit au courant de la situation.

— Il s'agit de chiffres, et vous ne parliez pas! reprit M. de Sarens... Confiez-moi toutes ces paperasses,... je m'en tirerai mieux que vous. »

Il en fallut passer par où le capitaliste voulait. M. de Sarens mena l'affaire rondement, en homme pour qui les liquidations les plus embarrassées ne présentent point de difficultés. Quelques notes et certains rapports trouvés çà et là lui donnèrent la pensée que M. Dervieux avait l'esprit inventif et le sentiment des grandes opérations.

— Les capitaux lui ont manqué plus que les idées, dit-il à Paul.

— Payons d'abord les dettes, nous penserons plus tard aux idées, s'il y en a, répliqua M. de Sombreuse.

Ces courses chez les notaires et les avoués, ces rendez-vous perpétuels autour des tables noires chargées de dossiers, ces discussions arides d'où la ruine pouvait sortir, entretenaient sa gaieté. Il se trouvait en contact avec des personnes auxquelles il découvrait des profils singuliers. Un élément nouveau entrait dans sa vie et distrayait sa pensée. Il ne voyait madame de Sarens que par intervalles et les jours où M. de Sarens l'entraînait à dîner. Le cœur lui battait un peu ; il ne s'en allait guère avant minuit, mais le lendemain il ne revenait pas. On ne voyait pas non plus arriver de statuette.

Un matin, M. de Sarens courut chez Paul, et se frottant les mains :

— Voilà qui est fini ! s'écria-t-il.

— Bonne nouvelle alors ! répondit M. de Sombreuse.

— Il n'y a qu'un léger inconvénient, c'est que, tout compte fait et les signatures échangées, il ne vous reste rien.

— Absolument rien ?

— A peu près, à l'exception de quelques broutilles dont nous ferons bien deux mille francs de rente.

— Diable !... M'est avis alors que le moment est proche où il faudra faire quelque chose.

— Je le crois.

— Comme on change ! Et que ferai-je, s'il vous plait ?

— C'est l'affaire de vos amis, et je gage qu'ils sont en train déjà de vous trouver un bel emploi.

— Vous avez l'air, mon cher M. de Sarens d'en savoir quelque chose.

Une expression de joie folle parut sur le visage du banquier.

— Peut-être! reprit-il... Ne m'étais-je pas mis en tête de vous convertir?

— Vous êtes le meilleur des hommes!

— Non, je suis têtu.

Une idée traversa subitement l'esprit de Paul et le rendit songeur.

— Mais, dit-il, si toute ma fortune n'a suffi qu'à liquider la situation de M. Dervieux, les dettes payées, que va-t-il devenir?

— Que cela ne vous inquiète pas! M. Dervieux est un de ces hommes qui ne demandent qu'à être poussés pour aller loin. Voulez-vous me le donner?

— Prenez-le.

— Merci, c'est un véritable cadeau que vous me faites. A présent rendez visite à vos amis... Moi je vais battre un peu le pavé de Paris... Il me tarde de vous voir attelé à une bonne place.

Au lieu de rendre visite à ses amis, Paul passa chez madame de Marsannes et lui raconta gaiement son histoire.

14.

— Je m'appelle Job, dit-il. J'ai tout arrangé chemin faisant... Mon existence sera charmante. Je déjeunerai chez M. de Pelcourt les jours d'Italiens et chez M. de Formeville les jours d'Opéra... M. d'Armelle a un pavillon dans son jardin, je m'y installe. Je dine chez l'un, je dine chez l'autre, et trois fois par semaine chez vous. Je commence ce soir. Mes deux mille francs de rentes me serviront à payer les cornets de bonbons que j'offrirai à mes connaissances.

Estelle lui prit les deux mains.

— Pauvre ami! vous rirez donc toujours? dit-elle.

— Eh! si l'on ne riait pas toujours, on pleurerait trop souvent.

Leurs yeux se rencontrèrent. Paul vit que ceux d'Estelle se remplissaient de larmes :

— Vous êtes bonne, vous! reprit-il.

Et par un mouvement spontané, sans se rendre compte de ce qu'il faisait, il l'attira vers lui. Estelle frissonna de la tête aux pieds.

M. de Sarens employait ses heures autrement que M. de Sombreuse. Bientôt il eut mis en campagne pour son protégé un nombre considérable de personnes qui tenaient au budget par mille fils. Un homme qui manie des millions et qui a le pied dans

les grandes affaires n'est pas un solliciteur qu'on
éconduit. La journée n'était point finie, que M. de
Sarens avait la certitude que M. de Sombreuse
aurait prochainement une bonne place, honorable
et lucrative. Un conseiller référendaire à la Cour
des comptes mourut justement sur ces entrefaites,
et l'homme qu'on avait vu si longtemps à l'Opéra
entra d'un bond à l'hôtel du quai d'Orsay. Le plus
heureux, ce fut M. de Sarens. Il voulut célébrer
par un dîner ce grand événement. Paul en fut
naturellement le héros. Madame de Marsannes en
était. Madame de Sarens remarqua qu'elle n'était
plus ni active ni remuante.

— Vous voilà tout à fait à la mode, lui dit Sabine :
une robe trop longue et un brin de mélancolie sur
le visage.

Estelle rougit. Vers minuit, on se trouva presque en petit comité. M. de Sombreuse s'excusa
gaiement d'être un homme occupé. Il ne se reconnaissait plus lui-même.

— Quand je pense que je vais avoir des plumes,
de l'encre et du papier qui serviront véritablement
à quelque chose, cela m'étonne...

— Et vous afflige peut-être? ajouta madame de
Sarens.

— Non, pas tout à fait, mais cela m'effraie un peu. Tout changement à mon âge est une chose imprudente, et j'ai peur que mes amis me voyant moins, s'habituent à ne plus m'aimer.

— Voilà une chose que vous n'aurez jamais à craindre, j'imagine, s'écria vivement madame de Marsannes.

Madame de Sarens surprit un regard de reconnaissance que Paul lui jeta. Elle en connaissait l'expression. Une sensation de froid se glissa dans ses veines.

« Quoi! déjà? » se dit-elle.

Une interprétation exagérée, une apparence trompeuse, pouvaient l'avoir égarée. Il ne fallait pas tirer d'un regard des conclusions trop radicales. Où en serait le monde, si on fondait sa conviction sur un coup d'œil ou un sourire? Il fallait observer les choses tranquillement et surtout les examiner sans prévention.

Madame de Marsannes et M. de Sombreuse restèrent les derniers. Au moment de s'éloigner, après une conversation fort animée où Sabine avait mis beaucoup du sien, Paul offrit à madame de Marsannes de la ramener chez elle.

— Je le veux bien, répondit-elle simplement.

Madame de Sarens aurait eu bonne envie de
l'accompagner pendant ce petit voyage ; mais on ne
quitte pas sa maison après minuit pour s'en aller
à la promenade. Estelle ne paraissait ni troublée ni
impatiente. Demeurée seule, Sabine repassa en esprit
tous les incidents de cette soirée, ceux-là surtout
auxquels personne n'avait pris garde. Elle avait remarqué que son amie était restée tout le temps à la
même place, presque sans faire aucun mouvement.
Elle ne s'était mêlée à la conversation que par quelques mots. Chez une personne autrefois si remuante,
et dont le babil rappelait le gazouillement des fau-
vettes, ce grand changement n'était-il pas l'indice
de quelque révolution dont on ne parlait pas ? Tout à
coup Sabine haussa les épaules :

« Suis-je sotte ! murmura-t-elle. Le support n'est-
il pas toujours vide ? »

V

Le lendemain, à la nuit tombante, Paul se présenta chez madame de Sarens. Il portait à la main un objet proprement enveloppé de papier. On lui apprit que madame de Sarens était dans sa chambre avec une vieille parente qui venait la voir quatre fois l'an.

— Qu'elle ne se dérange pas, dit-il d'un air embarrassé, je l'attendrai un instant. Au besoin, je reviendrai plus tard.

On le laissa seul. L'objet qu'il tenait à la main semblait le gêner beaucoup. « Ma foi ! dit-il, mieux vaut encore qu'elle ne soit pas ici. »

Il se dirigea vers l'un des coins du salon et se mit à défaire le paquet. Au bout de quelques minutes, une porte s'ouvrit, et Sabine parut.

— Où donc êtes-vous ? dit-elle surprise par l'obscurité.

M. de Sombreuse s'empressa de marcher au devant d'elle.

— On n'y voit pas ici, reprit-elle.

— J'allais me retirer, répondit Paul d'une voix un peu émue. D'ailleurs qu'a-t-on besoin d'y voir pour causer ? Si je n'avais pas pu vous serrer la main en ce moment, je serais revenu dans la soirée.

— Voilà une bonne parole, qui corrige ce que la première avait de désobligeant... Je me suis mis l'esprit à la torture pour renvoyer poliment cette honnête personne, qui vient tout exprès du Luxembourg pour me voir... Mais vous, pourquoi vous échapper si promptement?

— C'est qu'il pourrait bien se faire que demain soir je ne fusse plus à Paris.

— Vous! s'écria madame de Sarens.

— Je suis menacé de faire un long voyage. On m'envoie en Italie, à Rome, à Naples, je ne sais où !

— Comment cela, tout à coup! Je ne vous savais pas si curieux de peintures et de monuments, reprit-elle d'une voix altérée.

— Eh! madame, s'il ne s'agissait que de moi, quitterais-je Paris? Il m'arrive un grand chagrin.

— Ah! mon ami, contez-moi cela? Un chagrin, dites-vous? Et vous ne parliez pas! Est-ce un malheur auquel on puisse quelque chose? Expliquez-vous bien vite.

L'obscurité donnait-elle du courage à madame de
Sarens, ou quelqu'une de ces émotions que les
femmes subissent spontanément l'avait-elle saisie?
Ce n'était plus la même personne : elle avait pris,
tout en marchant, le bras de M. de Sombreuse, et
l'entraîna vers un canapé où elle s'assit auprès de
lui. Il sentait contre son bras les battements d'un
cœur qui tremblait. Il prit la main de Sabine et la
porta à ses lèvres.

— Vous ne savez pas tout le bien que vous me
faites, dit Paul.

— Par hasard doutiez-vous de moi? reprit-elle
sans retirer sa main. Vous me jugez donc bien mal?
Qu'ai-je fait pour mériter cette opinion?... On m'a
comparée aux pommes vertes, je le sais; mais est-
ce une raison pour me croire incapable d'éprouver
aucun bon sentiment? Vous me feriez beaucoup de
peine si vous le croyez. La pomme verte peut res-
sembler aux châtaignes. Enlevez l'écorce épineuse
qui l'enveloppe, le fruit est bon et vaut peut-être
la peine qu'on le cherche. Si vous avez quelque
chagrin, j'en veux ma part. Vous verrez que je puis
être une amie sincère et dévouée. Donc parlez, dites-
moi bien tout, et personne ne vous écoutera d'un
cœur plus disposé à vous plaindre et à vous consoler.

M. de Sombreuse pressa doucement la main de
Sabine.

— Vous n'ignorez pas que j'ai une sœur, reprit-il;
madame Dervieux a pu supporter le coup qui a renversé l'édifice de sa fortune sans faiblir. A présent
que, grâce à M. de Sarens, elle est à l'abri de toute
inquiétude, elle en ressent mieux les atteintes. Sa santé
est profondément altérée. Les médecins ont longtemps
cherché un remède contre le mal. Tous conseillent
un changement d'air, un climat plus chaud.

— Et ils l'envoient en Italie?

— Or, comme M. Dervieux est pris par les nouvelles affaires dont M. de Sarens lui a confié la
direction, c'est à moi d'accompagner sa femme.
Vous voyez que le travail ne veut pas de moi; on
me trouve une place, je prends la résolution de la
bien remplir, et mon premier soin est de demander
un congé. Le plus cruel, c'est qu'en partant de
Paris, j'y laisse tout ce que j'aime.

Sabine tressaillit.

— Croyez-vous que les personnes dont vous parlez ne souffrent pas autant que vous de ce départ?
reprit-elle. D'ailleurs l'Italie n'est pas si loin; on ira
vous rendre visite... Tout le monde n'a pas vu
Venise ou Florence.

15

— Merci, répondit Paul; j'étais arrivé tout triste, et vous savez si je hais la tristesse; me voilà consolé à demi. Je crois bien que, si vous vouliez vous en mêler, vous feriez des miracles.

En ce moment, un domestique apporta une lampe. Madame de Sarens leva les yeux machinalement et aperçut, debout sur une console, une belle bergère en porcelaine de Saxe qui n'y était pas le matin.

— Dieu! fit-elle.

— Qu'est-ce? demanda M. de Sombreuse.

— Rien... une de ces douleurs vives et courtes qui vous traversent la poitrine comme une lame de canif. J'y suis sujette. Laissez-moi marcher un peu. »

Sabine se leva et fit quelques pas dans le salon. En passant devant la lampe, elle la coiffa d'un abat-jour.

— Quand on est resté quelque temps dans l'obscurité, dit-elle, cette vive clarté blesse le regard.

Au bout d'un instant, elle vint de nouveau s'asseoir auprès de Paul.

— Et quand vous proposez-vous de partir? poursuivit-elle.

— Mais cela dépend de madame Dervieux. Elle a bien des préparatifs à terminer; je pense néanmoins que nous serons en route définitivement la semaine prochaine. Demain elle retourne chez elle pour embrasser ses enfants... Peut-être emmènera-t-elle le plus jeune avec nous.

— Et vous l'accompagnerez dans le Bourbonnais?

— Sans doute; elle n'est pas en état de voyager seule.

Madame de Sarens, qui s'était assise à l'extrémité du canapé, du côté de la cheminée, prit en badinant un écran et le plaça entre la lumière amoindrie de la lampe et son visage.

— Est-ce donc, reprit-elle, que l'heure des adieux a déjà sonné, et ne reviendrez-vous point?

— Oh! j'espère bien que si... Diable! on ne s'en va pas de Paris comme une hirondelle qui n'y laisse personne.

— Oh! les hirondelles y laissent un nid! murmura Sabine d'une voix qui passa comme un souffle.

Tout à coup, et baissant les yeux comme si elle eût examiné curieusement les figures fantasques dessinées sur l'écran :

— A propos! dit Sabine, j'ai à vous remercier... Cette statuette est charmante;... c'est un bijou.

— Quelle statuette?

— Cette bergère qui tourne son fuseau, là, sur cette console restée veuve si longtemps.

— Ah! vous l'aviez donc vue?

— En entrant tout à l'heure dans le salon, c'est le premier objet qui a frappé mon regard. Vous n'avez pas mis, grâce à Dieu, un trop long temps à la découvrir.

M. de Sombreuse soupira.

— Il eût dépendu de vous que je ne la découvrisse jamais! reprit-il.

— Et pourquoi? Avouez que vous seriez bien fâché à présent de ne pas voir là cette jolie petite bergère qui sourit car, si je vous ai bien compris, vous êtes de ceux qui crient volontiers : La reine est morte, vive la reine!

— Hélas! fit Paul en riant à demi.

L'écran s'arrêta une minute sur le visage de madame de Sarens.

— Dieu vous garde et vous donne d'heureux jours! dit-elle en laissant tomber l'écran qui l'avait aidée à dissimuler son trouble.

— Vous êtes la meilleure des femmes! s'écria Paul.

Quand la porte se fut refermée sur M. de Sombreuse, madame de Sarens porta tout à coup les deux mains à son visage et fondit en larmes.

« *Nada! nada!* » répétait-elle en sanglotant.

M. de Sombreuse partit bientôt après pour l'Italie.

On ne savait pas s'il reviendrait avant la fin de
l'année. Madame de Marsannes et Sabine restèrent
quelque temps sans se voir. Des amis communs les
tenaient au courant de ce qu'elles faisaient. On
apprit ainsi qu'Estelle passait la plupart de ses
journées chez elle, négligeant le monde. Elle parlait de se retirer à la campagne et d'y rester pendant de longs mois. Madame de Sarens, au contraire, sortait beaucoup et vivait dans une grande
dissipation. On ne rencontrait qu'elle partout. Un
matin, elle se présenta chez son amie, qu'elle
trouva tout au fond de son appartement, occupée
à écrire.

Estelle rougit et poussa dans un buvard la feuille
de papier sur laquelle sa main était posée.

— On m'a dit que vous viviez comme une reli-
gieuse, dit Sabine ; je viens voir où sont le voile et
le cilice.

Estelle sourit.

— On peut être heureuse dans un couvent,
répondit-elle d'un air contraint ; on ne l'est pas
toujours à Paris.

— Eh ! mon Dieu ! quel est ce langage ? Vous
qu'on a connue comme un oiseau au mois de mai,
toujours gazouillant et chantant, voilà que vous

soupirez! Mais, pour une personne qui s'est retirée
du monde et cultive la mélancolie, ce ne sont partout que roses et violettes. Voilà dans ce coin un
gros bouquet qui m'a tout l'air d'arriver de Gênes,
où l'on fabrique des pâtés de fleurs. Que faisiez-
vous tout à l'heure? Vous écriviez?... Eh bien!
causez maintenant, à moins qu'il ne vous plaise de
continuer. Il y a là, contre le mur, de petites ima-
ges que je ne connaissais pas. J'emploierai mon
temps à les examiner.

Madame de Sarens appuya d'un air paresseux
un genou contre un fauteuil et se mit à regarder
une aquarelle suspendue auprès de la cheminée.
C'était un paysage à la manière de Watteau; l'une
des bergères qu'on y voyait avait les traits de
madame de Marsannes. Un instant Sabine ferma les
yeux à demi, puis, la tête penchée du côté d'Estelle,
qui ne remuait pas :

— Voilà qui est fort joli, dit-elle. Je ne sais pas,
il est vrai, dans quel pays on rencontre de ces
bocages couleur d'azur; quant aux bergères ornées
de ces traits, il n'est pas besoin de faire de longs
voyages pour en découvrir quelqu'une.

Et comme Estelle ne répondait pas :

— Chère mignonne, ne m'avez-vous pas dit que

si quelque mortel s'avisait d'entrer en conquérant
dans votre cœur, vous mèneriez tout droit le témé-
raire au pied des autels? A quand la noce?

Madame de Marsannes tourna vers son amie des
yeux humides et doux.

— Je ne suis pas en humeur de me défendre, dit-
elle; continuer à me frapper, ce ne serait ni bon
ni généreux.... Mon cœur n'est pas gai.

— Ainsi vous l'aimez? poursuivit madame de
Sarens, qui n'osa pas prononcer le nom de M. de
Sombreuse.

Estelle baissa la tête sans répondre.

— Et il vous aime aussi? continua Sabine.

— Il me l'a dit du moins, et pourquoi men-
tirait-il?

Le visage de madame de Sarens changea de couleur.

— Alors, reprit-elle avec un rire aigu, permettez-moi de répéter ma question : A quand la
noce?

Madame de Marsannes prit entre les siennes les
deux mains de madame de Sarens, et, les pressant
tendrement :

— Voyons, dit-elle, ne soyez pas aujourd'hui la
méchante pomme verte que l'on sait... J'ai bonne

envie de pleurer, épargnez-moi. Il est loin, et quelques bouts de papier seront toute ma consolation
d'ici à bien longtemps!

Sabine fit un effort, et laissant ses deux mains
prises entre celles de madame de Marsannes :

— Mais enfin cet amour qui fait tout à coup
explosion, comment est-il venu ? reprit-elle.

— C'est ta faute aussi, répondit Estelle d'une
voix caressante. Tu ne l'aimais pas, et il venait tous
les jours me conter sa peine. Je le voyais pleurer,
et ses larmes m'attendrissaient. Je m'efforçais de le
consoler de mon mieux ; mais on n'entreprend pas
une pareille tâche à mon âge sans y mettre un
peu du sien. Mon cœur s'ouvrait, je ne pensais
plus qu'à lui et aux moyens de le rendre moins
malheureux. L'amour est venu, marchant à la suite
de la pitié. Quand je m'en suis aperçue, il était
trop tard pour le fuir : le mal était fait. Sans toi,
sans cette passion que tu lui as inspirée et qu'il
s'est appliqué à combattre avec une sorte de rage,
parce que tu le voulais, nous aurions pu vivre l'un
près de l'autre pendant des siècles sans nous apercevoir, lui que j'étais une femme encore jeune et
bonne à regarder, moi qu'il avait un cœur à souhait et qu'on pourrait être heureuse, l'ayant à soi.

Dans les commencements, un grand trouble s'est emparé de moi; c'était comme un vol que je te faisais. Je te fuyais, et le feu me montait au visage quand je te rencontrais. Plus tard j'ai bien vu que tu étais décidée à ne jamais sortir de la réserve et de la froideur que tu lui as fait voir dès les premiers jours. Te souviens-tu de Galatée?

— Oh! oui, murmura Sabine.

— J'ai compris dès lors que mes remords étaient au moins superflus.

— Et tu as pris héroïquement le parti de te laisser descendre tout doucement au courant de l'amour?

— Voyons, Sabine, fallait-il me tuer parce que j'aimais quelqu'un que tu n'aimais pas?

— Mourir, c'est beaucoup... Sois bien sûre, ma toute belle, que je ne pousse pas si loin le culte de la tragédie.... Mais enfin tu l'aimes, il t'aime; que ne vous mariez-vous?

— Eh! ma chère, si je n'ai pas été plus dissimulée avec lui qu'avec toi, ce n'est pas une raison pour courir si vite au dénoûment! Encore faut-il savoir si cet amour est à l'épreuve du temps, de l'absence, des mille hasards qui peuvent le battre en brèche!

— Si bien que le voyage de M. de Sombreuse est en quelque sorte un noviciat?

15.

— Presque. Je ne l'ai peut-être pas désiré, mais je l'accepte.

— Et s'il revient constant, fidèle et amoureux comme les troubadours qu'on voit figurer dans les romances, tu le mèneras tout droit chez M. le curé?

Estelle se jeta dans les bras de madame de Sarens.

— Et tu l'aimeras comme un frère, n'est-ce pas? s'écria-t-elle.

— Oh! certainement, fit Sabine en se dégageant de l'étreinte de son amie.

Lorsque madame de Sarens se retrouva dans la rue, elle fit signe à son cocher de s'éloigner; elle avait besoin de marcher, de prendre l'air.

« Et j'ai pu la tutoyer! se disait-elle, et puis on s'étonne des cris et des larmes des comédiennes sur le théâtre!... Est-ce que je n'ai pas ri, moi? »

Un temps se passa. Madame de Sarens voyait fréquemment madame de Marsannes. Elles s'établirent à la campagne l'une près de l'autre. M. de Sarens était toujours l'homme le plus affairé de France. Le grand nombre de ses chevaux indiquait la prospérité croissante de ses spéculations. Personne n'a-

vait de plus beaux attelages que sa femme. Sur
ces entrefaites, un matin, Estelle entra tout en larmes chez Sabine.

— Tu ne sais pas? Il est malade! s'écria-t-elle.

— Qui? M. de Sombreuse?

— Eh oui! que me fait le reste de l'univers!

Madame de Sarens chancela.

— Eh bien! ma chère, répliqua-t-elle, s'il est malade, il guérira.

— Ah! voilà un mot effroyable! ... Et c'est
vous... et c'est à moi?...

— Là, là, calme-toi, reprit madame de Sarens.
Voyons, mignonne, tu sais bien que l'on ne meurt
que lorsqu'on en a tout à fait envie, et ce n'est pas
j'imagine, le cas de M. de Sombreuse. Qu'a-t-il en
somme? quelque fièvre, la mal'aria? C'est fort à
la mode quand on va en Italie.

— Ah! j'ignore ce que c'est, poursuivit Estelle,
qui tomba sur un fauteuil tout accablée; mais ce
que je sais bien, c'est qu'il ne m'écrit plus, et que
c'est madame Dervieux qui me donne de ses nouvelles... Faut-il qu'il soit malade, bon Dieu! pour
renoncer ainsi à la seule chose qui pût rendre son
exil tolérable!

Toute couleur s'était effacée du visage de madame

de Sarens ; ces derniers mots firent passer un sourire sur ses lèvres blanches.

— Eh! mon Dieu! reprit-elle, on n'aurait point
parlé autrement au temps où mademoiselle de Scudéry était à la mode dans les ruelles.

— Tu es méchante aujourd'hui, plus méchante
qu'il n'est besoin, s'écria madame de Marsannes,
dont les yeux s'étaient remplis de larmes. Je n'ai
pas beaucoup lu mademoiselle de Scudéry, je dis
les choses comme je les sens ... Si je n'avais pas
été sûre des sentiments que m'inspire M. de Sombreuse, la douleur que j'éprouve me les aurait fait
connaître.

— Pour ma part, je n'en ai jamais douté, poursuivit Sabine avec un reste d'ironie sur le visage ;
tu étais gaie et rieuse, et te voilà triste : c'est l'effet
ordinaire d'une belle flamme... Mais parlons raison
s'il se peut, petite folle... Où donc M. de Sombreuse
a-t-il éprouvé les premières atteintes du mal dont
je te vois tant effrayée? En quelle ville réside-t-il?
Que dit madame Dervieux? Parle-t-on de le ramener en France?

— A Rome, il souffrait un peu, à ce qu'il paraît,
quoiqu'il n'en dît rien. On partit pour Naples, pensant qu'un changement d'air dissiperait ce malaise.

Au bout de huit jours, il dut prendre le lit; il y est encore. Je te laisse à penser si l'on songe à le ramener en France... Si Dieu me faisait la grâce de l'y voir avant la fin de l'année, mon cœur sauterait de joie.

Estelle se remit à pleurer. Sabine restat les yeux secs.

— Rassure-toi, dit-elle en lui donnant de petits coups d'éventail sur le bras, tout cela passera, et tu en aimeras davantage M. de Sombreuse. — Tiens! à l'heure où nous parlons, il est peut-être en train de chercher quelque belle parure en corail rose pour la mettre dans la corbeille de la mariée.

— A moins qu'on ne le couche dans une bière! répondit Estelle qui fondit en larmes.

— Tout le monde meurt! murmura madame de Sarens.

VJ

Restée seule, madame de Sarens s'empressa d'expédier une dépêche à Naples, où elle avait des connaissances. Elle reçut une réponse par laquelle on ne lui laissait pas ignorer que M. de Sombreuse était en danger sérieux. Madame Dervieux, qui était malade, se portait à ravir, et Paul était en péril de mort. On ne pensait pas qu'il vécût encore à la fin du mois.

D'étranges pensées traversaient le cœur de madame de Sarens tandis qu'elle relisait lentement cette terrible dépêche. Elle se souvenait du temps où Paul était auprès d'elle, où il la suivait des yeux, inquiet et ravi chaque fois qu'elle faisait un mouvement, où il lui parlait avec un accent si vrai, si profond, où d'un seul mot elle aurait pu l'emporter au ciel. A présent une autre occupait la place dont elle n'avait pas voulu.

« Il aura passé comme une ombre; il n'aura

pas plus duré que cette flamme ! » dit-elle en brû-
lant le papier qui faisait trembler ses doigts.

Le soir, on la vit en grande toilette dans une
sauterie qui réunissait une compagnie d'élite dans
un château voisin. Sa robe, ses épaules, son cou,
son visage avaient la même teinte. On aurait pu
croire qu'on les avait trempés dans un flot de neige.
Elle dansa beaucoup. Vers minuit, une personne
de son intimité l'aborda entre deux valses pour
lui demander s'il était vrai, comme on venait de
le lui dire, que M. de Sombreuse était malade en
Italie.

— Eh ! mon Dieu, oui, répondit Sabine ; il n'est
rien de tel que la patrie classique des arts pour
jouer de ces vilains tours aux voyageurs. Quand on
veut se porter bien, il faut rester dans l'air malsain
de Paris.

Tout en parlant, Sabine, qui était appuyée contre
une caisse d'oranger, cassait des brindilles du bout
des doigts.

« Cœur de pierre ! » murmura l'amie, qui vingt
fois avait rencontré M. de Sombreuse chez madame
de Sarens.

Une heure après, Sabine pénétra dans une pièce
écartée où des livres se trouvaient éparpillés sur un

guéridon. Il n'y avait personne. Une certaine lassitude l'accablait; elle prit un volume au hasard
et l'ouvrit. Au bout d'un instant, le livre s'échap-
pa de ses mains, et un flot de larmes jaillit de ses
yeux. Cette même personne qui lui avait parlé tout
à l'heure la surprit en ce moment.

— Qu'y a-t-il donc? demanda-t-elle.

— Ah! l'heureuse femme! s'écria madame de
Sarens, qui ne l'entendit pas, elle fut aimée, toujours aimée!

L'amie ramassa le livre qu'on voyait par terre:
c'était l'histoire de Manon Lescaut. Elle pensa que
madame de Sarens était véritablement malade.

Le lendemain cependant on la vit à cheval, et
le jour d'après, fort occupée d'un concert qu'elle
organisait. Madame de Marsannes lui en voulait de
cette insouciance et de cette gaieté. M. de Sarens
qui était tenu au courant de ce qui se passait en
Italie, laissait voir au contraire un véritable chagrin; il s'étonnait que sa femme ne le partageât
pas. C'était encore là une chose qui irritait madame
de Sarens.

— Je ne vous comprends pas, lui dit-il un matin;
un homme charmant que vous voyiez presque tous
les jours!

— C'est peut-être pour cela, répondit-elle avec
une amère vivacité.

Et comme il se récriait :

— Voyons, poursuivit-elle, si vous veniez à mourir vous imaginez-vous par hasard que M. de Sombreuse prendrait le deuil? Non, n'est-ce pas? Alors
habituez-vous d'avance à ne pas porter le sien.

Sabine passa la saison dans mille divertissements.
Elle recevait fréquemment des nouvelles d'Italie ;
les jours où les lettres lui étaient remises, elle
éprouvait comme des secousses ; elle s'enfermait
seule pour les lire. La campagne et la belle saison,
qui rendent aux Parisiennes une partie du coloris
perdu pendant les nuits d'hiver, produisaient sur
elle un effet contraire ; elle semblait en être écrasée.
On l'avait vue blanche, elle était pâle ; cette pâleur
prenait par moments des tons livides : c'était la
couleur des marbres funéraires. Elle maigrissait ;
quand on lui en faisait des observations, elle haussait les épaules et répondait que c'étaient des ima-
ginations. Madame de Marsannes vivait dans une
grande retraite ; elle n'en sortait que pour rendre
visite à Sabine, qu'elle ne pouvait se défendre d'aimer toujours malgré les coups d'épingle qu'elle en
recevait. Un matin elle accourut toute joyeuse :

— Victoire ! cria-t-elle du plus loin qu'elle vit Sabine. Il est sauvé! il revient !

Madame de Sarens la reçut dans ses bras.

— Quand je te le disais! répondit-elle d'un air qui lui était particulier; on ne peut se fier à personne, pas plus à la fièvre qu'à la nostalgie.

— Ah! tu railles toujours.

— Et qu'importe? le diable n'y perd rien.

Estelle s'aperçut alors que son amie avait les yeux pleins de larmes. Elle l'embrassa.

— Mais tu as les mains brûlantes, reprit-elle presque aussitôt.

— C'est qu'il fait chaud, répliqua Sabine.

Elle se laissa choir sur un banc, et, la tête sur l'épaule de madame de Marsannes, fondit en larmes.

— Tu le rendras heureux, n'est-ce pas? dit-elle.

— Dieu du ciel! tu l'aimes! s'écria Estelle, qui frissonna.

— Quelle folie! répondit madame de Sarens, qui sauta sur ses pieds... On peut avoir des nerfs, ma chère, le cœur n'y est pour rien.

Elle passa vivement son mouchoir sur ses yeux.

— Tu dis donc qu'il revient? reprit-elle.

— Qui? Paul?... Tu m'as toute bouleversée avec

tes larmes... C'est la première fois, je crois, que je
te vois pleurer.

— On a beau faire, on est toujours un peu femme...

— Bien vrai ! tu ne l'aimes pas ?

— M. de Sombreuse ? Laisse-là mon accès de
sensibilité et réponds. Sera-t-il ici bientôt ?

— Hélas non !... Il revient lentement, à petites
journées... Paul ne sera pas ici avant un mois.

— C'est la bonne saison. Tu feras ta rentrée
dans le monde au bras d'un mari. »

Estelle passa doucement son bras autour de la
taille de madame de Sarens.

— Je sens bien que sans toi quelque chose me
manquera toujours... Tu es un peu pâle, un peu
fatiguée, reprit-elle ; si tu veux me faire plaisir, tu
te soigneras.

— Toi aussi ?... C'est autour de moi comme un
refrain. Me soigner ! et pourquoi ? J'ai idée que je
ne mourrai jamais. Un jour on s'apercevra que j'ai
cent trente-sept ans, et on me mettra dans une col-
lection pour me faire voir.

Dans la soirée, madame de Sarens eut un éva-
nouissement qui dura assez longtemps et inquiéta
fort M. de Sarens. La nuit fut mauvaise. On fit venir
le médecin. Il trouva de la fièvre et des symptômes

nerveux qui indiquaient un état général inquiétant.
Il prescrivit un régime, signa une ordonnance et
déclara qu'il reviendrait. Sabine en rit beaucoup.
Au bout d'une semaine, elle le prit à part.

— Enfin qu'est-ce? dit-elle, vous me tâtez le
pouls, vous prenez des airs graves et vous attirez
mon mari dans les petits coins. En attendant, je
bois, je mange, je valse et je dors.

— Madame, ce ne sera rien; mais il faut avoir
des ménagements.

— Beaucoup de ménagements... mais ça ne sera
rien, répéta M. de Sarens qui voulut sourire.

— Vous avez des faiblesses, des syncopes et un
pouls irrégulier qui dénote un certain trouble dans
le système nerveux. Des soins en viendront à bout;
mais il faut que vous nous veniez en aide, ajouta
le médecin.

— C'est bon; je vais faire préparer une boîte
avec du coton et je m'y renfermerai.

M. de Sarens n'avait jamais rien pu cacher à
sa femme; elle l'interrogea dans la soirée et apprit
qu'elle était menacée d'anémie. Les réticences et
les circonlocutions dont le pauvre homme s'entourait lui donnèrent à penser qu'elle était plus sérieusement atteinte qu'elle ne le supposait d'abord. Il

fallait un régime fortifiant, l'usage du fer, de l'iode; on devait éviter les émotions pénibles. Il parla même de décomposition du sang.

— D'ailleurs, ce ne sera rien; reprenait-il par intervalles.

Sabine plaisanta.

— Votre médecin veut se donner les gants d'une cure miraculeuse, dit-elle; je me prêterai à sa fantaisie, mais nous en abrégerons la durée.

Cette gaieté rassura M. de Sarens.

— A présent que j'ai donné à mon anémie plus de temps qu'elle n'en mérite, continua Sabine, ne pourrions-nous pas nous occuper d'une personne que nous n'avons pas le droit d'oublier?

— Et de qui, s'il vous plaît?

— De M. de Sombreuse. Ne l'aimeriez-vous plus par hasard?

— Moi? Ah! vous ne le pensez pas.

— Eh bien! vous savez, j'imagine, qu'il va entrer en ménage. Un conseiller référendaire qui commence par prendre un congé de six mois, n'ira pas bien loin dans la carrière. Les émoluments attachés à sa place ne sont point une fortune. Les enfants peuvent venir. N'avez-vous aucun moyen de lui faire rattraper ce qu'il a perdu?

Adorer les gens, c'est fort beau ; les servir, c'est
encore mieux.

— Pardieu ! vous avez cent fois raison. C'est
étonnant comme les bonnes idées vous viennent
sans effort... Je vais y réfléchir.

— Non pas, s'il vous plaît ; il faut y penser tout
de suite.

— Eh bien ! j'ai mis M. Dervieux à la tête d'une
entreprise qui portera des fruits dorés. Je vais dou-
bler le chiffre des bénéfices qui appartiennent de
droit à la direction ; une part sera réservée à
M. de Sombreuse.

— Voilà qui est à merveille ! Il faut seulement
que M. de Sombreuse ne se doute pas de l'idée que
vous avez eue.

— M. Dervieux en somme n'est-il pas son débiteur ? N'a-t-il pas le droit de l'intéresser à son
industrie ? Et ne suis-je pas en outre dépositaire de
petits capitaux que j'ai mission de faire valoir à ma
guise ? S'il me plaît de leur faire faire la boule de
neige, M. de Sombreuse a-t-il bien le droit de m'en
empêcher ?

— Monsieur de Sarens, vous êtes un homme
charmant et vous raisonnez le mieux du monde.
A présent que je vous ai prouvé que je ne déteste

pas M. de Sombreuse, me permettez-vous de m'amuser?

— Amusez-vous, c'est mon désir le plus vif; mais promettez-moi de vous soigner aussi.

Sabine promit tout ce qu'on voulut. Dès le soir même, elle avait brûlé l'ordonnance du médecin et jeté au feu les médicaments. Elle lut beaucoup, écrivit un peu, se coucha fort tard, et continua son train de vie en jurant au docteur qu'elle suivait à la lettre ses prescriptions.

Vers la fin de l'automne, elle se traînait à peine. Lorsque M. de Sarens s'effrayait des ravages qui se faisaient en elle, Sabine assurait que jamais elle ne s'était mieux portée. Épuisée le matin après des nuits sans sommeil, il lui arrivait parfois de tomber sur un fauteuil, prise tout à coup de palpitations qui l'étouffaient; mais elle était armée contre elle-même d'une énergie qui augmentait avec sa faiblesse. Presque anéantie, elle secouait la tête avec une expression de volonté sauvage, et, se redressant :

« Allons, marche, disait-elle, marche encore, jusqu'au jour où tu ne marcheras plus. »

Pendant la journée, elle faisait de la musique, chantait beaucoup, et se donnait un grand mouvement. On remarquait toujours sur son piano ce morceau que M. de Sombreuse avait entendu autrefois, pendant une soirée dont sa mémoire avait gardé le souvenir. Le médecin, ramené sans cesse par M. de Sarens, n'obtenait aucune réponse. Sabine n'éprouvait rien dont il fallût s'inquiéter ; elle était bien, très-bien. Cette continuelle tranquillité, mise en regard des symptômes qu'il observait, le troublait.

— Si décidément vous ne suivez pas un régime sévère, je ne réponds de rien, dit-il un jour dans l'espérance qu'il l'amènerait à se soigner par la peur.

— Vous êtes le médecin Tant-Pis de la fable, répliqua Sabine en riant. Je vous invite à dîner l'an prochain, à pareille époque. Il y aura d es gélinottes, gourmand.

— Allons! s'écria le docteur dans un beau mouvement d'impatience, il est écrit que l'amour du plaisir tuera toutes les Parisiennes!

— Toutes, même moi! répliqua-t-elle.

Madame de Sarens s'approcha du piano en fredonnant et attaqua un grand morceau.

Le médecin l'écouta pendant quelques minutes, puis sortit en haussant les épaules. La porte fermée, les mains de Sabine glissèrent le long du tabouret, sa tête s'abaissa sur sa poitrine, et dans une attitude qui trahissait l'épuisement :

« Je suis brisée! » murmura-t-elle.

Un matin, folle de joie, Estelle lui annonça que M. de Sombreuse était au moment d'arriver. Elle avait de ses nouvelles datées de Marseille. Dans vingt-quatre heures il serait à Paris.

— Je pleure et je ris, dit-elle. Cette idée que j'ai failli le perdre me donne le frisson. Comprends-tu? Je vais le voir, je vais lui parler! Ah! je ne le laisserai plus partir seul!

Madame de Sarens agita vivement un éventail qu'elle tenait à la main. Elle toussa à deux ou trois reprises.

— Tu l'aimes donc bien? dit-elle.

— Si je l'aime!... C'est venu tard, mais c'est venu fort!

— Eh bien! dès que Paul sera ici, tu me l'enverras.

— Oh! sois tranquille, il saura bien trouver, sans que je l'y invite, le chemin de ta maison. Est-ce qu'il m'écrit jamais sans me parler de toi?

Sabine regarda la statuette.

— C'est égal, reprit-elle, il pourrait tout oublier en te revoyant. Rappelle-lui que je demeure toujours aux Champs-Élysées.

16

Deux jours après, on lui annonça M. de Sombreuse. Elle devint pourpre subitement, puis tout à coup pâle à faire peur.

« Faites entrer ! » dit-elle.

La porte s'ouvrit. Sabine voulut se lever et resta clouée dans son fauteuil. Elle avait la gorge sèche, les lèvres arides. Quelques traces de la maladie qu'il avait eue restaient encore sur le visage de Paul. Elle l'accabla de questions sur son état, pour qu'il ne l'interrogeât pas sur le sien. Il se rapprocha d'elle, et, sans l'écouter, il lui prit la main avec un mouvement si plein de tendresse et de respect qu'elle ne put se défendre de la lui laisser.

— Moi, ce n'est rien, dit-il. Un voyageur qui attrape la fièvre, la belle affaire! Mais vous? Que m'a-t-on dit? Vous nous faites le chagrin de souffrir? Pourquoi? qu'avez-vous?... Quand on a des amis c'est pour se bien porter.

Madame de Sarens ne put pas s'empêcher d'être femme un instant.

— Quoi! dit-elle, malgré la petite bergère qui est là, je suis encore quelqu'un pour vous?

Paul, qui n'avait pas quitté la main de Sabine, la porta à ses lèvres.

— Il faut en prendre votre parti, reprit-il : quel-

qu'un, ce n'est pas assez... Vous ne serez même
jamais une sœur pour moi... On aborde une sœur
avec tranquillité, si tendrement qu'on l'aime... et
j'ai le cœur tout tremblant depuis que je vous vois.

— Laissez-le trembler et soyez heureux.

Sabine sentit qu'elle devenait rouge en parlant
ainsi, et, se hâtant de poursuivre :

— Madame de Marsannes vous y aidera de toutes
ses forces et de tout son cœur.

— Vous vous occupez toujours des autres ; mais
vous ne dites rien de ce qui vous concerne ? Vous
n'avez pas le visage que je voudrais vous voir ; la
peau non plus n'est pas bonne... Quand on relève
de maladie, on est un peu médecin.

— Ah ! Dieu ! fit madame de Sarens sur le ton
de la plaisanterie, si c'est là ce qu'on gagne à
voyager, mieux vaudrait ne rien voir et rester chez
soi ! Votre médecine est une impertinente, si mon
visage ne lui plaît pas... Est-ce qu'une Parisienne
n'a pas toujours quelque chose ? En connaissez-
vous une qui ne soit pas semblable à quelque jolie
porcelaine de Sèvres bien blanche et un peu fêlée ?
Cela doit toujours tomber en morceaux, et cela ne
casse jamais. Résignez-vous à me voir danser tout
cet hiver.

L'entretien se prolongea. M. de Sombreuse ne pouvait pas faire longtemps divorce avec la gaieté.

— Eh bien! dit-il, si vous ne dansez pas, on vous grondera, et, pour vous punir, on vous mettra au régime de trois ou quatre méchancetés par jour seulement.

— Étouffez-moi d'abord, ce sera plus court.

— Mais à propos! Je suis donc riche ou en train de le devenir? M. Dervieux, mon beau-frère, cet homme qui se ruinait si bien, a profité des conseils et de l'exemple de M. de Sarens. Il va, il va! c'est une lo-comotive... Et une part de ce qu'il gagne me revient. C'est un petit Pactole qui coule dans ma poche.

— C'est son devoir à lui de couler, à vous de le laisser faire.

— Vous avez le sourire d'une personne à qui je n'apprends rien.

— Croyez-vous que le mari de votre sœur ait laissé ignorer à quelqu'un qu'il était votre débiteur? Il a fait de sa reconnaissance une chanson dont le refrain nous poursuit depuis six mois.

Paul menaça gaiement du doigt madame de Sarens.

— J'ai idée, reprit-il, que si M. Dervieux a écrit les paroles, une personne qui n'est pas loin a com-posé la musique.

— Oh! si peu! répliqua Sabine, qui l'observait du coin de l'œil.

— Tant pis... Si peu, c'est trop peu... Je vous aime tant que je ne crains pas de vous devoir quelque chose.

Ce dernier mot la toucha.

— Prenez garde, dit-elle en riant, vous me devez déjà madame de Marsannes.

Quand il fallut se séparer, Paul serra les deux mains amaigries de Sabine entre les siennes, et, promenant ses regards autour de lui :

— J'ai passé de bien bonnes heures ici, dit-il; je vous en devrai d'autres encore.

— Eh bien! répondit-elle, si l'envie prend à votre cœur de trembler quand vous viendrez, ne l'en empêchez pas; s'il tremblait moins, il me semble que vous ne m'aimeriez plus.

M. de Sombreuse se retira tout songeur.

« Qu'a-t-elle donc? se demanda-t-il. C'est toujours elle, et ce n'est plus elle! »

16.

VIII

Cependant la maladie faisait de grands progrès. Madame de Sarens avait recours à mille ruses pour en dissimuler les atteintes. Elle ne se montrait plus qu'aux lumières, parée avec un grand soin et une rare habileté; ne sortait qu'en voiture et affectait une assurance et une gaieté qui augmentaient sa fatigue. Sous prétexte d'avoir des avis contrôlés par une haute réputation, elle avait appelé auprès d'elle un médecin qui ne la connaissait pas. Ce médecin s'étonnait de l'inefficacité des remèdes qu'il prescrivait.

« Et cependant je n'oublie rien et ne néglige rien, » disait Sabine, qui vivait en toutes choses comme si elle eût été étrangère à sa propre santé.

Un moment vint où il fallut la transporter à la campagne ; l'agitation de Paris lui faisait mal. Elle n'était plus que l'ombre d'elle-même. Ce qui inquiétait le plus ses amis, c'était la constante douceur de son langage et l'égalité de son humeur. Point de paroles acerbes, plus de ces mots qui partaient en sifflant comme des dards. Elle était bonne à tous. M. de Sarens ne trouvait un peu de repos que dans le tourbillon des affaires. Madame de Marsannes se désolait sincèrement. Paul voyait Sabine tous les jours.

— Je vais mieux, beaucoup mieux, disait-elle chaque fois.

— Et si ce mieux continue, il t'empêchera de paraître à mon mariage, lui répondit Estelle un matin.

— Ah! dit madame de Sarens... Le temps d'épreuve est donc fini?

— On nous marie à la fin du mois.

Le visage de Sabine parut en un instant tout décomposé.

— Déjà! reprit-elle.

— Déjà! on voit bien que tu n'y es pas intéressée autant que je le suis moi-même!

— Ne prends pas mon observation en mauvaise part, répondit Sabine, qui sourit doucement; elle vient du regret que j'éprouverais de ne pouvoir assister au mariage des deux êtres que j'aime le plus au monde... Je ne me sens pas très-forte en ce moment.

— Mais dans quinze jours?

— Ce n'est rien quinze jours! Il est au moins douteux que je sois mieux portante alors.

— Tu me dis cela d'un air singulier. Tu as quelque chose dont tu ne me parles pas.

— Moi! fit madame de Sarens.

Mais ses forces, qui étaient à bout, la trahirent; elle cacha sa tête dans le sein de madame de Marsannes et se mit à pleurer tout bas. Estelle, toute effarée, l'entoura de ses bras; elle sentait le cœur de Sabine sauter sous sa main.

— Tu vois! j'en étais sûre, reprit-elle, il y a quelque chose.

— Eh bien! répondit Sabine, sois bonne jusqu'au bout, ne te marie que lorsque je serai morte.

— Que dis-tu là! s'écria Estelle, qui la regarda.

Madame de Sarens cacha son visage entre ses mains. Madame de Marsannes les écarta doucement. « C'était donc vrai,... tu l'aimes? reprit-elle.

— Hélas! oui, dit madame de Sarens... Je n'en peux pas guérir... Toi, tu seras heureuse : que te fait de l'être un peu plus tard? »

Elle sanglotait, et on voyait tout son corps trembler.

— Ah! mon Dieu! si j'avais su! dit madame de

Marsannes... Se peut-il que ce soit moi qui te fasse une peine si cruelle?

Les larmes la gagnèrent aussi, et elles restèrent quelques minutes dans les bras l'une de l'autre sans pouvoir parler.

— Mais comment cela se fait-il? dit enfin Estelle. Il t'aimait cependant, et de toute son âme; je le sais bien, moi qui le voyais pleurer. Pourquoi ne lui as-tu pas ouvert ton cœur en ce moment?

— Ah! pourquoi? pourquoi? Eh! le sais-je? Pourquoi mon cœur est-il rebelle à toute espérance? Pourquoi est-il ainsi fait qu'aucune croyance ne le peut pénétrer? Tiens, il y a, là dans ce meuble, un cahier où il m'est arrivé jour par jour d'écrire tout ce qui se passait en moi... Tu me comprendrais mieux, si tu le lisais.

Estelle fit un mouvement comme pour s'en emparer.

— Laisse-le; il sera toujours temps plus tard, dit Sabine qui l'arrêta.

Puis, continuant d'une voix nerveuse :

« Toute petite fille, j'avais un ami, presque un parent, que j'aimais avec toute la force et la concentration d'une âme qui ne se livrait pas aisément. Dans nos jeux d'enfant, on en avait

fait mon petit mari. Quand je fus plus grande-
lette, je ne pensais qu'à lui. Aucun plaisir ne
m'attirait s'il n'en était pas; je ne lui en parlais jamais, déjà soumise, à mon insu, à une
force que je n'ai jamais pu vaincre et qui ne me
permet pas d'exprimer dans leur spontanéité les
choses dont mon cœur est agité. Sans démêler encore ce qui se passait en moi, sa vue me troublait.
Un jour on nous le rapporta mort. Une chute de
cheval l'avait tué. Je tombai à la renverse. Quand je
revins à moi, je ne pouvais pas pleurer. A cette
époque, je jouais souvent avec une bague fort
belle que ma grand'mère portait à son doigt. Il y
avait un mot gravé sur la pierre : *nada*. J'en
demandai l'explication. « Tiens, me dit ma grand'-
mère, il y avait ici un beau et gentil garçon qui
était la vie même; la mort l'a pris, il n'en reste
rien... *nada!* Comprends-tu? » Je ne comprenais
que trop! Plus tard, étant au couvent, je me pris
d'amitié pour une jeune fille qui avait mon âge.
Jamais je n'ai vu de plus beaux cheveux. Dénoués,
ils lui faisaient un voile blond. Elle avait une douceur d'ange. Amélie était promise à un jeune officier de cavalerie. Une héritière passa dans la ville
où l'officier était en garnison, et son cœur la suivit.

Amélie reçut le coup en chrétienne soumise et résignée, mais elle prit le voile. Je vis tomber ses
cheveux, je vis la robe de serge noire l'ensevelir
jusqu'aux pieds. Où il y avait une belle jeune fille,
il n'y avait plus qu'une ombre... De nouveau j'étais
seule... Moi-même à cette époque j'étais riche...
Combien de prétendants qui demandaient ma main!
Un jour vint où l'on apprit que mon père avait
perdu sa fortune. Ce jour-là, il n'y eut plus personne autour de moi... La troupe des fiancés avait
fui comme une volée d'hirondelles... Qu'étaient
devenues ces qualités exquises qu'on me découvrait
à toute heure, et ces charmes délicats qui ne sup-
portaient pas de rivales? La richesse revint, et avec
elle la foule empressée des soupirants. J'avais eu
la force de sourire, j'eus la force de ne pas pleurer;
mais il ne me resta aucune illusion sur les mérites
de ma petite personne, et je sentais cependant que
je valais quelque chose... Non pas découragée,
mais en quelque sorte ennuyée et dédaigneuse
de ma propre destinée — si ce mot ne te paraît
pas trop ambitieux — j'acceptai pour compagnon
de ma vie quelqu'un que je connaissais à peine.
On me fit voir des cachemires et on me dit que
j'étais heureuse. Je m'obstinais à le paraître; un

jour je le fus en effet : une fille m'était venue, j'éprouvai dans le cœur des tressaillements qui me firent tomber à genoux... Plus tard, le berceau où je regardais dormir ma petite Marthe se trouva vide. Où il y avait un petit être qui souriait, il n'y avait plus rien.... Hélas! à cette époque, je n'avais pas encore le don des larmes; mon cœur se serra, et mes yeux restèrent secs.

Un flot de larmes inonda le visage de Sabine. Madame de Marsannes pleurait avec elle.

— Est-ce pour cela, reprit enfin madame de Sarens, que mon cœur resta fermé et sourd à tous les appels?... *Nada* était ma devise. Je ne croyais pas. Et puis, pourquoi chercher des motifs, des prétextes, des causes? Sait-on pourquoi Harpagon est avare, Tartuffe hypocrite, Yago menteur, Régane méchante? Je suis ainsi parce que je suis ainsi. Pourquoi M. de Sombreuse n'aurait-il pas été semblable aux autres, qui m'ont aimée entre deux tours de valse? Il me déplaisait d'être choisie pour le caprice d'un jour. Cela m'indignait qu'on m'offrît les hommages d'un cœur rompu à tous les changements et disposé à toutes les trahisons. Au prix d'un tel amour, je voulais n'être point aimée, et j'éloignais de mon ombre tout ce qui ressemblait à ces banalités qui

ne trompent que celles qui veulent être trompées.
Ce que j'avais vu des amours me guérissait de l'a-
mour. Et cependant quel besoin n'avais-je pas de
tendresse!... Je puis bien le dire aujourd'hui que
ma bouche, fermée si longtemps, s'ouvre sous l'im-
pulsion des derniers aveux!... Quelque chose me
manquait dont j'ai toujours souffert. Un besoin
mystérieux fermentait en moi, j'en sentais les bouillonnements intérieurs, comme ceux d'une eau qui
cherche une issue et gronde sous la pierre; mais à
peine avais-je vu la trace du dévouement, de la sincérité, qu'elle disparaissait soudain, et je ne voulais
pas être rangée parmi celles qu'on délaisse. Je m'étais
donc armée d'indifférence et de dédain, et M. de
Sombreuse ne fut pas autrement accueilli que ceux
qui l'avaient précédé sur le chemin vulgaire de
la galanterie. Un jour, quelque chose sauta dans
ma poitrine à sa voix, un frisson qui m'était
inconnu me saisit;... j'en fus tout à la fois
bouleversée et révoltée... Toutes les forces de
mon orgueil, je les tournai contre ce sentiment
nouveau qui m'envahissait... J'en voulus être la
maîtresse, le vaincre, et en effacer même le
souvenir... Quels coups alors contre lui et contre
moi! Hélas! j'ai été trop persévérante et trop

17

habile dans cette lutte. J'y ai tout perdu : lui
d'abord, mon repos ensuite. Quand je vis que son
cœur me délaissait, j'eus beau me dire pour me
consoler : — Lui aussi ne m'aimait pas !... Je
pleurais, j'aimais et je n'étais pas consolée... et
de mes lèvres irritées le mot de ma vie tombait
encore : *Nada! nada!*

— Mon Dieu ! s'écria madame de Marsannes, que
veux-tu que je fasse?

— Je te prie seulement d'attendre un peu, reprit
Sabine, enveloppant son amie d'un regard d'une
douceur pénétrante. Si je reviens à la santé, il n'y
paraîtra plus, et j'assisterai à la messe en belle
toilette... Si je m'en vais, tu seras heureuse quelques jours plus tard seulement.

Elles gardèrent le silence; la douleur d'Estelle
était peut-être la plus vive. Elle s'adressait mille
reproches : comment n'avait-elle rien vu, rien deviné? Une amitié aveugle et sourde est-elle donc
une amitié sincère? Si elle n'avait pas laissé son
lâche cœur incliner du côté de M. de Sombreuse,
verrait-on Sabine dans les larmes et menacée par
la mort? Tout le mal venait d'elle. Au plus fort de
ses réflexions, madame de Sarens lui serra la main
doucement.

— Si un de ces jours je te prie de m'envoyer
M. de Sombreuse, dit-elle, tu lui permettras bien de
me venir voir... seul ?

— Ah ! si je croyais que sa présence pût te rendre la santé, je ne l'épouserais jamais et partirais pour
les Grandes-Indes !

Un matin, Sabine fit demander un bon vieux
prêtre qui lui avait fait faire sa première commu-
nion et l'avait mariée. A cette nouvelle, M. de
Sarens, qui se désespérait un jour et se rassu-
rait le lendemain, jeta les hauts cris. Il crut sa
femme perdue. On n'avait jamais ouï parler de
prêtre dans la maison. Elle ricana comme au temps
passé.

— Que faire à la campagne dans cette saison ?
dit-elle...

Quand elle fut seule avec le curé, elle joignit les
mains et dans un état d'angoisse inexprimable :

— Ah ! si je pouvais croire, murmura-t-elle.

A la vue de ce visage qui portait la marque de
tant de ravages et qu'il avait connu si plein de vie
et de jeunesse, un attendrissement profond gagna
le vieillard.

— Essayez toujours, répondit-il, la miséricorde de
Dieu est grande !

Sabine ne lui cacha rien. En un instant tout son cœur fut à nu.

— Je ne regrette pas de mourir, dit-elle. S'il m'était donné de ressaisir la vie dans les conditions mêmes qui ont troublé ma pensée, je ne le voudrais pas... Le bonheur tel qu'on le rêve, est-ce bien le bonheur ?... Je n'en voudrais pas faire l'expérience. Ce que je sais bien, c'est que j'ai beaucoup souffert en me roidissant contre ma propre douleur. Je me suis trouvée à vingt ans sans autres appuis que l'orgueil et l'ironie. Ils ont été mon frère et ma sœur. Mes larmes coulaient en dedans... Encore ne serait-ce rien si j'espérais !... Mais non ! où vais-je ?

Le vieux curé l'écouta jusqu'au bout, les yeux tout humides.

— Vous ne parlez pas de tout le bien que vous avez fait, dit-il ; les bonnes œuvres sont quelque chose et comptent là-haut. Et puis il vous sera beaucoup pardonné, parce que vous avez beaucoup pleuré.

— Qui sait ? dit-elle.

On la vit plus courageuse et plus forte après cet entretien. Elle sortit un peu ; M. de Sarens, qui la surprit s'intéressant à de pauvres ménages qu'elle

visitait et auxquels elle assurait le pain de chaque
jour, la crut en pleine voie de guérison. Sabine
faisait sauter des enfants sur ses genoux. Madame
de Marsannes elle-même y fut trompée.

— Tu me soulages d'un remords qui m'étouffait,
dit-elle.

Puis tout à coup, roulant ses bras autour de la
taille de son amie :

— Si tu avais quelque marmot jouant autour de
toi du matin au soir, reprit-elle à demi-voix, tu
serais sauvée tout à fait.

— Peut-être, murmura Sabine.

Elle ne parlait presque plus de Paul et ne demandait pas à le voir.

Quelques pointes de raillerie surnageaient seules
de son ancienne nature. Madame de Marsannes n'en
revenait pas.

— On t'aimait déjà, lui dit-elle un jour ; s'il faut
qu'on t'adore, j'y renonce !

Aux premières lueurs du printemps, elle se
hasarda, dans une heure de confidence, à lui demander s'il ne lui serait pas bientôt permis de songer au mariage.

— Oh que si ! répondit madame de Sarens, ce sera
pour le mois de mai...

Au bout de la semaine, Estelle reçut un petit
billet par lequel Sabine la priait de lui envoyer
M. de Sombreuse.

« J'ai ta permission, il t'en souvient, disait-elle
en finissant ; il faut bien que je cause un peu avec
lui avant le grand jour. »

Paul sauta en wagon. Cet appel après un si long
silence le troublait. Il trouva madame de Sarens
à demi-couchée près d'une fenêtre au soleil. Elle
était d'une pâleur effrayante, avec tous ces signes
extérieurs d'une mort prochaine que ne peuvent
méconnaître ceux qui ont vu des agonies.

— Enfin ! dit M. de Sarens, qui tambourinait contre une vitre. Voilà dix ans qu'on ne vous a vu,
et ma pauvre Sabine s'est trouvée mal quatre fois
depuis ce matin.

— Voulez-vous bien ne pas tourmenter les gens
qui se marient ! s'écria-t-elle ; d'ailleurs, si je me
trouve mal, c'est à cause du bruit que vous faites
avec vos doigts en battant la retraite... J'en ai les
nerfs tout agacés.

— Eh bien ! je m'en vais ; mais je vous avertis
que, si vous n'êtes pas guérie avant huit jours,
toute la Faculté de médecine fera irruption chez
vous.

— Attendez pour me tuer que je sois morte, répliqua-t-elle gaiement.

Resté seul avec madame de Sarens, Paul courut vers elle, et lui prenant la main tout bouleversé :

— Et vous ne vouliez pas me voir! dit-il. Je sens bien que vos forces sont à bout!

Cependant madame de Sarens avait les yeux tournés vers la porte derrière laquelle venait de disparaître son mari.

— Voilà un homme qui m'a ennuyée toute ma vie, dit-elle; je ne l'ai pas aimé un seul jour, et lui seul peut-être me regrettera.

Elle ramena ses regards sur M. de Sombreuse, qui était à ses pieds.

— Vous souvient-il du jour où vous m'aviez saluée au bal pour la première fois? J'avais comme aujourd'hui une robe blanche.

M. de Sombreuse ne reconnaissait plus sa voix. Elle avait des sons d'une douceur infinie. Il n'osait plus parler dans la crainte de laisser voir l'émotion poignante qui le tourmentait. Elle sourit, et, lui serrant la main :

— Je vois bien ce qui vous inquiète, reprit-elle; il ne faut pas prendre au sérieux tout ce que je vous dis... Les malades ont des idées tristes aux-

quelles une heure après ils ne pensent plus. Votre
présence m'a rappelé un temps où je riais.

Paul avait la gorge serrée. Tout à coup Sabine
se pencha vers lui :

— Voulez-vous m'embrasser ? dit-elle.

M. de Sombreuse la prit dans ses bras ; elle s'y
laissa tomber, et son cœur éclata.

— Merci, je vois que vous m'aimez toujours un
peu.

Son pauvre cœur sautait sous la main de Paul.
Presque aussitôt, relevant son visage inondé de
pleurs, elle lui fit signe doucement de la quitter.

— Seulement ne vous éloignez pas, dit-elle.

Peu d'heures après, et tandis que Paul rôdait
dans une galerie, une porte de l'appartement de
madame de Sarens s'ouvrit violemment ; une femme
de chambre en sortit tout effarée, appelant et criant.
M. de Sombreuse ne fit qu'un bond jusqu'à la pièce
où il avait laissé Sabine. Il la trouva couchée sur
un lit de repos dans l'éternelle immobilité, le visage encore humide. Elle tenait dans ses mains
roides une statuette de porcelaine de Saxe.

« Dieu ! » cria Paul qui tomba à genoux.

On trouva dans les papiers de madame de Sarens
un écrit par lequel elle recommandait qu'on l'en-

sevelît avec la bague qu'elle avait coutume de porter au doigt.

Par son ordre on grava sur la pierre de son
tombeau ce seul mot : *nada*.

PYRAME ET THISBÉ

Si quelque Almaviva nocturne, chassé brusquement de chez sa Rosine par l'irruption d'un Bartholo parisien, eût passé vers deux heures du matin, le jour de la Sainte-Eulalie, à l'angle où la rue des Jeûneurs rencontre la rue du Sentier, un grand bruit de cornets à piston n'eût pas manqué de lui faire lever les yeux vers le deuxième étage d'une maison dont la façade portait sur toute la largeur une enseigne de toile grise le long de laquelle on voyait écrit : « H.-D. Bisterman fils et neveu, de Mulhouse. »

Les fenêtres d'où partaient ces fanfares étincelaient comme des fournaises au milieu de la nuit ; des ombres noires passaient et repassaient devant leur transparent éclat, emportées au vol par le tourbillon des valses ; et rangée en bataille au bord du trottoir, dans toute l'étendue de la rue jusqu'au boulevard, une file de voitures peuplées de cochers endormis attendait la fin du bal, dont la rumeur retentissante tenait tout le quartier en éveil.

En ce moment, un coupé du genre de ceux que les Anglais nomment des brougham arriva au grand trot du côté du boulevard Poissonnière, et s'arrêta devant la porte béante sous laquelle bâillaient les gens de service. Tandis que le cheval reniflait en secouant sa tête fumante, un jeune homme descendit du coupé, jeta un paletot aux mains d'un groom qui venait de sauter à bas du siège, passa la main dans ses cheveux, monta lestement les deux étages et entra chez MM. H.-D. Bisterman fils et neveu.

La foule des invités commençait à s'écouler, mais on s'étouffait encore suffisamment pour l'amusement d'une maîtresse de maison ; il ne fallait pas moins de trois quarts d'heure au voyageur le plus habile pour aller de l'antichambre au boudoir lointain où les joueurs de whist se livraient une bataille achar- née et silencieuse. Les valets, chargés de plateaux, espoir des danseurs épuisés, louvoyaient péniblement au travers de cet océan d'hommes incessamment agité par le vol capricieux de la polka.

Grâce à la confusion bruyante de cette heure où la tarentule de la danse mord les jeunes filles au talon, le nouveau venu put se glisser sans être aperçu jusqu'à la porte d'une galerie où, comme un touriste fatigué, il s'arrêta.

De cette porte il pouvait voir à la fois le salon où la danse était le plus animée et la chambre où se retiraient les paresseux de tout âge et de tout sexe, les notaires qui n'ont jamais été hommes et les douairières qui n'ont jamais été femmes. Le bruit des conversations particulières, comme on dit à la Chambre, et la rumeur du bal se confondaient et bourdonnaient à son oreille distraite sans qu'il prêtât la moindre attention aux propos interrompus dont le murmure flottait autour de lui.

Comme il regardait sans voir, les bras croisés sur sa poitrine, le dos contre le mur, le chapeau régulièrement suspendu par l'aile entre la manche et le revers de l'habit, et les jambes repliées l'une sur l'autre, un monsieur qui portait des lunettes d'or, un gilet blanc et une chaîne de montre dont la cornaline antique voltigeait sur un ventre rebondi, le toucha légèrement du doigt.

— Eh! vous voilà, monsieur le baron. Que me disait donc ma fille? s'écria le monsieur à la cornaline.

— Au fait, monsieur, que vous disait mademoiselle votre fille? répondit le baron, tiré de son rêve en sursaut par cette brusque interpellation.

— Eh mais, elle me disait que vous étiez parti sans plus penser à la contredanse qu'elle vous a promise.

— Qu'a donc fait ma mémoire à mademoiselle Bisterman pour l'accuser ainsi?

M. Bisterman se creusa l'esprit un instant pour découvrir ce que la mémoire du jeune baron pouvait avoir fait à sa fille; voulant répondre et ne trouvant rien à dire, il entortilla quelques bouts de phrases et termina ses monosyllabes par un gros éclat de rire.

— Voilà deux heures que je cherche mademoiselle Eulalie, reprit le baron à qui son avantage donnait un nouvel aplomb; à bout de poursuites, je me suis embusqué à l'entrée de cette galerie, comme un corsaire à l'entrée d'un détroit, pour m'emparer de mademoiselle Eulalie aussitôt qu'elle viendrait à passer.

— Vous pouviez attendre longtemps, répondit cette fois M. Bisterman. Eulalie est dans le salon bleu auprès de sa mère. Courez vite, voilà l'orchestre qui donne le signal.

— Merci, s'écria le baron, et il se dirigea vers le salon bleu de l'air d'un homme qui se rend à Clichy entre deux gardes du commerce.

— Il paraît, pensait-il, que j'ai demandé une contredanse à mademoiselle Bisterman. Du diable si je
m'en souvenais! J'ai presque aussi bien menti qu'un
ministre un jour d'interpellation. Mais aussi, pourquoi m'obliger à me rappeler une chose que j'avais
oubliée avec tant de bonne foi?

Au moment où le jeune homme que M. Bisterman
venait d'appeler le baron parut dans le salon bleu,
mademoiselle Bisterman commençait à promener
ses regards inquiets autour d'elle. Sept ou huit jeunes
gens, diversement inclinés, sollicitaient l'honneur de
remplacer son partner absent. Déjà l'un d'eux avait
saisi le bout des doigts de la jeune fille, lorsque,
retirant vivement sa main captive, elle s'écria :

— Merci, mon cousin, voici M. Dufrêne.

Le regard, l'accent, le geste de mademoiselle Bisterman donnait à ses paroles une valeur dont tout
autre que M. le baron Dufrêne aurait été flatté,
c'était mieux et plus que de la politesse; mais le
baron était dans une de ces dispositions d'esprit qui
ne permettent pas de voir et de comprendre.

Il salua mademoiselle Bisterman, s'excusa en quelques mots d'avoir failli la faire attendre, lui offrit son
bras et l'entraîna dans le salon où les danseurs étaient
pressés comme les épis mûrs dans un champ.

Cependant le bruit de l'orchestre, l'éclat vibrant des instruments de cuivre, le tumulte et l'animation de la danse arrachèrent enfin le baron Dufrêne à sa préoccupation et ramenèrent sur les lèvres de mademoiselle Bisterman le sourire que la gravité froide de son partner en avait chassé.

Au moment où les derniers accords de la musique s'éteignaient et que les couples enchaînés par la danse dénouaient leurs bras, le bouquet de mademoiselle Bisterman glissa de ses mains et un bouton de rose s'en détacha.

M. Dufrêne se baissa rapidement et le ramassa.

— Je l'ai pris et je le garde, dit-il de cet air fade qu'ont tous les danseurs dans un bal.

— Non pas, reprit vivement Eulalie; comme je n'entends que vous preniez rien, je vous le donne.

Et plus vermeille qu'une fraise des bois, elle disparut comme une biche.

M. Dufrêne regagnait lentement son poste d'observation, tortillant entre ses doigts la fleur qu'il avait prise sans savoir pourquoi, lorsqu'un bras se glissa tout à coup sous le sien.

— Eh bien, mon cher Oscar, que pensez-vous de mademoiselle Bisterman ? lui demanda un grand jeune homme blond en se penchant à son oreille.

— Moi! répondit Oscar de l'air d'un homme à qui l'on demande une chose extravagante.

— Oui, vous?

— Mais, mon cher Léon, que diable voulez-vous que j'en pense?

— Pensez-en ce que vous voudrez, et puis dites-le moi; à voir votre air ébahi, on dirait que vous arrivez de Chine et que je vous parle japonais.

— C'est qu'en vérité je n'en pense rien.

— Tant pis!

— Et pourquoi, s'il vous plaît?

— Parce que rien c'est peu de chose et que mademoiselle Bisterman mérite mieux que cela.

— C'est possible, répondit froidement Oscar.

— Vous parlez comme un empereur romain, à présent, mais tout à l'heure vous parliez comme Tircis.

— Tout à l'heure, je dansais.

— Alors la danse avait raison.

— Ah çà, mon cher Léon, quoique vous soyez attaché au ministère des affaires étrangères en qualité de sous-chef de bureau je ne crois pas qu'il soit indispensable de parler comme un protocole jusque dans les salons de M. Bisterman, négociant alsacien. Expliquez-vous donc, je vous prie.

— Volontiers.

— J'écoute.

— Permettez-moi d'abord, mon cher Oscar, de commencer mon explication par une nouvelle question. Comment trouvez-vous mademoiselle Bisterman?

— Mais pas mal, répondit Oscar.

— Voilà une réponse qui vous brouillerait avec toute la famille si on vous entendait; aussi n'en dirai-je jamais rien.

— Merci.

— Vous remercierez plus tard; mais, d'abord, regardez bien mademoiselle Bisterman.

— Je l'ai déjà vue cent fois.

— Deux cents, peut-être; mais à coup sûr vous ne la connaissez pas.

M. Dufrène obéit à la main de son ami Léon, et tourna ses yeux du côté où était mademoiselle Bisterman.

En ce moment Eulalie, accoudée contre une cheminée, effeuillait doucement son bouquet en écoutant une de ses amies. Sa pose abandonnée faisait valoir la souplesse de sa taille et la grâce de son bras plus blanc que l'anse d'une amphore d'albâtre.

Oscar resta quelques instants à la regarder.

— Je dirai qu'elle est fort jolie si vous voulez, reprit-il sans détourner les yeux.

— Je veux ce qui est.

— Eh bien, soit! Elle est jolie, très-jolie et même quelque chose de plus; après?

— Après, voici... Ces cheveux de soie, ce visage doux et rêveur, ces grands yeux qui font croire au ciel, ce pied timide qui disparaît sous la mousseline, toute cette jeunesse, cette pureté, cette grâce et tous ces charmes innocents, savez-vous sur quel piédestal ils s'appuient?... Sur un million!

— Voilà un piédestal honnête et qui sonne bien à l'oreille.

— Vous trouvez?

— Il faudrait être bien mal avisé pour penser le contraire.

— Homère lui-même, qui était cependant d'une assez belle force sur les nomenclatures, aurait grand'peine à énumérer la quantité de ballots de toile, de calicot, de madapolam, de guingans, de jaconat, de mousseline, d'indienne, de cotonnade et autres tissus fabriqués en Alsace qui reposent dans sa petite main.

— J'en suis ravi pour les ballots.

— Eh bien, si vous voulez, la petite main et tout ce qu'elle renferme sont à vous. Est-ce clair?

— Si clair, que j'en suis ébloui. A moi tant de choses!

— A vous.

— Des preuves, mon cher, des preuves? comme disent les journaux de l'opposition.

— Je n'en voudrais pas d'autres que le gage que vous tenez encore à la main et les paroles qui l'ont accompagné.

— Ah! vous êtes donc de ceux qui voient une épopée dans un sourire et une tragédie dans un regard. Pour ma part, je vous préviens que je ne vois dans la plupart des phrases qui se disent au bal qu'une enfilade de mots plus ou moins gracieusement combinés, mais des preuves, jamais.

— Vous êtes modeste.

— C'est qu'aussi vous mettez la vanité à trop bas prix.

— Puisque vous voulez d'autres preuves, en voici.

— Voyons.

— Vous êtes baron et vous avez dix bonnes mille livres de rente.

— La première partie de votre proposition est exacte, mais je ne suis pas aussi sûr de l'exactitude de la seconde.

Léon sourit.

— Enfin, vous les avez eues, reprit-il.

— C'est vrai, répondit Oscar en soupirant.

— Vous êtes en outre auditeur au conseil d'État, et de cette bonne pâte d'administrateurs qu'on fait maîtres des requêtes pour avoir le droit de les nommer préfets.

— Je l'espère.

— Et moi j'en suis sûr. Votre oncle, le pair de France, n'est-il pas de la nouvelle combinaison ministérielle?

— C'est juste.

— Étant votre femme, mademoiselle Eulalie Bisterman sera baronne, ce qui sera très-flatteur pour une fille qui a tant de calicot; elle ira aux bals de la Cour et y conduira sa maman, ce qui rendra la bonne dame folle de joie; le mariage d'Eulalie avec votre préfecture ouvre à toute cette famille de gros marchands les salons d'un monde ennuyeux qu'elle rêve plus brillant que l'Eldorado, plus fantastique que les jardins d'Armide, plus joyeux que l'île de Calypso; vous êtes prédestiné au *Moniteur*, madame Bisterman pourra dire, en parlant de vous : « Mon gendre le préfet; » votre influence attachera un bout de ruban rouge à la boutonnière de M. Bisterman, sous prétexte qu'il aurait pu manufacturer les tissus qu'il débite; et vous voulez qu'on vous refuse! mais la sottise humaine n'a pas, que je sache, donné sa démission!

— Il est certain, reprit Oscar, qui avait écouté sans rire la tirade de son ami Léon, qu'en spéculant sur cette bonne et candide sottise qui a tant de part aux actions des hommes, tout cela peut être vrai.

— Et puis encore, continua Léon, qui s'échauffait en parlant, vous avez l'amitié de Bisterman père, qui est le Bisterman fils de la raison sociale; c'est vainement que vous refusez avec obstination les dîners auxquels il vous invite; il vous réinvite perpétuellement. Quant à M. Bisterman cousin, il ne peut plus se passer de vous depuis que vous lui avez appris comment on tombe de cheval au bois de Boulogne en compagnie de gentlemen riders. Si M. Bisterman neveu vivait encore, il aimerait trop sa famille pour avoir un autre sentiment à cet égard; malheureusement le pauvre homme, quoique vivant sur l'enseigne, est défunt depuis dix ans. Madame Bisterman s'extasie amoureusement sur la coupe et la couleur de vos gilets, et on sait ce que veulent dire ces extases en style de belle-mère. Reste donc Eulalie; vous savez là-dessus mon opinion. Décidez-vous promptement, et vous n'aurez plus qu'à choisir le jour de la bénédiction nuptiale.

— Tout cela est bien beau, répondit Oscar après un long soupir, mais tout cela est impossible.

— Pourquoi?

Oscar se pencha vers Léon comme un homme qui a une confidence difficile à faire, et lui parla bas quelques instants à l'oreille.

— Ah, diable! fit Léon.

Oscar se tut et secoua tristement la tête. Son attitude semblait dire : Que voulez-vous que j'y fasse? Tout est fini!

— Voilà, reprit Léon, une histoire dont je ne savais pas le premier mot. Comment la chose vous est-elle arrivée?

Oscar haussa les épaules.

— Eh! qu'en sais-je! dit-il. Pourquoi la pluie tombe-t-elle et pourquoi le vent souffle-t-il? Je me suis trouvé pris dans cette aventure comme un oiseau dans un filet; elle a commencé je ne sais pourquoi, elle finira je ne sais comment.

— Expliquez-moi du moins comment il se fait que je n'en aie rien appris.

— Il m'a fallu des efforts surprenants de diplomatie pour dérober ce secret à tous les yeux. Si le

ministre des affaires étrangères en savait quelque
chose, il me nommerait d'emblée ambassadeur.
Mais tout a un terme, même la rouerie ; avant trois
semaines le boulevard connaîtra cette histoire mieux
que moi.

— Vous ne pouvez donc pas rompre ? demanda
Léon en entraînant Oscar dans un boudoir où ils
pouvaient parler plus librement.

— Ah ! qu'on voit bien que vous ne la connaissez pas ! s'écria Oscar en se laissant aller sur un
sofa, Agathe n'a pas un défaut.

— Quelle perfidie !

— Elle est comme le lierre, elle étouffe ce qu'elle
enlace ; son amour m'empêche de respirer.

— Elle vous aime donc beaucoup ?

— Elle m'aime trop ; qui l'eût cru ? Je l'ai rencontrée un soir de bal masqué aux Variétés ; entendez-vous, au théâtre des Variétés !

— Hélas !

— Il y a deux ans de cela, et voilà vingt-quatre
mois que nous ne nous sommes pas quittés.

— C'est long.

— Dites donc que c'est éternel !

— L'Académie des sciences cite de ces exemples
de longévité, mais je n'y croyais pas.

— Ça tombe dans le ridicule, mais là n'est pas tout le mal... Voilà trois ou quatre mois que le même toit nous abrite.

Léon joignit les mains et leva les yeux au ciel.

— Au commencement, continua Oscar, elle demeurait rue Neuve-Saint-Georges et moi rue du Helder. C'était décent, et le conseil d'État n'avait rien à y voir. Un jour elle oublia d'arrêter un nouvel appartement après avoir donné congé du sien.

— Ah! mon Dieu!

— Cette étourderie...

— Vous appelez ça de l'étourderie, homme naïf?

— Cette ruse, si vous voulez, conduisit Agathe rue du Helder.

— Et elle y est restée?

— Parbleu! aurait-il fallu que je la misse à la porte?

— Je n'y vois pas d'inconvénient.

— Elle serait rentrée par la fenêtre.

— Pourquoi diable aussi demeurez-vous au rez-de-chaussée?

— Vous plaisantez, Léon, et je n'en ai guère envie.

— Je parle sérieusement comme un drame...

18

Voyons, mon cher Oscar, il faut vous tirer de là ; si vous vous fâchiez ?

— C'est impossible ; elle a le caractère rond comme une bille d'ivoire ; ma colère glisse dessus. Agathe est d'une douceur inaltérable et d'une prévenance à nulle autre pareille. Je n'ai pas le temps de former un désir ; elle voulait s'en aller, c'est moi, je crois, qui l'ai retenue.

— Imprudent !

— Que voulez-vous ? elle parlait toujours de louer un entresol rue de Vaugirard, à une de ces distances folles que les omnibus connaissent seuls.

— Quand on parle d'aller si loin, c'est qu'on a envie de ne pas s'en aller du tout.

— Vous croyez ?

— Certes !

— Au fait, c'est possible ; et puis je l'aimais encore.

— Quel âge avez-vous, Oscar ?

— Vingt-neuf ans.

— Merci, votre cœur retarde de deux lustres : il a seize ans.

— Ce n'est pas moi qui l'ai fait, et je n'en suis pas responsable. Agathe s'était mis en tête de faire mon bonheur malgré moi ; elle y réussit à peu près durant les premières semaines; mais quand je vis que ce bonheur menaçait de devenir perpétuel, j'en fus tout épouvanté.

— Voilà de ces événements qui font comprendre e suicide.

— Sa prétention était de faire de mon rez-de-chaussée un nid pour deux.

— Quel guêpier!

— Que voulez-vous? Est-ce ma faute à moi si j'attrape une colombe dans une volée d'hirondelles?

— Pauvre Oscar!

— Tout ce que je veux, elle le fait; Agathe est tout sucre et tout miel... mais à la longue je ne sais rien de plus amer que toutes ces sucreries.

— Et de plus cher.

— C'est vrai! Ce n'est pas qu'Agathe soit prodigue, au contraire; mais que peut-on refuser à une femme qui ne demande jamais rien?

— Vos dix mille francs de rente en savent quelque chose!

— C'est le capital qui le sait; les rentes n'ont pas eu le temps de s'en apercevoir. Et cependant, ai-je rien à lui reprocher? Si elle se doutait de mon embarras, elle vendrait tous ses bijoux et m'en prêterait l'argent.

Léon hocha la tête.

— Voilà un désintéressement qui m'effraie, dit-
il, un petit vice ferait bien mieux mon affaire.

Oscar soupira.

— Encore six mois de cette vertu, ajouta Léon,
et vous êtes un homme perdu.

Je le crains.

— Voilà ce qu'il faut empêcher à tout prix.

— Je ne demande pas mieux. Pour me séparer
d'Agathe il me faudrait un motif et je n'ai pas
même un prétexte !

— Si vous la quittiez tout bonnement, un beau
matin, laissant le mobilier dans l'appartement, la
maîtresse dans son boudoir et la clef sur la porte !

— Elle saurait bientôt pourquoi.

— Qu'importe !

— On voit tout de suite que vous n'avez jamais
passé par les douceurs mystérieuses d'un mariage
morganatique. La tendresse d'Agathe est plus indestructible que du bronze ; je ne fais pas un pas
sans trouver à mes pieds la chaîne de son amour
et pour si loin que j'aille, elle en tient le bout
dans sa main. Tenez, ce soir même, je suis venu à
ce bal par lassitude de refuser... elle avait la
migraine, des maux de nerfs... ce que nos grand'

mères appelaient des vapeurs ; que sais-je ! Elle a
pleuré en me voyant partir, et j'ai dû retourner
chez elle vers minuit pour lui serrer la main et cal-
mer ses vagues inquiétudes par de vagues paroles !

— C'est égal... à votre place j'essaierais toujours.

— Mais savez-vous bien qu'avec ses yeux couleur du temps et sa physionomie d'ange exilé, Agathe est femme à me poursuivre chez tous les Bisterman de France et d'Alsace, à s'évanouir aux
pieds de la mère de famille, et, au besoin même,
à s'empoisonner un peu en présence des grands
parents !

— Mais c'est un démon que cet ange-là !

— Mariez-vous donc après un tel esclandre ! Les
négociants de la rue du Sentier n'ont pas, je
crois, un goût très-prononcé pour les gens qui ins-
pirent de si féroces passions. M. Bisterman offrirait des sels à mon Agathe, après quoi il ferait
venir une citadine où nous serions enfermés très-
courtoisement l'un à côté de l'autre, et il ne me
serait plus permis de voir Eulalie autrement qu'en
rêve.

Léon tambourinait du bout des doigts sur la ten-
ture en écoutant Oscar ; on aurait dit qu'il cherchait, sans la trouver, une issue à cette position

18.

née du hasard et cimentée par l'habitude. Un instant les deux amis gardèrent le silence, après quoi
Oscar reprit avec plus de force :

— Tenez, mon cher Léon, la nécessité où je suis
d'aimer Agathe me la fait presque détester; il y a
des heures où je la hais; je lui en veux de s'imposer à moi par ses qualités. Pensez de mon cœur ce
que vous voudrez, cela est, et le raisonnement n'y
peut rien changer. Est-ce la pensée de mon avenir
compromis, de mon présent embarrassé, de ma
liberté détruite? Je ne sais; me direz-vous que c'est
le fruit de l'ingratitude naturelle de l'homme, j'y
consens; mais toujours est-il que j'enrage de me
sentir garrotté dans des liens d'autant plus robustes
qu'ils sont invisibles. Un prétexte! un prétexte! je
donnerais tous les débris de ma fortune pour un
prétexte! au moins pourrais-je rompre! mais rompre avant c'est impossible! Pourquoi faut-il qu'elle
n'ait pas de tort, pas un seul! Ce que je vous dis-
là, nul ne s'en doute, bien qu'un autre, avant vous
ait pénétré le secret de mon intimité.

— Ah! fit Léon en relevant la tête, un autre a
déchiré le voilé de votre bonheur anonyme?

— Oui... Jules Dervieu, mon ami d'enfance;
tous les jours il vient chez moi, tous les jours il

voit Agathe, et il me croit le plus heureux des auditeurs.

— Quoi! s'écria Léon en pressant de la main le
bras d'Oscar, vous avez un ami, et *elle* ne vous
trompe pas.

Oscar regarda fixement Léon d'un air pensif,
puis un sourire glissa sur ses lèvres.

— Vous avez raison, dit-il, elle me trompera.

Trois jours après cette conversation, un matin,
par un clair soleil de février, Oscar, en robe de
chambre, lisait un journal au coin du feu. Agathe
allait et venait autour de lui, le corps enveloppé
d'un grand peignoir en cachemire serré à la taille
par une cordelière, les cheveux en bandeaux sous
un petit bonnet et les pieds dans des pantoufles
turques.

Elle fredonnait du bout des lèvres, vive et leste
comme un oiseau, rangeant et dérangeant, et payant
d'un sourire les regards que le baron lui jetait à la
dérobée; c'était une petite femme mince comme
une couleuvre, fine, souple, élégante, d'un aspect
coquet et qui plaisait tout naturellement.

— Voyons, dit-elle, aurez-vous bientôt fini de
lire votre journal? voilà dix fois au moins que vous
le parcourez du haut en bas.

— Vous croyez?

— Eh! tenez! voilà que vous le déployez encore. Qu'y a-t-il donc dans ce vilain morceau de
papier?

— Il y a la question moldo-valaque.

— Qu'est-ce que c'est que ça?

— C'est une question au maillot que les journaux
bercent dans leurs premiers-Paris.

— Pour l'endormir?

— Précisément.

Oscar posa le journal sur un coin de la cheminée, tisonna le feu, ramena les pans de sa robe de
chambre sur ses jambes, allongea ses pieds devant
la flamme, et regarda la pendule dont le ressort
caché venait de foire entendre ce petit bruit sec
qui précède la sonnerie.

— Onze heures déjà! s'écria-t-il. Jules est en
retard.

Agathe remit sur son étagère une porcelaine qu'elle
essuyait, et jeta les yeux sur le cadran.

— Onze heures à peine, dit-elle; il n'est pas si
tard!

— Oubliez-vous qu'il devait venir à dix heures
et demie?

— C'est vrai... Serait-il malade?

— Jules! il a une santé de fer, une santé à défier le Napoléon de la colonne Vendôme. Je parie qu'il est en train de dormir.

— Peut-être est-il allé en passant chez madame de F...; elle avait un peu de migraine hier à l'Opéra, et Jules la regardait d'une certaine façon.

— De quelle façon?

— Mais de cet air qu'on a quand on voudrait être l'ami des gens et même quelque chose de mieux.

— Lui?

— Et pourquoi pas lui aussi bien qu'un autre?

— Vous ne connaissez donc pas Jules?

— Comment ça? Est-il par hasard en bronze comme cette statuette ou en porcelaine comme ce magot?

— Je l'ignore, mais ce que je sais bien, c'est qu'il n'est pas fait comme la plupart des hommes. Tout ce qu'on dépose dans ce cœur-là y meurt comme dans un bocal.

Agathe se mit à rire.

— Vous croyez qu'il ne rend jamais rien de ce qu'on lui a prêté? reprit-elle.

— Et que voulez-vous qu'il rende, bon Dieu! c'est une terre en friche. Je connais une pauvre

Madeleine qui a beaucoup semé sur ce mauvais terrain et qui n'a jamais rien pu récolter.

— Ah! fit Agathe en lissant ses bandeaux.

— Ce n'est pas sa faute, continua Oscar, les femmes sont pour lui comme la musique de Rossini pour un sourd.

— Le malheureux! dit Agathe d'un air de compassion.

— La plus jolie du monde, eût-elle des yeux, des mains, des pieds, des dents et des cheveux comme les vôtres, il n'y prendrait seulement pas garde.

— Le maladroit! reprit Agathe en passant sa langue sur ses lèvres comme un chat qui boit du lait.

— Quant à moi, je maintiens que Jules est plus imprenable que Gibraltar, continua Oscar.

— En êtes-vous bien sûr? Je l'ai vu quelquefois mélancolique et tendre comme un amoureux du Gymnase.

— C'est qu'il rêvait aux gilets de l'an prochain et aux perdreaux de l'an dernier.

— Ah! fi! je plains la première femme qui l'aimera.

— Moi, je plains celle qui le séduira. Dans ses heures de confidences poétiques, Jules se compare

assez volontiers à un volcan qui dort sous la neige.
Si l'on y met le feu, dit-il, il brûlera toujours.

— Ah! mon Dieu!

— Mais il ajoute que les yeux d'où partira
l'étincelle ne sont pas encore ouverts.

— L'impertinent!

— Pas tant. Savez-vous que tous les ans, à la
Saint-Sylvestre, il mange le dîner de garçons qu'il
a parié à la Circoncision?

— Quelles mœurs! s'écria Agathe en chiffonnant
sa robe, il mériterait bien qu'une coquette le rendît
fou d'amour.

— Bah! j'en mets toutes les coquettes de Paris
au défi.

En ce moment, l'entretien fut interrompu par
un coup de sonnette.

— Enfin, voilà Jules! s'écria Oscar en se levant
de son fauteuil.

Agathe se regarda vivement dans la glace, et
rajusta les dentelles de son bonnet.

Jules entra, et Oscar ordonna qu'on servît bien
vite à déjeuner.

Une heure ou deux après, Oscar se rappela tout
à coup qu'une affaire le réclamait du côté des
Champs-Élysées, demanda à Agathe la permission

de lui enlever Jules, et descendit avec son ami sur
le boulevard.

— Tu me vois, mon cher Jules, fort affligé, lui
dit Oscar après qu'ils eurent fait une centaine de pas.

— Toi ! et qu'as-tu donc ?

— C'est fort délicat à dire, mais je puis me confier à notre vieille amitié.

— Parle ; tu connais ma discrétion, et quant à
mon dévouement...

— Merci, Jules, merci. Mais d'abord, réponds-moi
franchement. Pendant le déjeuner n'as-tu rien remarqué, rien du tout ?

— Ma foi, non, répondit Jules.

— Tu n'as pas vu qu'Agathe était triste, rêveuse,
morose même ?

— Elle ? je ne l'ai jamais trouvée si vive et si
joyeuse. Elle gazouillait comme une hirondelle au
printemps.

— Elle dissimulait.

— Alors, mon cher, je connais beaucoup d'ac-
trices en renom qui ne jouent pas aussi bien la
comédie.

— Parbleu ! toutes les femmes dans leur boudoir
sont des Mars ou des Rachel. Agathe est profondément triste, te dis-je.

— Pourquoi?

— Voilà justement ce que je ne sais pas.

— A-t-elle eu quelque fantaisie que tu n'aies pas voulu satisfaire?

— Agathe? elle n'a jamais de fantaisie! tu ne connais pas cette femme-là; c'est un trésor. Jamais un caprice, jamais un désir; un cœur de lait, comme sa peau; quel nuage a passé sur cette âme, limpide comme un lac italien?

— Si cette âme est si pure, comment se fait-il que tu ne voies pas jusqu'au fond?

— Ne sais-tu pas que la femme la plus franche a toujours au fond de sa pensée quelque chose qu'elle ne dit pas?

Oscar regarda l'asphalte à ses pieds d'un air rêveur; Jules regarda les corbeaux qui volaient autour de la Madeleine. L'honnête garçon cherchait à deviner quelle pensée secrète pouvait agiter l'âme d'Agathe.

— J'ai tort de me plaindre, après tout, reprit enfin Oscar, c'est peut-être par tendresse qu'elle se tait.

— Que veux-tu dire?

— Oui, Agathe, je le crains, aime quelqu'un et n'ose l'avouer; sa tristesse provient des déchirements

19

de son cœur, combattu entre la pensée de mon
désespoir et son amour.

— Je n'ai rien vu de tout cela, et ce n'est peut-
être qu'un soupçon.

— En pareille matière un soupçon est presque
une certitude; l'instinct du cœur trompe si peu!
Hier encore, Agathe avait les yeux battus et les
joues pâles comme une rose blanche; un roman
l'avait agitée toute la nuit, disait-elle; un roman
dont elle est l'héroïne, sans doute! Ce matin, je l'ai
surprise qui essuyait une larme. Pourquoi pleure-
t-elle? Sa gaieté même m'attriste, elle est trop
bruyante; c'est une gaieté nerveuse où le cœur n'est
pour rien. Te faut-il encore d'autres preuves? j'en
ai mille. Ses rêveries sans objet, ses éclats de rire
sans cause, ses longs silences sans raison, la mobi-
lité de son humeur, que sais-je encore! les pleurs
qu'elle verse tout à coup sans motif, ses regards
distraits, les pensées inconnues qui l'attachent au
coin du feu, ses mains jointes sur ses genoux et la
tête inclinée sur la poitrine; les langueurs soudaines qui la font pâlir comme un beau lis, ou les
irritations violentes qui la font bondir comme un
chevreau; que te dirai-je! c'est une flamme agitée
qui n'apparaît jamais sous le même aspect, mais

toujours gracieuse et toujours charmante ; on dirait
que la ceinture invisible de Vénus flotte autour de
ses flancs ; elle reste adorable quoi qu'elle fasse, et
il me semble que je l'aime aujourd'hui plus encore
que je ne l'aimais hier.

Oscar paraissait fort ému en achevant ce mono-
logue, fort propre à figurer dans un drame ; Jules
lui prit la main et la serra silencieusement.

— Écoute, reprit le baron après un moment de
silence donné à son émotion, j'ai un service à te
demander ; puis-je compter sur ton amitié ?

— Parle, je suis tout à toi.

— Viens passer la soirée à la maison : je m'ab-
senterai sous un prétexte quelconque ; tu question-
neras adroitement Agathe, mais sans rien lui dire
de ce dont je t'ai parlé.

— Sois sans crainte.

— Sonde cette âme tourmentée, *mens blanda in
corpore blando,* comme dit le poëte ; cherche la blessure et guéris-la si tu peux. Surtout pas un mot
de mes confidences ! elle se replierait sur elle-même
comme une sensitive.

— Adresse et discrétion, telle sera ma devise.

— Très-bien. Si maintenant tu découvres l'hor-
rible vérité, n'hésite pas à me la révéler. Tu le

sais, le mal est quelquefois moins douloureux que la crainte du mal.

— On pourrait bien contester la vérité de cet aphorisme ; mais enfin je me soumettrai à ce que tu désires.

— Merci, répondit Oscar en tendant la main à Jules, avec le geste d'un conspirateur de tragédie.

Les choses se passèrent comme les deux amis l'avaient projeté. A l'heure convenue Jules se présenta rue du Helder. Oscar sortit quelques minutes après, sous prétexte de courir à une affaire pressée, et Jules resta seul avec Agathe.

Au coin du boulevard, Oscar alluma un cigare et se dirigea vers Tortoni, où il rencontra Léon qui cherchait des nouvelles dans les journaux du soir.

— Eh bien ! s'écria le sous-chef en interrogeant Oscar du regard, avez-vous pensé à notre conversation de l'autre nuit ?

— Souvent.

— Après ?

— Après, j'ai allumé deux charbons : la curiosité dans l'esprit d'Agathe et un tendre intérêt dans le cœur de Jules.

— Vous êtes un habile homme, reprit Léon en s'inclinant devant Oscar.

— Vous trouvez! mon habileté, mon cher, provient de mon indifférence; l'adresse vient quand l'amour s'en va.

— C'est le moment où le mariage arrive! fumons à votre hymen! s'écria Léon en allumant un cigare au cigare d'Oscar.

A partir de ce jour-là Oscar se montra de plus en plus assidu aux réunions de la famille Bisterman; ces terribles invitations à dîner, qu'il avait refusées avec tant d'obstination, il les acceptait toutes; c'était en souriant qu'il écoutait les digressions et tous les Bisterman sur la fabrication et la vente du calicot; il avait des applaudissements pour toutes les romances que mademoiselle Eulalie chantait au piano, et de longues admirations pour toutes les tapisseries que madame Bisterman brodait d'une main patiente.

Le rez-de-chaussée de la rue du Helder perdait son locataire en titre presque tous les soirs; mais, pour motiver ces absences réitérées, Oscar trouvait d'aimables prétextes. Le conseil d'État était surchargé de travaux, les séances nocturnes se multipliaient à l'infini, les maîtres des requêtes étaient sur les dents, c'était aux auditeurs à les suppléer. Des liasses monstrueuses de dossiers s'entassaient

sur le bureau d'Oscar ; le ministre attendait un
travail complet sur un projet de loi qu'il voulait
présenter aux chambres. Les conférences se succé-
daient sans relâche, Oscar n'avait plus un instant
à lui.

Mais Oscar n'avait jamais été si prévenant pour
Agathe. Il rachetait son absence éternelle par des
galanteries de tous les jours. Lorsqu'il ne rentrait
pas chez lui, — et Dieu sait s'il en était contrarié !
— Agathe recevait un coupon de loge pour le théâtre où se jouait la pièce en vogue. Il était convenu
que Jules l'accompagnerait, et qu'Oscar irait les
prendre à la fin du spectacle. Quelquefois il arrivait
au milieu, quelquefois il n'arrivait pas du tout ;
d'autres fois, les nuits de conférences, il les conduisait aux Frères-Provençaux ou au Café de Paris,
et se sauvait au dessert, en gémissant sur son sort.
Mais, le matin, Agathe trouvait dans son baguier
un bijou nouveau, et le soir, sur le bras d'un fauteuil, un mantelet ou quelque dentelle. Oscar était
charmant, mais Oscar n'était jamais là, tandis que
Jules y était presque toujours.

— Eh bien ! demandait Léon à Oscar quand par
hasard ils se rencontraient, où en sont vos combi-
naisons ?

— Elles marchent, répondait l'auditeur.

— Lentement.

— C'est-à-dire sûrement.

— Ah!

— Les symptômes sont graves. Hier je devais
aller rejoindre Agathe au théâtre du Palais-Royal.
Je n'y suis pas allé et elle ne m'a pas demandé ce
que j'avais fait.

— Voilà un silence qui vaut presque une affir-
mation.

Oscar secoua la tête.

— Si je me marie, reprit-il, je veux me marier
à coup sûr.

— La certitude n'est pas de ce monde!

Oscar jeta un regard profond sur Léon.

— Mon moyen est infaillible, reprit-il, parce
qu'il est vieux comme le monde. Je fais comme le
roi Candaule; il faudra bien que Jules fasse comme
Gygès.

A quelque temps de là, un jour qu'à déjeuner
Oscar était fort soucieux, Agathe finit par s'apercevoir de son silence et l'interrogea.

— Ce que j'ai, répondit Oscar, oh! pas grand'-
chose.

— Mais encore?

— Vous tenez beaucoup à le savoir?

— Sans doute.

— Eh bien! j'ai que je n'ai plus les cinquante mille francs que j'avais déposés chez mon notaire.

— Les cinquante mille francs que vous destiniez à acheter un chalet à Maisons-Laffite?

— Ceux-là mêmes.

— Qu'en avez-vous donc fait?

— Je les avais mis dans une affaire qui devait me rapporter ving-cinq pour cent, mais, comme toutes les affaires qui doivent donner trop de bénéfices, celle-ci m'a procuré cent pour cent de perte.

— Eh! mon Dieu! il nous faudra passer l'été à Paris comme des marchands de la rue Saint-Martin!

Heureusement que Jules va hériter de cent mille francs qui meurent d'un asthme à Château-Chinon. Il achètera un cottage à Montmorency et nous n'aurons rien perdu.

Agathe tomba dans une rêverie profonde et ne répondit rien.

— Bah! reprit Oscar en baisant la main d'Agathe, ne vas-tu pas te chagriner pour cinquante misérables billets de mille francs! Laissons cela et pensons à autre chose.

— Comme vous voudrez, répondit froidement Agathe en retirant sa main.

— Je vous ai parlé de Jules, tout à l'heure?

— Oui, dit Agathe qui leva les yeux.

— Il paraît que cette année-ci nous ne mangerons pas le fameux dîner.

— Pourquoi donc?

— On assure que Jules a rencontré sa Cléopâtre. Il est vaincu, dit-on.

— Ah! fit Agathe en rougissant.

— On ne m'a pas dit le nom de l'héroïne, continua Oscar sans paraître remarquer l'émotion d'Agathe, on raconte seulement que c'est une chanteuse italienne qui est arrivée à Paris pour débuter à l'Opéra. Jules l'a connue l'an dernier à Florence.

Le petit pied d'Agathe battait le tapis tandis que le baron parlait; mais le baron, ce jour-là, avait des oreilles pour ne pas entendre et des yeux pour ne pas voir. Il continua quelque temps sur ce ton, prit ensuite un volumineux dossier, en parcourut les pages noires, et sortit pour aller au conseil d'État, promenade qui le conduisit tout droit rue du Sentier, chez M. Bisterman.

Jules était un jeune homme d'un esprit timide,

19.

ce qui lui valait la réputation d'orgueilleux auprès
des personnes qui ne le connaissaient pas beaucoup.
Tout d'abord il avait accepté avec empressement
la mission dont l'amitié d'Oscar l'avait chargé;
mais quand il fallut en venir aux explications il se
trouva fort embarrassé. Cette pensée d'un amour
mystérieux qui faisait battre le cœur d'une femme
le troublait malgré lui et donnait à toutes ses paroles une émotion dont il n'était pas le maître. Agathe
la devina et en fut flattée; il lui sembla que, si
elle voulait bien s'en donner la peine, elle trouverait le défaut de cette cuirasse d'indifférence dont
l'imagination d'Oscar avait enveloppé son ami; mais,
en même temps que l'émotion de Jules chatouillait
les fibres délicates de son cœur, la réserve qu'il
manifestait en toute occasion irritait la curiosité
d'Agathe et augmentait l'envie secrète qu'elle avait
de soumettre le farouche Hippolyte.

Durant les premiers jours, le confident rendit à
Oscar un compte assez exact de ses impressions,
bien qu'Oscar ne parût pas très-pressé de le faire
parler, ce que Jules attribuait aux angoisses d'une
âme qui craint de voir la lumière. Jules n'avait,
disait-il, rien observé qui pût l'autoriser à croire
que les soupçons d'Oscar étaient fondés. Certain -

ment Agathe était agitée, inquiète, mais les symptômes n'étaient pas assez graves pour qu'on pût conclure à l'existence d'une passion.

Oscar, à ces discours, secouait la tête comme un hérétique à qui un missionnaire montre l'Évangile, et soupirait.

— Je te remercie, disait-il à Jules, mais tu verras que mes pressentiments ne m'ont pas trompé.

Plus tard Jules abrégea ses rapports; plus tard encore il n'en fit plus. Il est vrai que l'auditeur ne le questionnait guère.

A mesure que les confidences de Jules et les épanchements d'Oscar devenaient plus rares, les visites du baron à la rue du Sentier devenaient de plus en plus fréquentes. Il y dînait régulièrement trois fois la semaine. Vers la fin du mois de mars, il était naturellement de toutes les parties, et M. Bisterman se fâchait quand il restait plus de deux jours sans paraître chez lui.

Au temps où les lilas bourgeonnent, Oscar, en entrant brusquement chez Agathe, s'aperçut qu'elle glissait un papier dans sa poche.

— Ah! mon Dieu! dit-elle, vous m'avez fait peur!

Oscar s'excusa du mieux qu'il put de son étourderie, et se retira discrètement.

— C'est une chose étrange, se disait-il en mettant son chapeau pour aller à l'Opéra où la famille Bisterman l'attendait, que les amoureux, non plus que les conspirateurs, ne puissent se dispenser d'écrire! Il est vrai que, s'il n'y avait pas de ces petits papiers, il n'y aurait ni tragédies ni vaudevilles.

A partir de ce moment-là, Oscar employa toute son habileté à découvrir un de ces petits papiers que son amie cachait si vite. Il y mit la patience du chat et l'astuce du singe. Trois jours après il en volait un dont le bout imprudent saillait hors d'un coffret.

— Voilà qui est clair, murmura-t-il après avoir parcouru le billet. On ne dira pas, du moins, que Jules déguise sa pensée.

— Eh bien! quelles nouvelles? lui demanda Léon, qui le rencontra le soir même au foyer de l'Opéra.

— Eh bien, mon cher, il y a que demain le pair de France que j'ai l'honneur d'avoir pour oncle ira [chez M. Bisterman et lui demandera la main de mademoiselle sa fille pour M. le baron Oscar Dufrêne, auditeur au conseil d'État.

— Vous avez donc le prétexte?

— Complétement.

Léon sourit.

— Vous avez toujours eu du bonheur, dit-il.

Le dimanche d'après, Oscar, Agathe et Jules partirent dans la matinée pour Montmorency, où ils comptaient visiter le cottage que Jules se proposait d'acheter.

La journée était magnifique ; quelques hirondelles commençaient à rayer le ciel bleu du bout de leurs ailes noires ; les violettes embaumaient l'herbe des bois, et la brise attiédie entr'ouvrait les jeunes bourgeons.

Un dîner commandé par Oscar réunit les trois amis au Cheval-Blanc, chez cet antique Leduc qui a vu passer tant de générations fugitives de Daphnis et de Chloé parisiens.

Le dîner fut d'une gaieté charmante ; au dessert, Oscar vida lestement un verre de vin de champagne plein jusqu'au bord, prit dans ses mains les mains de Jules et d'Agathe et les regarda bien en face tous deux sans parler.

Jules pâlit, Agathe rougit jusqu'au blanc des yeux.

— Mes chers amis, s'écria Oscar, je sais tout !

Les deux coupables tressaillirent de la tête aux pieds.

— Je vous demande pardon, reprit Oscar, de me servir d'une formule aussi usée; mais je n'en sais pas de meilleure pour peindre en trois mots notre situation.

— Mais!... s'écria Agathe, qui en sa qualité de femme ne voulait pas s'avouer vaincue avant d'avoir lutté.

Jules fit un geste, mais Oscar l'arrêta avant qu'il pût parler.

— Tu ne chercheras pas à nier, toi, je le sais, reprit-il, tu es un homme, et d'ailleurs j'ai des preuves.

Agathe baissa la tête et pâlit à son tour, ne sachant pas ce qui allait se passer.

— Oscar, s'écria Jules, je suis à tes ordres.

— Eh! mon ami, répondit Oscar en avalant un autre verre de vin de champagne, si j'avais voulu te tuer, je ne t'aurais pas invité à dîner! Ah! vous m'avez fait bien du mal tous deux! perdre à la fois mon meilleur ami et une maîtresse que j'adorais... c'était trop d'un seul coup! Vous ne saurez jamais tout ce que j'ai souffert! Un instant j'ai pensé au suicide... je voulais, — vous, Agathe, quand je vous voyais si belle, — vous étouffer, comme Desdemone, sous un oreiller; et toi, Jules, j'ai failli,

quand une lettre égarée m'a tout révélé, courir chez
toi et t'ouvrir la poitrine d'un coup de couteau!
Je ne sais quelle force m'a retenu... j'en bénis
Dieu à présent! Puissiez-vous n'être jamais trompés
l'un par l'autre! je vivais si doucement entre vous
deux, la confiance était si facile à mon cœur! vous
m'avez ravi tout ensemble les illusions de ma jeunesse et l'espérance de mon âge mûr! Ah! mes
amis, que vous avais-je fait? maintenant, je suis
seul!

Jules, qui était d'une nature candide, sentit son
cœur se briser à ces mots.

— Pardonne-moi! s'écria-t-il, en se jetant dans
les bras d'Oscar.

— Que je te pardonne! reprit l'auditeur; mais
le plus coupable, n'est-ce pas moi, qui t'ai conduit
à Agathe? pouvais-tu la voir sans l'aimer?

A cette flatterie, qui semblait arrachée au désespoir le plus profond par la force de la vérité,
Agathe porta un mouchoir à ses yeux et posa son
front sur l'épaule d'Oscar.

— Pendant deux années, elle m'a fait des jours
sans nuages, continua Oscar; elle sera heureuse
avec toi, comme je l'étais avec elle. Tu me le
promets?

A cette prière, Jules serra silencieusement la main d'Oscar.

Agathe elle-même, nerveuse comme presque toutes les femmes, sentit ses yeux se mouiller de larmes.

— Mais vous? dit-elle.

— Oh! moi, je voyagerai... j'irai à la campagne... Que sais-je?... j'oublierai...

— Le pourras-tu? s'écria Jules naïvement.

Oscar ne répondit rien; mais prenant à deux mains la tête d'Agathe, il l'embrassa sur le front d'un air si passionné, qu'Agathe, au fond du cœur, désespéra de sa guérison.

A quelques jours de là, Oscar partait pour une terre que M. Bisterman possédait dans le Berri. La demande qu'il avait faite de la main de mademoiselle Bisterman avait été agréée et le mariage devait se célébrer dans six semaines à la campagne.

Quand Oscar retourna à Paris en automne, Jules était de plus en plus épris d'Agathe. Ils s'étaient retirés dans un petit hôtel de la rue des Écuries-d'Artois pour cacher leur amour aux yeux des profanes; mais, les cent mille francs qui se mouraient d'un asthme à Château-Chinon vivant toujours, Oscar dut prêter sept ou huit mille livres à Jules pour l'aider à payer le tapissier de l'hôtel.

— Vous l'avez échappé belle, dit Léon, à qui Oscar fit part de ce détail de la vie privée de son ami; quand l'oncle aux cent mille francs expirera, Agathe épousera Jules.

— Allons à la rue du Sentier, et rendons grâces au roi Candaule! s'écria Oscar.

FIN

TABLE

Pages.

L'EAU QUI DORT 1

MADAME DE SARENS 163

PYRAME ET THISBÉ 299

IMPRIMERIE CENTRALE DES CHEMINS DE FER. — A. CHAIX ET Cⁱᵉ,
RUE BERGÈRE, 20, PARIS. — 8230-6.

www.ingramcontent.com/pod-product-compliance
Lightning Source LLC
Chambersburg PA
CBHW070311030726
47505CB00004B/981